我為愛而生，我為愛而寫
文字裡度過多少春夏秋冬
文字裡留下多少青春浪漫
人世間雖然沒有天長地久
故事裡火花燃燒愛也依舊

瓊瑤

瓊瑤經典作品全集

⑦⓪

梅花英雄夢

第五部：生死傳奇

（大結局）

繁花盛開日，春光燦爛時

我生於戰亂，長於憂患。我瞭解人事時，正是抗戰尾期，我和兩個弟弟，跟著父母，從湖南家鄉，一路「逃難」到四川。六歲時，別的孩子可能正在捉迷藏，玩遊戲，我卻赤著傷痕累累的雙腳，走在湘桂鐵路上。眼見路邊受傷的軍人，被拋棄在那兒流血至死，也目睹難民爭先恐後，要從擠滿了人的難民火車外，從車窗爬進車內，車內的人，為了防止有人湧入，竟然拔刀砍在車窗外的難民手臂上。我們也曾遭遇日軍，差點把母親搶走，還曾骨肉分離，導致父母帶著我投河自盡……這些慘痛的經驗，有的我寫在《我的故事》裡，有的深藏在我的內心裡。在那兵荒馬亂的時代，我已經嘗盡顛沛流離之苦，也看盡人性的善良面和醜陋面。這使我早熟而敏感，堅強也脆弱。

抗戰勝利後，我又跟著父母，住過重慶、上海、最後因內戰，又回到湖南衡陽，然後到廣州，一九四九年，到了臺灣。那年我十一歲，童年結束。父親在師範大學教書，收入微薄。我和弟妹們，開始了另一段艱苦的生活。可喜的是，這段生活裡，沒有血腥，沒有別離，沒有遷徙，沒有朝不保夕的恐懼。我也在這時，瘋狂的吞嚥著讓我著迷的「文字」。中國的《西遊記》《三國演義》《水滸傳》……都是這時看的。同時，也迷上了唐詩宋詞，母親在家務忙完後，會教我唐詩，我在抗戰時期，就陸續跟著母親學的唐詩，這時，成為十一、二歲時的主要嗜好。

十四歲，我讀國二時，又鑽進翻譯小說的世界。那年暑假，在父親安排下，我整天待在師大圖書館，帶著便當去，從早上圖書館開門，看到圖書館下班，看遍所有翻譯小說，直到圖書館長對我說：「我沒有書可以借給妳看了！這些遠遠超過妳年齡的書，妳都通通看完了！」

愛看書的我，愛文字的我，也很早就開始寫作。早期的作品是幼稚的，模仿意味也很重。但是，我投稿的運氣還不錯，十四歲就陸續有作品在報章雜誌上發表，成為家裡唯一有「收入」的孩子。這鼓勵了我，尤其，那小小稿費，對我有大大的用處，我買書，看書，還愛上了電影。電影和寫作也是密不可分的，很早，我就知道，我這一生可能什麼事業都沒有，但是，我會成為一個「作者」！

這個願望，在我的成長過程裡，逐漸實現。我的成長，一直是坎坷的，我的心靈，經常是破碎的，我的遭遇，幾乎都是戲劇化的。我的初戀，後來成為我第一部小說《窗外》，發表在當時的《皇冠雜誌》，那時，我幫《皇冠雜誌》已經寫了兩年的短篇和中篇小說，和發行人平鑫濤也通過兩年信。我完全沒有料到，我這部《窗外》會改變我一生的命運，我和這位出版人，也會結下不解的淵源。我會在以後的人生裡，陸續幫他寫出六十五本書，而且和他結為夫妻。

這世界上有千千萬萬的人，每個人都有自己的一本小說，或是好幾本小說。我的人生也一樣。幫皇冠寫稿在一九六一年，《窗外》出版在一九六三年。也在那年，我第一次見到鑫濤，後來，他告訴我，他的一生貧苦，立志要成功，所以工作得像一頭牛。「牛」不知道什麼詩情畫意，更不知道人生裡有「轟轟烈烈的愛情」。直到他見到我，這頭「牛」突然發現了他的「織女」，顛覆了他的生命。**至於我這「織女」，從此也在他的安排下，用文字紡織出一部又一部的小說**。

很少有人能在有生之年，寫出六十五本書，十五部電影劇本，二十五部電視劇本（共有一千多集，每集劇本大概是一萬三千字，雖有助理幫助，仍然大部分出自我手。算算我寫了多少字？）我卻做到了！對我而言，寫作從來不容易，只是我沒有到處敲鑼打鼓，告訴大家我寫作時的痛苦和艱難。「投入」是我最重要的事，我早期的作品，因為受到童年、少年、青年時期的影響，大多是悲劇。**寫一部小說，我沒有自我，工作的時候，只有小說裡的人物。我化為女主角，化為男主角，化為各種配角。寫到悲傷處，也把自己寫得「春蠶到死絲方盡」**。

寫作，就沒有時間見人，沒有時間應酬和玩樂。我也不喜歡接受採訪和宣傳。於是，我發現大家對我的認識，是：「被平鑫濤呵護備至的，溫室裡的花朵。一個不食人間煙火的女子！」我聽了，笑笑而已。如何告訴別人，假若你不一直坐在書桌前寫作，你就不可能寫出那麼多作品！當你日夜寫作時，確實常常「不食人間煙火」，因為寫到不能停，會忘了吃飯！**我一直不是「溫室裡的花朵」，我是「書房裡的癡人」！因為我堅信人間有愛，我為情而寫，為愛而寫，寫盡各種人生悲歡，也寫到「蠟炬成灰淚始乾」**。

當兩岸交流之後，我才發現大陸早已有了我的小說，因為沒有授權，出版得十分混亂。一九八九年，我開始整理我的「全集」，分別授權給大陸的出版社。臺灣方面，仍然是鑫濤主導著我的「全部作品」。愛不需要簽約，不需要授權，我和他之間也沒有簽約和授權。從那年開始，我的小說，分別有「繁體字版」（臺灣）和「簡體字版」（大陸）之分。因為大陸有十三億人口，我的讀者甚多，這更加鼓勵了我的寫作興趣，我繼續寫作，繼續做一個「文字的織女」。

時光匆匆，我從少女時期，一直寫作到老年。鑫濤晚年多病，出版社也很早就移交給他的兒女。我照顧鑫濤，變成生活的重心，儘管如此，我也沒有停止寫作。我的書一部一部的增加，直到出版了六十五部書，還有許多散落在外的隨筆和作品，不曾收入全集。當鑫濤失智失能又大中風後，我的心情跌落谷底。鑫濤靠插管延長生命之後，我幾乎崩潰。然後，我又發現，我的六十五部繁體字版小說，早已不知何時開始，大部分的書，都陸續絕版了！簡體字版，也不盡如人意，盜版猖獗，網路上更是零亂。

我的筆下，充滿了青春、浪漫、離奇、真情……的各種故事，這些故事曾經絞盡我的腦汁，費盡我的時間，寫得我心力交瘁。我的六十五部書，每一部都有如我親生的兒女，從孕育到生產到長大，是多少朝朝暮暮和歲歲年年！到了此時，我才恍然大悟，我可以為了愛，犧牲一切，受盡委屈，奉獻所有，無需授權。卻不能讓我這些兒女，憑空消失！我必須振作起來，讓這六十幾部書獲得重生！這是我的使命。

所以，今年開始，我的全集經過重新整理，在各大出版社爭取之下，最後繁體版「花落城邦」，交由春光出版。城邦文化集團春光出版的書，都出得非常精緻和考究，深得我心。說來奇怪，我愛花和大自然，我的書名，有《金盞花》《幸運草》《菟絲花》《煙雨濛濛》《幾度夕陽紅》……等，和「春光出版」似有因緣。對於我，像是繁花再次的綻放。這套新的經典全集，非常浩大，經過討論，我們決定「分批出版」，第一批十二本是由我精選的「影劇精華版」，然後，我們會陸續把六十多本出全。**看小說和戲劇不同，文字有文字的魅力，有讀者的想像力。希望我的讀者們，能夠閱讀、收藏、珍惜我這套好不容易「浴火重生」的書，它們都是經過千淬百煉、嘔心瀝血而生的精華！那樣，我這一生，才沒有遺憾！**

瓊瑤 寫於可園

二〇一七年十一月十日

79

蘭馨睜大著雙眼，震撼於這種感情，又心碎，又焦急，忍不住衝上前去喊：

「皓禎不要糊塗了，她不是什麼白狐，她是人生父母養的，是大將軍的嫡親女兒，怎麼會是隻狐狸呢？過去都是我不能面對現實，所以把她跟白狐硬扣在一起，現在我明白過來了，怎麼你反而傻了呢？」

皓禎面無表情，無動於衷的與蘭馨擦身而去，到了門口，一聲呼嘯，「追風」立刻出現。皓禎抱著吟霜，一躍上馬。他把吟霜抱在身前，讓她坐好，擁著她那無力的身子，依靠在他的懷中，好像兩人親切的依偎著。「追風」衝出大門，向前飛奔。寄南一個急不過，回身衝到柏凱、雪如面前：

「他真的走了，你們都不阻止他嗎？就這樣由著他，帶著吟霜的屍體，不知道要上哪兒去？」

柏凱、雪如著了魔似的，雙眼直直瞪著。雪如喃喃的，心神恍惚的說：

「回歸山林，飄然遠去，那樣也好，那樣也好……生而為人，不如化而為狐……」

蘭馨、太子等人慌亂四顧，袁家人皆悲悽著，木然著。靈兒痛喊：

「皓禎……」拔腳追去：「皓禎……你究竟要去哪裡？你什麼時候回來？皓禎……你不能一句話都不說的就走了呀！皓禎……」用力喊：「你還有我們，還有你爹娘，還有沒了的責任，你不能一走了之啊！」

太子大叫：

「皓禎你別失魂落魄，你給我回來！我好不容易救下了你，你敢去山裡當狐妖？我從來沒有用太子的身分命令你，現在我命令你回來！」

皓禎充耳不聞，策馬絕塵而去。

寄南喊道：

「馬！趕快去馬廄，皓禎去哪兒，我們也去哪兒！」

❖

猛兒在天空盤旋，然後向山林深處飛去。皓禎摟著吟霜，騎著馬，聽到猛兒的啼聲，抬頭看看猛兒。皓禎神志迷惘的說：

「猛兒！你在帶路嗎？你知道吟霜的家鄉在哪兒嗎？我跟著你走！」

皓禎跟著猛兒，走著走著，來到一個風景如畫的地方。只見猛兒停在樹梢，不飛了。皓禎看看四周，但見眼前一條瀑布飛瀉而下，瀑布下是小溪，小溪兩岸，綠草如茵，開滿黃色紅色的花朵，幾棵不知名的大樹，樹葉茂盛的生長著，還有幾株桃花，正在盛開。小溪中，有著石頭點綴，像小橋般可以通到對岸。對岸有樹木濃蔭，一片蒼翠，輕風徐徐，白雲淡淡，綠水盈盈。

「好地方！吟霜，妳到家了！我抱妳下來！」

皓禎抱著吟霜下馬，又橫抱著她，走向溪邊。皓禎把吟霜放在溪水旁的草地上，從她身上，拿起一朵梅花，簪在她的髮際。皓禎就掬了水，淋在吟霜蒼白的嘴唇上。

「吟霜，現在，我們的約定要如何進行下去？妳知道的，妳走了我也不能獨活，妳是白狐，就趕快變成狐狸吧！記得把我也變成狐狸，別又變錯了！」

吟霜安詳的臉龐，好像睡著一樣。

皓禎仔細看她，用手指撥弄著她的睫毛：

「妳只是睡著了，對不對？」皓禎低頭輕吻她的粉頰時，脖子掉出了以紅繩子綁住的小瓷壺，他大發現的喊道：「吟霜！這是妳爹的神藥，那顆製了一半的神藥！我差點把它忘了！原來，這是有意義的……妳爹早就知道有今天……」

皓禎就急忙打開瓷壺，深吸口氣。

「妳聞到了嗎？好香啊！妳爹用了多少藥材製了這顆藥丸？」皓禎掬了水，俯身把瓷壺裡的藥，倒進吟霜嘴中，用手中的水注入她嘴中，祈求的說：「不管有用沒用，妳吃下去！請妳為我做最後一件事，吃下去！」

吟霜嘴邊，水溢了出來，她一無動靜。

「妳會氣功，我也會氣功！讓我用氣功把這顆藥吹進妳肚子裡！」

皓禎就用嘴對著嘴，對吟霜吐氣。藥丸隨著清冽的溪水、隨著皓禎深情的、近乎絕望的真氣，滑入她的咽喉，吟霜依舊沒有動靜。片刻，皓禎悽然抬頭。

「看樣子，妳不肯醒來了？」一嘆，說道：「此時此刻，我寧願妳是白狐，不願妳是人，因為狐仙是不會死的！」

然而，吟霜的面頰，漸漸恢復紅潤，悠悠醒轉。她的睫毛顫動著，忽然迷迷糊糊的，回應著皓禎的話：

「此時此刻，我只願做人，能夠和你一起年輕，一起變老，一起死去！」

皓禎不敢相信的看著吟霜，顫聲問道：

「妳活了？妳活了？剛剛是妳在回答我嗎？」

吟霜睜開眼睛，看著皓禎，神思飄渺的說道：

「皓禎，我夢到我們到了一個仙境，有瀑布、有小溪、有綠地、有小花……」

皓禎喜極痛喊道：

「我們就在這仙境裡啊！是猛兒帶我來的，妳能坐起來嗎？妳看看四周，刑場和畫梅軒還在飄雪，這兒青山綠水，卻像春天！」

吟霜真的醒來了，不禁坐起身子。

「刑場？」吟霜忽然想了起來，驚問：「你沒有被砍頭？還是我們已經在天上相會了？這兒是人間嗎？」

皓禎一把抱住她，混亂的說：

「我也不知道啊！妳是不是真的活了？皇上赦免了我，我沒死，可是妳躺在梅花樹下……」顫聲的：「證明給我看，妳是不是真的活了？」

吟霜推開他，深深的看他，頓時想起一切。

「原來你被赦免了？你沒死？」凝視著他，眼中含淚了：「我卻吃了……」瞪著他，又哭又笑的說：「下次你再失約遲到，恐怕就真的失去我了！」

猛兒突然飛過來在他們兩人頭上，盤旋飛舞，快樂啼叫，亂搧翅膀。

皓禎頓時有了真實感，跳起身子，把吟霜拉了起來：

「妳能走嗎？妳能動嗎？我把妳爹的神藥，都灌進妳嘴裡去了！」

吟霜就站起身來，四面張望，又伸手伸腳，活動著筋骨，忽然覺得快樂無比。

「我還活著，皓禎，你也還活著！猛兒在唱歌跳舞……皓禎，我現在想跑想跳，我全身都是活力……你呢你呢？來來來，來追我！」

吟霜說著，就脫下披風，丟在草地上。拉著裙子，在水邊飛奔。皓禎大喜，追著她飛奔，喊道：

「妳慢一點，剛剛才死而復生，不要再摔到水裡去！」

吟霜跑著，笑著：

「我現在才知道，那假死藥丸，根本不會讓人死，我爹不會做讓人死去的藥丸！時辰到了，就會醒來的！原來，活著的感覺這麼好！」伸手給皓禎：「牽著我的手，讓我們在這草地上，狂奔一下如何？」

皓禎注視著這樣的吟霜，大悲之後，竟是大喜，喊道：

「好！讓我們牽手狂奔！經過了死亡，還有什麼比牽著妳的手狂奔，更有意義的事呢？」

兩人就在如詩如畫的草地上，牽著手飛奔。

伴著他們的，是飛舞的猛兒和昂首的馬兒。

陽光，是那麼的燦爛溫暖，天，是那麼的澄澈蔚藍，雲，是那樣的潔白無瑕，草，是那樣的青翠動人……溪水清澈、流水潺潺，瀑布嘩笑的宣洩著。陌上點點的野花，燦爛的盛開著，微笑的看著這一切。

經過生死，失而復得。和心愛的人，相知相守，生命是如此的曲折、如此的美好！

吟霜太快樂了，把鞋子也脫了，赤著腳，在水裡沿著岸邊，笑著飛奔，濺起無數水花，在陽光下形成光點。光點又灑在吟霜身上，讓她像個閃亮的仙子。皓禎從來沒有看到吟霜這個樣子，喜悅到無以復加。他緊追著她，笑著喊：

「妳居然把鞋子都脫掉了，這樣飛跑，很不吟霜耶！看起來像個野丫頭！喂喂！妳的腳不冰嗎？停下來停下來……我對妳的身體還很不放心……」

吟霜跑著，笑著，快樂著：

「我才停不下來！你沒死，我也沒死，太陽那麼亮，生命那麼好，我這一陣子掉了好多眼淚，我要把我失去的笑容都找回來！」

皓禎笑著，追著，快樂著：

「好吧！那我就陪妳痛痛快快跑，陪妳笑！如果妳跑累了，一定要告訴我……」

兩人在水邊追追跑跑。皓禎忽然一個飛躍，躍到吟霜的正前方，面對著吟霜，張開雙手。吟霜停不住，就衝進了皓禎懷裡。皓禎抱起她來，就在水中旋轉著又跑又跳，把水花濺到四面八方。皓禎笑著問：

「妳怎麼跑到我懷裡來了？」

「就是嘛！自從碰到你，我就著了魔！你才是妖，你蠱惑了我！」吟霜說。

皓禎把她放下，讓她站在小溪裡，就去呵她癢。

「讓我來教訓妳，居然敢說我是妖！」

吟霜彎腰，笑著對皓禎潑水，皓禎立刻還擊，兩人嘻嘻哈哈的打起水仗來。

這時，太子、寄南、靈兒、蘭馨、漢陽、柏凱、皓祥、魯超騎著馬趕到，大家看到眼前的景象，全體呆住了。吟霜和皓禎，渾然不覺柏凱等人的到來，打了半天水仗，又跑到岸上追追跑跑，抖落了滿山谷的笑聲。

柏凱困惑已極的：

「魯超，不是我眼花了吧？吟霜……她又活了？」

「大將軍，你沒看錯，吟霜夫人活了！」魯超屏息肅穆的說。

靈兒眨著眼睛：

「吟霜沒死？她在和皓禎打水仗，怎麼可能？」

「恐怕……白狐之說，還是真的！」皓祥瞪大眼睛。

蘭馨怒瞪皓祥：

「不要再說白狐白狐！吟霜是人，不是白狐！」

皓祥瞪回蘭馨：

「公主，說她是狐的也是妳，說她不是的也是妳！反正隨妳怎麼說，我們現在看到的情形，就是不正常！」

「不管我們看到的是什麼情形，眼前這個景致，實在讓人感動！」漢陽由衷的說：「兩個剛剛逃過死亡的人，快樂的追逐在陽光下，太不容易！」

「當初吟霜把淹進沼澤裡的我救活，後來又把中蠱的皓禎救活，她怎會救不活自己呢？皓禎不死，吟霜也不會死呀！」太子欣然的說道。

寄南坐在馬背上，抱著雙手，興味盎然的看著：

「原來，吟霜活過來，也能這麼活潑！跟他們兩個在一起，要學會的，就是見怪不怪！」

「飛跑？」靈兒笑著開始跑，邊跑邊回頭：「我們的喜怒哀樂，會不會變化得太快呀！王爺，本小廝今天又哭又怕又傷心的，現在腳沒力氣，跑不動！」

忽然躍起，抱著靈兒就跳下地：「裘兒，我們加入他們，一起飛跑吧！」

「跑不動？本王爺背妳！」

寄南說著，把靈兒背在背上，飛跑起來。

「死而復生，讓所有人的本性都冒出來了嗎？」柏凱驚愕的說：「漢陽，你們宰相府，顯然對這『斷袖病』，完全沒有收到治療效果！」

漢陽沉吟深思的，眼中帶著笑意：

「他們兩個嗎？本官看來是病入膏肓，沒救了！」

蘭馨看著始終沒被眾人驚動，逕自追逐奔跑著的皓禎和吟霜，眼神暗了一下，突然一拉馬韁說：「本公主看夠了！砍頭的沒砍，自盡的沒死，算皆大歡喜吧！本公主打道回宮！」轉身就狂奔而去：「駕！駕！駕……」

漢陽急忙說道：「本官護送公主回宮！」也一拉馬韁追去：「駕！駕！駕！」

柏凱見兩人快馬奔走了，驚覺的說：

「魯超，皓祥，我們三個趕緊回去向夫人報告好消息，這兒，就讓他們四個去跟馬兒鳥兒玩吧！太子，您呢？」

「我捨不得這個畫面！你們先回去，我要找皓禎算帳！」太子笑著說道。

三人便拋下太子，也掉頭飛騎而去。

太子就從馬背上躍起，飛撲到皓禎、吟霜面前，雙手一攔，攔住二人。太子喊著：

「皓禎，你欠我和蘭馨兩個特赦，還欠我一堆的心驚膽顫，你如何還我？」

皓禎笑著，快樂的說：「**用我們的一生，協助太子，建立一個像此刻這樣的世外桃源，讓所有的百姓，只有笑容，沒有眼淚！只有快樂，沒有憂愁！只有希望，沒有絕望！只有生的喜悅，沒有死的威脅！**」

太子大喜的喊道：

「說得太好，皓禎，一言為定！這將是我們『三人同心，無堅不摧』的座右銘！」

80

皓禎在斷頭台被太子和蘭馨救下，伍震榮氣得快要發瘋了。也不管合適不合適，立刻進宮，在密室裡見到氣呼呼的皇后。伍震榮情緒失控對皇后大喊：

「真是氣死我了！氣死我了！我們好不容易走到這一步，法場也布下了天羅地網，想不到居然殺出了兩個特赦令？殿下怎麼沒有防範到蘭馨和太子呢？」

「你這是在責怪本宮嗎？」皇后也氣憤難平：「會發生這樣的結果，本宮怎麼能預料？蘭馨回宮之後才正常了幾天，誰知道精神好了，就來扯我們後腿！那太子本來就跟皓禎是一黨！最後時刻拿到尚方御牌，本宮又不是未卜先知，怎會防備？」

伍震榮毫不客氣的責罵：

「蘭馨向來無法控制，妳就該派人好好監督她，守著她，甚至就不應該讓她離開她的寢宮半步，今天這個疏忽，就是殿下最大的失誤！太子也是！」

皇后氣壞了，大吼：

「伍震榮！你休想把所有責任推到本宮身上！過去多少機會可以剷除袁皓禎，結果你一次一次的失敗！」氣得發抖：「你要錢、要兵馬，本宮哪一次少給了？啊！結果呢？你們父子自己辦事不力，現在居然膽敢頂撞本宮，對本宮如此傲慢無禮，你是吃了熊心豹子膽了嗎？」

伍震榮氣得不分尊卑，抓痛了皇后的手，怒瞪著皇后：

「是！我是吃了豹子膽，明明今天滅了袁家，李氏江山也就唾手可得，誰知妳的疏忽，又縱虎歸山，枉費我伍家死了那麼多人！妳若繼續放任那愚蠢的皇上破壞我們的大業，妳就自己在這兒，做妳的登基大夢吧！」想想，口不擇言的怒道：「而且，我看妳那個窩囊的皇帝，恐怕不是真笨，笨的是妳！哼！」

伍震榮說完，甩開皇后的手，毫不憐惜的拂袖而去。

皇后氣得滿臉通紅！將桌上的茶盤杯子用大袖子一掃，掃了一地，瘋狂喊著：

「反了！反了！都反了！」

❖

這「兩個特赦」，救回了皓禎，讓皇后和伍震榮幾乎反目。卻讓蘭馨和漢陽別有滋味在心頭，感觸良多。兩人慢慢的騎著馬，在天黑時分，才回到皇宮。漢陽把馬兒交給衛士，和蘭馨一起踏著夜色，走進御花園。兩人手裡還握著馬鞭，蘭馨說道：

「真是驚天動地，有生有死，有笑有淚的一天，精彩！」

「一路陪著公主策馬歸來，也還沒有機會向公主說一聲謝謝！」漢陽深深看著蘭馨說道，眼中閃耀著兩小簇火焰。

「謝我什麼？謝我聽你的『曉以大義』？謝我在最後一刻搶救了那位英雄？」

漢陽一笑，那笑容配合著眼裡的光彩，非常溫暖，說道：

「謝公主的善良，謝公主的正義，謝公主的寬大！更謝謝公主，擺脫了對皓禎和吟霜的怨恨，讓自己重新活過來！」

蘭馨歪著頭想了想。

「其實，今天看到皓禎和吟霜死裡逃生，然後在水邊追追跑跑，又看到那個瘋瘋癲癲的靖威王，背著他的小廝在那兒又跳又叫，不知怎麼，忽然覺得很感動！這份感動，讓我自己都很驚訝！」

漢陽心有戚戚焉的接口：

「那一刻，下官也很感動！不過，現在聽到公主的話，才更讓下官感動！他們在水邊追跑，是完全釋放了自我！在這人世間，能讓人深深感動的，只有真摯的愛！」

蘭馨不由自主想著，重覆著漢陽的話：

「真摯的愛？」

「是的！」漢陽說：「**愛這個字很廣大，愛國、愛君、愛民、愛親人，和男女間最不可思議的兩心相許！**」

蘭馨看向漢陽，似笑非笑的問：

「漢陽也有兩心相許的人嗎？」

漢陽一愣，苦笑著說：

「似乎，好像……下官有過『一廂情願』的人，至於『兩心相許』，沒有！」

蘭馨深思著，兩人已經走到蘭馨寢宮前。蘭馨忽然對漢陽說道：

「本公主現在命令你！以後在和本公主說話的時候，不要再下官下官的說話了，你、我、他，都准你說！」

漢陽心中一動，直覺的接口：

「下官遵命！」

蘭馨一瞪眼想糾正，漢陽趕緊說：

「就讓我今夜說最後一次吧！」

兩人笑著互視著。那種神祕的，溫暖的感動情緒，悄然的在兩人之間蔓延。蘭馨忽然想起寄南分別帶漢陽和皓禎進宮，跟她鬧了兩齣戲。皓禎和漢陽，當時是孑然不同的兩種反應。此時，她突然有了全新的領悟，自言自語的說道：

「**原來，看到我就『緊張』的人，才是在乎我的人！看到我就『囂張』的人，是不在乎我的人！我笨！**」

蘭馨說完，走進寢宮去了。留下漢陽，苦思著蘭馨這幾句話。

❖

在那人間仙境，皓禎、吟霜、寄南、靈兒，加上一個太子，瘋瘋癲癲鬧到黃昏，大家才依依不捨的分手回家。寄南、靈兒回到宰相府，一跨進院子，采文就急匆匆的迎來，顯然已經等了很久。她激動含淚，聲音顫抖著：

「你們可總算回來了！我一直在等你們呢！」急問：「皓禎大難不死，現在好嗎？是不是平安回到將軍府了？」沒見到漢陽：「咦！漢陽沒跟你們一起回來嗎？」

「漢陽送公主回宮去了！」寄南聲音輕快的說，渾身上下還沾染著仙境的陽光。

靈兒熱情的急急接口：

「夫人都聽說了是吧？可惜夫人今天沒有去刑場，錯過了那特赦來臨的瞬間，哎呀！簡直是太震撼！太激動人心了！我就說有奇蹟，果然真有奇蹟！」

采文拭去落下的淚，激動之情，溢於言表：

「是啊是啊！其實我也在人群裡，只是被衛士拉回來了！皓禎死裡逃生，真是謝天謝地、謝菩薩、謝皇上、謝公主、謝太子，我……我……」說不下去，不住拭淚。

靈兒被采文突然的感性感動了，睜著大眼看著采文。寄南忍不住接口：

「夫人都不知道，救了皓禎，差點又失去了吟霜，真是驚心動魄！但是現在都沒事了！大家都活下來了！皓禎跟吟霜，還有我跟裘兒，都開心得手舞足蹈呢！」

靈兒興奮的笑著：

「還有那隻通靈的鳥兒，跟著我們一起瘋，翅膀搧了我又去搧吟霜，還去撩撥幾匹馬兒，我們在那個仙境裡，都快要瘋了！」

采文喜悅的眼淚又落下，急問：

「吟霜怎麼了？什麼仙境？什麼通靈的鳥兒？」拍拍胸口，勉強平定自己：「唉！我知道你們現在一定又累又餓，看我語無倫次，都忘了……我先去廚房招呼廚娘幫你們做些好菜，再聽你們慢慢說！一定要好好的說給我聽，什麼都別漏掉！」

采文說完，擦著眼淚轉身，走向廚房。

寄南和靈兒看著采文的背影，兀自陷在興奮和感動裡。

「沒想到這位宰相夫人，也會為皓禎的事，激動到這個地步！」靈兒說。

「這就叫『性情中人』，才會生出漢陽那樣的兒子！即使是伍家人馬，照樣為皓禎伸出援手！我感動！」

靈兒靠進寄南懷裡說：

「我也感動！」

寄南情不自禁的摟住靈兒，兩人依偎著往室內走去。

❖

這晚，采文虔誠上香，又跪在祖宗牌位前，痛哭跪拜謝恩：

「謝謝方家的列祖列宗，謝謝娘！一定是你們在暗中保佑，讓皓禎逃過一劫，大難不死！」擦淚，哽咽的：「可是，娘啊！那皓禎離開我們，只有幾條街，我多想去抱住他大哭一場！但是，我不能去啊！皓禎不認我，世廷不知情，我現在比去過牢裡以後，心裡更痛更痛了！娘，皓禎……皓禎……他牽引著我的心……」握拳搥著胸口：「我當初怎會放手，這麼優秀的兒子啊……」

采文正在哭泣，世廷一腳跨進祠堂，看著泣不成聲的采文大驚。

「采文！妳在幹嘛？什麼事哭成這樣？到處都找不到妳，妳這麼晚在祠堂裡哭？發生什麼事情了？」

采文慌忙起身，用帕子慌亂的擦著淚水，掩飾的說：

「沒有沒有！只是來謝謝祖先的保佑……最近朝廷多事，謝謝祖先沒讓……沒讓……漢陽成為監斬官。我不想漢陽做那種事，幸好皇上下令特赦了！」

世廷眼睛一瞪，不滿的說道：

「妳為這個來向祖宗謝恩？還哭成這樣？皇上特赦，是皇上的恩典！但是那袁皓禎來歷不明，冒充袁家少將軍娶公主，就是欺君大罪！他又屢屢和榮王作對，是亂黨的嫌疑份子，就算現在死裡逃生，後患還多著呢！」

采文張口結舌，淚眼看著世廷，內心又大大衝擊，顫聲的問：

「後患，後患……後患是什麼？」

「妳最近很奇怪，動不動就淚眼汪汪！妳如果要向列祖列宗祈求保佑，最好請他們保佑漢陽遠遠避開皓禎！那皓禎逃過這次，逃不過下次，逃得過皇上，逃不過榮王，逃得過榮王，也逃不過皇后，遲早會送命的！」

采文臉色慘變，淚盈眼眶，努力忍著，不讓眼淚掉下來。心裡在瘋狂的祈求著：

「不會的！不會的！祖宗啊！娘啊……哪有親生的爹這樣咒兒子死？別聽世廷的，保佑皓禎，一定要保佑皓禎……」

❖

太子也從仙境回到人間了。一進門，佩兒就飛撲著奔向太子，太子趕緊把他抱起。

「爹！娘和青蘿她們，今天都怪怪的！」佩兒說。

太子心情良好的問：

「怎麼怪怪的？」

佩兒貼著太子耳朵說道：

「她們說悄悄話，還跟佩兒生氣！」

「好個佩兒，這麼小就學會告狀了！」太子妃笑道。

太子看太子妃和青蘿：

「怎麼了？你們欺負了佩兒？為什麼跟他生氣？」

「宮裡鬧得天翻地覆，聽說太子幾乎和皇上拚命，長安城裡亂成一片，差點斬了太子的兄弟，兩個特赦同時到，救了多少英雄人物！這麼轟轟烈烈的事，太子妃才聽我們說幾句，佩兒就插嘴，所以挨罵啦！」青蘿笑著說。

太子笑著過去，握起太子妃的手。

「原來如此！佩兒冤枉啊！做爹的不依，太子妃趕快告訴佩兒，他沒錯，是爹娘的錯！」

「怎麼是爹娘的錯？你有何錯？我又有何錯？」太子妃問。

「在宮裡的那個我，和在刑場的那個我，心裡都只有皓禎的生死，忘了佩兒和太子妃的生死，這是我的錯！太子妃心裡急，卻亂怪佩兒，這是太子妃的錯！」太子微笑說。

太子妃抬眼看太子：

「那麼，下次太子要鋌而走險時，或者要和兄弟共存亡時，能不能想一想在家裡的佩兒和他的娘呢？」

太子想了想，答道：

「是！不過『知易行難』！到時候我又會原形畢露！」

「太子妃，獅子不會變成貓的！」青蘿笑著說。

太子把佩兒交給太子妃，想著什麼，說道：

「這皓禎的事，總算驚險過關！還有更大的事，急於處理！獅子不會變成貓，豺狼也不會變成小白兔！」

❖

太子不敢耽誤，這天，把皓禎、寄南、漢陽都帶到旭陽峰頂的一個亭子裡。亭子裡有張石桌，石桌上攤開了一張地圖，太子、皓禎、寄南、漢陽都在看。鄧勇和魯超帶著幾個衛士，四面八方的防備著。太子說：

「皓禎，你仔細看這張圖！上次為了這張圖，漢陽差點被刺客行刺！」

「那你還要把我們叫到這個亭子裡來看，就應該去你府裡的密室！」皓禎說。

「密室哪有這樣重山峻嶺的風景和氣勢？看看圖，看看風景，人才能神清氣爽！」

「這張圖，我是第二次看，皓禎有過目不忘的本領，為了安全起見，皓禎，你趕快把它背下來！」寄南說。

漢陽慢條斯理的說道：

「過目不忘？這本領我也有！這圖我看了不下十次，早就會背了！」

「既然你會背了，怎麼還不把它毀掉？」太子驚看漢陽。

「留著給你們看呀！皓禎，你看清楚了嗎？」漢陽問。

皓禎想著漢陽可能是自己兄弟，又都有「過目不忘」的本領，心裡怪怪的：

「嗯，我看過了！我也背下了！」臉色嚴肅：「如果這張圖不是一個陷阱，我們面對的就是個天大的問題！」

太子點頭說：

「伍震榮要叛變！」

「而且是兵變！」皓禎說。

寄南憤憤的說：

「我早就知道這個混帳東西不安好心！當初他和四王擁護皇上登基，而沒有擁護義王登基，一定認為皇上比較容易操縱，那時就有篡位之心！」

「我也這樣想！」太子點頭：「不料四王忠心耿耿，完全支持父皇，而且那時人心都倒向父皇，軍權也在忠王建議下，分散在各個將軍手中，中央十六衛各有將軍，邊防各有都督府，父皇又架空了他的兵權，他這篡位之心只能壓下，並且和皇后聯手，皇后被他利用了！

可是，直到現在，他的目的還是沒有達到！」

「所以有了這張圖，有了這麼大的計畫，而且，這個計畫應該已經進行了好幾年！眼看就到收割的時候了！」皓禎接口。

「那麼，我們要怎麼辦？」寄南問。

「當務之急，就是找到他們的大本營。」漢陽說。

「好！從現在開始，要通知天元通寶的兄弟們，大家都要注意伍家每個人的行蹤，隨時跟蹤他們，這麼大的目標，不會找不到！」

「可是我們天元通寶那位木鳶兄，誰都見不到，怎麼讓他知道發生了這樣的大事？怎樣通知他發動兄弟們？」皓禎深思的問。

「這還不簡單！」

寄南說著，就從武器袋裡，拔出一把鋒利的小刀，把那張圖左刺右刺，瞬間做成一個鳥形木鳶，然後從武器袋中掏出繩子，綁住木鳶，把木鳶往空中放去。

木鳶越飛越高，越飛越遠。寄南就喊道：

「木鳶木鳶兮高飛，木鳶木鳶兮難追，木鳶木鳶兮何處？木鳶木鳶兮知是誰？木鳶木鳶兮胡不歸？木鳶木鳶兮莫徘徊……」

眾人都驚訝的看著寄南，又看向天際的木鳶。不知道寄南葫蘆裡賣的是什麼藥？

忽然，有一枝利箭，射向那木鳶。

寄南大驚，急忙拉線，線斷了，木鳶往遠處地面掉落。太子大喊：

「不好！雖然只是一部分的圖，落到有心人手裡，依舊會破壞我們的大事！趕快去搶回來！」

眾人全部對著木鳶掉落處奔去。魯超、鄧勇和衛士們也跟著跑。

大家運用武功輕功，跑的、跳的、躍的、飛的……衝往木鳶掉落處。漢陽吃力的跟在眾人後面，氣喘吁吁。皓禎不忍，回頭拉著漢陽的胳臂，就把他拎著似的往前奔，心裡不由自主的想著：

「宰相夫人留給我的影響還真不小，居然沒辦法不照顧漢陽！」

大家奔到一個山谷中。只見冷烈坐在一塊石頭上，拿著被箭射下的風箏把玩著，臉上面無表情，嘴裡唸著：

「木鳶木鳶兮高飛，木鳶木鳶兮難追，木鳶木鳶兮何處？木鳶木鳶兮知是誰？」回頭看太子等人：「你們在找這隻木鳶？」

太子驚喜的喊：

「冷烈！好久不見！沒想到在這兒又見到了你！劫金大戰，謝謝你仗義解圍！」

皓禎忍不住驚呼：

「冷烈？玉面郎君冷烈！謝謝你幾次相救之情，岩石林之戰，更是我最感恩的一次！那也是我們第一次見面吧？」

寄南更是又驚又喜，熱烈的說道：

「冷烈少俠，久聞大名，又幾次承蒙相救，早就把你視為同路之人，只知道你的暗器一流，原來你的射箭也如此高明，你這個朋友，我交定了！」

漢陽注視冷烈，彬彬有禮的說道：

「原來你就是江湖中傳言的玉面郎君冷烈？來無影、去無蹤的冷烈？漢陽有幸相見，已有相見恨晚的感覺。」

大家你一言，我一語，冷烈卻只是看著眾人，依舊面無表情。太子禮賢下士的說：

「沒料到這隻木鳶，把我們再度拉到一處，也是有緣！」

冷烈終於開口，冷冷的說道：

「螳螂捕蟬，黃雀在後。」

太子等人一驚，急忙回頭，看到魯超、鄧勇和衛士們已經在和幾個突然出現的紅衣人激烈交戰。魯超喊著：

「公子，這兒我們對付，你們繼續去觀賞風景吧！」

鄧勇一面打一面喊著：

「來者是誰？居然敢在我們幾個面前動手！」

只見紅衣人中的一個，突然撇下和他交戰的衛士，直撲冷烈，要搶冷烈手中的木鳶。太子大喊：

「冷烈！他們的目標是那隻木鳶，別被他們搶去！」一面喊，一面回頭加入戰團。

皓禎衝上前去和搶木鳶的人過招，一面有所不安的喊著：

「漢陽！你退到安全的地方去！打架時沒人可以幫你！」

「豈有此理！還真的來搶木鳶！」寄南大罵，也跟紅衣人打了起來。

眾人打成一團，只有漢陽站在一邊觀望。

只見冷烈好整以暇的站起身來，用箭鏃穿過木鳶，像要把戲一般的讓木鳶在箭端上旋轉飛繞，瞬間，木鳶已經變成千百張碎紙，像花瓣般隨風飛去。

冷烈面無表情的唸著：

「木鳶木鳶兮高飛，木鳶木鳶兮難追！」

說完，他猝然拔身而起，迅速的消失在山谷之中。

紅衣人見木鳶已成碎紙，頓時全部撤退無蹤。剩下太子等人，大家面面相覷。半晌，太子才一拳打在寄南身上，問道：

「你把那張圖做成木鳶，目的何在？」

寄南嘻皮笑臉的說道：

「好玩而已！想呼叫一下木鳶試試看！反正有兩個『過目不忘』的已經把圖記住了！雖然沒把木鳶叫來，因此又見識了冷烈的功夫，也還值得！」

眾人啼笑皆非的瞪著寄南。

漢陽深思的說：

「這個神龍見首不見尾的冷烈，確實是個謎！我們大家，這樣對他示好，他依舊冷冰冰，太不近人情！」

太子有點沉不住氣：

「我們身邊的謎，又豈止這一個？那呼之不應，高高在上的木鳶，不也是一個謎嗎？大家歷經風風雨雨，生生死死，他為什麼還不肯在我們面前露相？現在，我們面對伍家的大陰謀，來日大戰，恐怕無法避免！他預備一直這樣隱身在後面嗎？」

「或者，他在考驗我們！或者，他的身分實在不宜曝光！不管如何，我們要像往日一樣的生活，不要打草驚蛇，然後步步為營，處處留心！」皓禎說。

太子、寄南、漢陽都臉色凝重的點頭。

81

寄南在鋪著地鋪，靈兒趴在床沿看著他，說道：

「今晚，我睡地鋪，你睡床吧！」

「為什麼？」寄南抬頭看她：「如果妳真的心痛我一直睡地鋪，妳就讓我跟妳一起睡床榻吧！反正那張床榻那麼大，我又不會擠到妳！」

「什麼？你想跟我同床？」靈兒怪叫：「你不要以為經過山洞上那夜，你就可以對我不規矩！我又不是你的那些『老相好』，我還是黃花大閨女，你少動我歪腦筋！」

「什麼不規矩、歪腦筋？」寄南坐在地鋪上，氣呼呼的說：「讓我告訴妳，本王爺碰到妳以後就倒了楣，家裡金窩銀窩那麼舒服，什麼時候睡過地鋪？自從跟妳進了宰相府，居然淪落到睡地鋪！睡地鋪也算了，妳睡在那張床上，睡沒睡相，被子也蓋不牢，害我常常起來幫妳蓋被子，蓋完被子還能睡嗎？又不敢吵醒妳，只好對著妳的臉蛋發呆……妳卻睡得像死人一樣……」

「什麼？」靈兒大驚：「你常常起來幫我蓋被子？還對著我發呆？那……我有沒有被你看光？」抓了一個枕頭，對他打去：「原來你早就對我動歪腦筋了！你看著我的臉蛋想什麼？」

寄南跳起身子，往床上一坐，把靈兒一把抱入懷。

「想什麼？就想這樣把妳抱住，免得妳被方漢陽拐跑！」

靈兒轉轉眼珠，想著念頭：

「是啊！我都忘了漢陽大人，他對我挺好的！其實……這男人嘛，就像一個籃子裡有好多雞蛋，不必認定一個，要慢慢挑……」

靈兒話沒說完，寄南一個忍不住，又打了她的頭。

「妳是老天派來氣我的嗎？漢陽已經出局了好不好？」

靈兒被寄南抱在懷裡，羞紅了臉，用力一推寄南，跳下地。

「你又打我的頭！而且對我不規不矩！我說了我還是黃花大閨女，你離開我遠一點，不許佔我便宜！」

「老天啊！」寄南抱頭大叫：「親都親過了，還不讓我抱！穿那麼少又在我面前跳來跳去，妳是在考驗我嗎？」也跳下地說：「為了保護妳不被我佔便宜，我乾脆出去睡亭子吧！」抱了一床被，就往門外走。

「回來！」靈兒喊：「剛下過雪，外面那麼冷，你要去睡亭子？」懊惱的說：「算了算了！你是王爺，你睡床榻，我睡地舖！」

靈兒就抱著被子，躺上地舖。寄南看了她一會兒，長臂一伸，把她溫柔的抱上床。

「還是妳睡床榻我睡地舖吧！」寄南柔聲的說：「我保證不佔妳便宜，要佔，早就佔了！我最尊重的女人，大概就是妳了！雖然妳出身江湖，妳這份傻呼呼的清純，確實讓我不敢造次！或者，這也是我會喜歡上妳的原因吧！」

靈兒聽到寄南如此溫柔的表白，眼睛就變得霧濛濛的看著他。寄南迎視著靈兒這樣的目光，抓了一卷書，猝然又打了她的頭。

「本王爺去睡覺了！要不然，我一定會忍不住的！」

寄南說完，就躺下地舖，用棉被把自己連頭帶腦的蒙住。

靈兒呆呆的坐在床榻上，眼光迷濛的摸摸自己被打的頭，傻笑起來。

❖

這天，柏凱從宮裡回家，喜孜孜的踏入客廳，對雪如、皓禎眾家人報喜：

「真是天大的好消息，今天我進宮向皇上請罪，誰知皇上那天不僅特赦了皓禎，今天又恢復了咱們將軍府的一切官職和爵位。這真是咱們祖上有德，上蒼保佑啊！」

「真的嗎？那真是太好了！」雪如喜悅說道：「這陣子我們袁家人的際遇，簡直像是一場夢，驚滔駭浪，上天下地，我這老命都快去了一半，已經折騰不起了！」

「哈！」皓祥諷刺的說：「袁家人？我和我娘，還真不清楚我們是不是袁家的人！你們這家人可以死而復生，欺君大罪可以揭過不罰，官職丟了可以再撿回來，如果我真是袁家的人，請問我的好爹爹，能把我獨子的地位，還給我嗎？」

柏凱一聽，又要發怒，被雪如抓住阻止，氣得甩袖無語。

皓禎難堪又尷尬，緊握著吟霜的手，吟霜回應著他，用鼓勵和安慰的眼神凝視他。

雪如看看皓禎，再看看皓祥，低聲下氣的說：

「皓祥，我知道我當年犯的錯，讓你受了委屈，現在我們家好不容易躲過了大難，讓我們恢復往日的平靜好嗎？大娘願意用未來的歲月，好好的彌補你。」

翩翩忽然怒吼起來：

「妳能彌補什麼？我和皓祥的命運就是被妳給毀的！就是妳不知從何處抱來的雜種，污染了袁家的血脈，袁家唯一的兒子是皓祥！是皓祥！」

皓祥被翩翩一刺激，立即發難，伸手抓住皓禎胸前的衣服，說：

「對！我娘說得好！是你搶了我的地位，玷污了袁家！現在真相大白，你為什麼還不滾出袁家？」手指用力，抓得更緊：「你把我獨子的地位還給我！還給我！」

皓禎因對皓祥充滿歉意，不想還擊，任由皓祥發洩，脖子被抓得呼吸困難。吟霜著急的上去拉著皓祥喊：

「皓祥，請不要這樣，皓禎確實對不起你，但是他又不是故意的，他不知情呀！」

皓祥一腳對吟霜踢了過去：

「這兒沒有妳這隻白狐說話的餘地！」

皓禎見皓祥踢了吟霜，再也控制不住，把皓祥一把甩開，喊道：

「你要怎樣？獨子還給你！好，我就還給你，從此我不姓袁，行了嗎？你再敢動吟霜，我就用外人的態度來對付你！」

皓祥怪叫，撲過去打皓禎：

「你本來就是外人，是雜種……」

柏凱暴怒，用力拉開了皓祥，一個探掌，直拍皓祥胸前，重重的將皓祥推開，皓祥倒地，腦袋又撞上了桌角，立刻冒出血。柏凱喊道：

「你這沒出息的東西！哪有一丁點的地方比得上你哥哥！我就是要認皓禎！誰再說雜種兩個字，我就割了他的舌頭！」

皓祥摀著傷口，看到自己流血，起身暴怒的大喊：

「我沒有哥哥！皓禎和那個狐狸精一樣，都是假的！什麼梅花烙，那都是騙人的東西！」

指著吟霜怒問：「妳是人嗎？妳根本是妖！妳可以死而復生，可以變出蠍子又讓伍項魁蟒蛇纏身，還不能把自己肩上變個梅花印記出來嗎？你們這一對狗男女，通通是假的！」

一時之間，柏凱竟啞口無言。圍觀的僕人、奴婢，都低聲討論著。雪如義正詞嚴：

「梅花烙是我親手烙上，這還有什麼好質疑的？皓祥，好歹你從小到大，我也對你視如己出，請你不要在我們母女傷口上灑鹽了！吟霜就是你同父異母的親姊姊！」

皓祥眼前驀然閃過皓禎獵白狐時，徒手抓箭，手心滴血的畫面。他大發現的說道：

「那個印記真的是梅花烙嗎？我想起來了，獵白狐那天，白狐也在肩上受傷，說不定那是箭傷而不是梅花烙！袁家箭尖不正好是五片箭鏃組合的梅花箭嗎？」

此時丫頭、僕人聽著皓祥言語，更是在一旁議論不止。翩翩立刻喊道：

「袁忠！去把梅花箭拿來！我倒要在眾人面前好好比對比對！說不定比對之下，才有真相！」

皓禎終於忍不住，大聲說道：

「皓祥！你鬧夠了沒有？就算你對我有恨，你也不該遷怒和你同一個血脈的吟霜。你讓她又在眾人面前露肩，到底將她的尊嚴置於何地？」

「喲！露個肩膀就沒了尊嚴？有這麼嚴重嗎？」翩翩輕蔑的說：「本朝的女子，服裝向來開放，露胸都不稀奇！」瞪著吟霜：「只有吟霜，這兒也不敢露，那兒也不敢露，是不是怕狐狸尾巴露出來？」

吟霜眼見自己又成話題，無奈的走到屋裡的正中央，拉開自己的衣襟，露出肩頭：

「皓祥和二娘想比對，就比對吧！」

袁忠拿來了梅花箭，柏凱接過了箭，直接在吟霜的梅花烙上比對。但是，箭尖是尖的，和吟霜皮膚上梅花印記無法對比，直也不對，橫也不對。雪如說：

「這明明是梅花簪的烙印，怎麼會變成箭傷呢？除非再射一箭，等傷口好了，才知道對不對？」

「不用那麼麻煩！」翩翩喊：「袁忠、秦媽，去廚房拿許多揉過的麵粉團來，我們去練武場，在麵粉團上射箭，看看射出來的痕跡是什麼樣子？」

皓禎和吟霜一怔，雪如和柏凱無奈，僕人、衛士、丫頭們卻個個露出好奇的神情。為了要皓祥、翩翩心服口服，為了要結束袁家吵鬧不休的白狐傳言，於是，大家都去了練武場。皓祥立刻命令衛士、家僕布置一切，十個箭靶豎立在練武場的院子裡，箭靶上都貼著揉過的濕麵團。

皓祥及其他九名將軍府內的神箭手，個個拿著箭，箭尖塗上紅色的胭脂粉。

剎那間，包含皓祥的十名弓箭手，就一排箭射擊在麵粉團上。皓禎、吟霜、柏凱、雪如、翩翩和眾奴僕、衛士都在圍觀著。皓祥指揮：

「好了！大家行動快一點，去把那些麵粉團都拿下來！」

奴僕們把麵粉團拿來了，果然，十個白色麵團上，都有梅花箭留下紅色印子，看來都很近似梅花的輪廓。皓禎瞪著皓祥說：

「你的意思是要吟霜再度褪下衣服，給你一個個比對是嗎？如果都不對，你就再去射幾百個麵團，直到你射出滿意的圖形來，是嗎？」

「正是！」皓祥大聲說：「或者爹來射箭，那天的箭是爹射的，爹的力道可能比我和弓箭手的正確！不過，你還得伸手抓一把才行！」

「太荒唐了！」皓禎忍無可忍：「我不許！吟霜是我的妻子，她沒有必要一再褪下衣服，給你當試驗品來比對！」

「你不敢面對真相嗎？你怕這樣會現出她的狐狸尾巴嗎？」皓祥挑釁的問。

「皓祥，你太過分了！不止皓禎不許，我也不許！」柏凱也惱怒起來。

翩翩看著柏凱說道：

「老爺，這麼多家人、衛士圍著，您是一家之主，您要讓大家心服口服！如果大姊那個梅花烙的故事，都能讓人相信，這梅花箭的故事，難道不能成立嗎？如果不試，怎會知道真相？這個白吟霜到底是人是狐，總要弄清楚呀！」

吟霜生怕大家再鬧起來，嘆口氣，往眾人面前一站，背對眾人，拉開衣服。

「大家不要吵了，我站在這兒，要比對就快點比對吧！風很大呢！」

皓禎立刻上前，用一件披風遮著吟霜，只露出那朵梅花，鬱怒的說：

「要比對就快！一個個來！」

於是，麵粉團一個一個的送了上來，比對著吟霜的梅花烙，左也不對，右也不對。但是，皓祥不肯停止，不斷的命令弓箭手繼續射箭，一批又一批麵粉團送了過來，一次又一次的比對。皓禎的眼神越來越惱怒，雪如的眼神越來越心痛，柏凱的眼神越來越不耐。不知道比對了幾百次，忽然，皓祥發出一聲歡呼：

「比對出來了！大家看，這個梅花箭的痕跡，不是跟這梅花烙差不多嗎？」

大家看過去，只見麵團上的梅花印記，和吟霜肩上的梅花印記，確實依稀彷彿。

雪如上去看著，又急又氣的說：

「不要鬧了！這梅花烙的印記，過了這麼多年，總有一些變形，有點相像是可能的，但是，我肯定吟霜肩上是梅花烙！烙印是燙傷，是會凸出來的，箭傷是凹下去的！怎會一樣呢？只有輪廓有點像而已，都是袁家的梅花家徽呀！」

翩翩也上去看，言之鑿鑿、振振有詞的大叫：

「哈！大姊，妳不要再自圓其說了！這明明是梅花箭的箭傷，才不是梅花烙！」

眾人全部圍上去看，連僕人、衛士、丫頭、僕婦，都各有意見，議論紛紛。此時，吟霜不堪寒風吹襲，打了一個噴嚏。皓禎立刻把吟霜用披風遮得嚴嚴密密，惱怒的說：

「明明就不是箭傷！這箭有箭尖，梅花是花瓣，怎麼會差不多呢？」

「到此為止！」柏凱大吼：「我看就是梅花簪烙上的，它就是梅花烙！」

皓祥得理不饒人，大喊：

「吟霜就是白狐！梅花箭就是證據，哈哈哈！你們誰還能狡辯！」揮舞著手裡的梅花箭：「讓我告訴你們這是怎麼回事吧！大娘當初把女兒換成皓禎，那女兒不知道是不是死了？接著皓禎放了有箭傷的白狐，這白狐當然知道梅花烙的故事，就替代了吟霜的位置，幻化成白吟霜，一路混進將軍府！」

皓禎把吟霜一攬，悲憤的瞪著皓祥：

「原來，你還有編故事的能耐！如果吟霜是白狐，還會站在寒風裡給你比對嗎？早就把你變成箭靶和麵粉團了！」深吸口氣：「狐也好，人也好！吟霜就是吟霜！是我袁皓禎唯一的妻子！」

皓禎這番話說完，便帶著吟霜離開。皓祥仍然氣焰囂張，追在皓禎身後，忿恨的喊著：

「袁皓禎！你最好弄弄清楚！你到底姓什麼？」

❖

這晚，吟霜因為在冬日寒風中的比對，終於受了風寒生病了。吟霜咳著，又是眼淚又是鼻涕的，鼻頭紅紅的，一臉狼狽的喝著藥。

皓禎走過去凝視她，帶著憐惜和落寞的說：

「跟妳認識以來，這是第一次看到妳受涼，原因居然是要用梅花箭比對妳是不是白狐！早知道，我就別去招惹那隻白狐！現在讓妳永遠洗不清這白狐的罪名！」

吟霜放下了藥碗，轉身抱住了皓禎的腰，因為一個站著，一個坐著，她的頭依偎在他的腰際。吟霜熱情奔放的說道：

「皓禎，不要受皓祥的影響！你已經當了爹娘二十一年的兒子，你就放開胸懷去愛他們吧！你姓什麼，有什麼重要呢？我是人是狐，又有什麼重要呢？最重要的，是我們擁有彼此，還擁有爹娘的愛！」

皓禎用手緊緊摟著吟霜的頭，嘆息的說：

「只有妳，能夠看出我的落寞！我以為我掩飾得很好！」低頭看著吟霜：「妳知道嗎？當他們拚命想證明妳是白狐的時候，我充滿不平，覺得他們在侮辱妳……我壓抑著，才沒有對皓祥打過去！」

「我知道！我知道！你那時握著我肩膀，手都在發抖！」

皓禎痛楚的一嘆：

「還有，當皓祥指著我問我姓什麼的時候，我真的有無地自容的感覺！」就低頭看著仰頭的吟霜：「妳認為……怎樣的父母，才會拋棄了我？」

「不要去想這問題。你小時候一定是玉雪可愛的娃娃，放棄了這麼優秀的你，肯定是走投無路的人，肯定是可憐人，肯定是無可奈何的人！但是，換個角度想……」她又咳了起來：「咳咳咳……」

皓禎趕緊拿起藥碗，坐到吟霜面前，接著吟霜的話說：

「但是……換個角度想，如果不是這樣，我們擁有的愛，就太普通，太平凡了！我們都遇到了兩對不是親生的父母，卻愛我們勝過親生！不是嗎？人生，得失之間，很難定論！」吹了吹藥：「現在，別說話，把這碗藥喝下去。跟妳談談，我心裡舒服多了。」

吟霜就用雙手，托住皓禎的雙手，一面吃藥，一面深情的看著他，嚥下一口藥，深刻的說道：

「我們都有身世之謎，我們也都經過了生死的考驗。我最近忽然有了全新的體驗，即使我站在寒風中，被皓祥用麵團一次一次的比對，我都沒有生氣！皓禎，**如果你面對挫敗和沮喪的時候，可以放空自己，可以放鬆自己，可以放縱自己，就是不要放棄自己！因為一旦放棄了，我們就無法重新站起來！**」

「好一個『可以放空自己，可以放鬆自己，可以放縱自己，就是不要放棄自己！』吟霜，妳不止是個神醫，妳還是個良師！」皓禎說著，深深深深的看著她：「所以，妳以後不會從三仙崖上跳下去，不會把整罐假死藥丸吞下去？」

「看情況！」吟霜笑了：「只要你和我同在！」

「所以，妳這幾句話，還是有條件的？」

「只有一個字的條件，『你』！」

說完，她就低下頭，專心的喝完那碗藥。皓禎把空藥碗拿開，放在桌上，蹲下身子，握著她的雙手，看著她說道：

「妳沒有大愛？只有小愛？」

「我是小女子，小愛足矣！你不同，你是大男人，大局為重！」

兩人對視，皓禎不能不折服在她深刻的眼光裡。這個小女子，是人？是狐？是神？是仙？

❖

吟霜和皓禎又在袁家受辱受難，寄南和靈兒完全不知道。這日，兩人漫步在長安城的街上。寄南東張西望，跟蹤著一個目標，走著走著，寄南突然停止腳步，拉住了靈兒說：

「喂！我問妳，咱們現在正走在哪裡？」

「你腦子糊塗了？這不就是長安大街嗎？」

「既然妳知道這是長安大街，那妳有沒有想起什麼事？」寄南笑著問。

「我們在長安大街幹過的事情那麼多，我怎麼知道你說哪一件事啊？」

「妳自己曾經以長安大街之名，跟我打過賭的事情，妳忘記了嗎？」寄南得意洋洋的說：「是誰說如果看上本王爺，就要在長安城的大街上，打滾個三天三夜的？」

靈兒一怔，突然停下腳步，想起自己曾經的戲言，後悔極了。她轉頭避著寄南的臉，懊惱的想著：

「我這笨蛋！當時幹嘛打這種賭呀！三天三夜？本靈兒滾三圈都辦不到啊！」一咬牙，抵賴：「我有說……我看上你了嗎？」

寄南收住笑容，變臉說：

「嘿！妳這丫頭是怎麼回事啊！到現在還在跟我打馬虎眼，本王爺都認定妳了，妳還要賴！」

「你認定是你的事，我又沒有認定你！」靈兒狡辯，往前疾走。

「妳這混蛋，天天就會想法子惹我生氣！」寄南追來，拉住靈兒：「妳給我站住，我們現在就在長安大街上說個清楚！」情急大吼：「妳到底心裡有沒有我？」

寄南這一大吼，路上行人聽得清清楚楚，眾人驚訝的圍觀，大家看著寄南和靈兒兩個男人說話露骨，驚愕的指指點點。靈兒尷尬得無地自容，對寄南胸膛一拳搥去：

「你瘋了啊！在這大街上胡言亂語，真是丟臉死了，我的臉真被你丟光了！」順手撿起牆邊的掃帚就想打寄南：「我打死你這瘋子！」

寄南好身手，邊跑邊躲著靈兒揮舞的掃帚，喊著：

「住手！妳住手呀！我就說我倒楣嘛！看上妳這小冤家，人家是棒打薄情郎，妳這是棒打有情人，妳不心疼呀！」

「心疼個鬼，你再繼續到處胡說八道！我就棒打你這『鬥牛犬』！」

「妳這賴皮鬼，打賭輸了不打滾也就算了，居然故意聲東擊西亂打人！妳真是天下第一大無賴！」

「我就無賴！你能怎麼樣！」靈兒繼續追打。

靈兒和寄南兩人，就這樣在街上邊跑邊鬥嘴邊打架。寄南突然看到追蹤的目標，緊急抓住靈兒往牆角一躲：

「別動別動！我看到他了，那個我跟蹤的人！」

靈兒茫然的隨著寄南的眼光望去。只見對面街上，伍項麒和一個胡人打扮的商人，鬼鬼祟祟的坐上馬車。

「趕快！我們得弄兩匹馬！」寄南疾走了一段，才看路邊有個馬廄，就進去一陣交涉，帶了兩匹馬出來：「還好，我們長安馬廄多，連上朝都要騎馬！快！上馬追蹤去！」

靈兒和寄南上了馬，伍項麒的馬車早已不見蹤影。寄南看看四周，分析了一下狀況，說道：

「胡人都出沒在西市，我們向西邊追去！」

兩人便策馬往西市的方向走，果然，走了一段，就發現前面伍項麒的馬車。寄南對靈兒悄悄叮囑：「我們看看這個伍家人要幹什麼就好，千萬不要暴露身分，也別打架！重要重要！這個人的行蹤可能和一件大事有關！」

「知道了！」靈兒低聲回答：「別把我當成傻瓜行不行？這厲害我明白的！」

寄南和靈兒就騎著馬兒默默跟蹤著。兩方人馬保持著適當距離往前行。走著走著，伍項麒的馬車走進一座熱鬧的胡人市集裡，攤商都穿著西域服裝。伍項麒下馬車和胡人一起走進一間茶棧裡。寄南和靈兒遠遠牽著馬兒走在市集裡，一邊監視茶棧，一邊假裝逛攤商。靈兒疑惑的說：

「我們一路跟到城外，跑了十幾里路，姓伍的不會就是來找胡人買東西的吧？」

「沒那麼簡單，伍項麒要什麼東西，直接派人送到駙馬府就好，何須親自來這兒？」寄南眼觀八方，四處張望。

「那好吧！你盯著人，我看看這兒有什麼西域來的好東西，買回去送給吟霜。」

「妳就只會不務正業，一刻都不能閒著，去去去！」寄南轉眼緊盯著茶棧。

靈兒走到攤上東看西看，拿起一個花瓶把玩，才放下桌，突然桌上一排瓶瓶罐罐的陶器品，莫名其妙的打翻，碎了一地。攤商生氣抓著靈兒：

「你怎麼打翻了我的東西，這是從波斯國來的，很珍貴呀！你要賠我！賠我！」

「唉唉唉！你放手！放手！」靈兒拉扯：「不是我打翻的，我連碰都沒碰一下，人這麼多，你別想訛詐我！放手！」

寄南緊盯著茶棧，聽到靈兒和人爭吵，無奈搖頭趕到她身邊。他拉開抓靈兒的攤商，著急的說：「好啦！好啦！打翻了東西我們認賠，你說要賠多少？」

「不許賠！」靈兒堅持立場：「東西不是我打翻的！他們故意耍詐，這是市場上的老把戲了，專門騙老實人，我才不上當！這是他們的詐術！」

胡人攤商一串胡語開罵，更多胡人包圍了寄南和靈兒糾纏不清。

茶棧裡伍項麒和胡人走出，僕人牽來了一匹駿馬，伍項麒立刻蹬上馬背。寄南發現伍項麒要離開，急忙想脫身，卻被胡人抓住拉扯。寄南喊：

「讓開！讓開！別擋我路呀！」突然混亂人群中，有人對著寄南肚子一拳打去，寄南大怒：「唉！還真動手！你們真吃了熊膽，不給一點顏色，還以為本王是孬種了！」

寄南一腳踹去，就踢翻了整個攤子，再一拳打去，把那個冤靈兒的攤販打得飛了老遠。攤販們全部圍了過來，和寄南大打出手。靈兒哪裡肯閒著，流星錘舞得虎虎生風，到處揮打。

騎在馬上的伍項麒，得意的回頭看向寄南，冷笑：

「哈哈哈！想跟蹤我，門兒都沒有！」策馬揚著沙塵，飛奔遠去。

混戰中的寄南，一邊迎戰，一邊眼睜睜的看著伍項麒遠去，扼腕嘆氣。

❖

伍項麒擺脫了寄南的跟蹤。伍項魁卻直奔榮王府，對伍震榮急急問道：

「爹，聽說我們那張重要的『戰略圖』弄丟了？」

伍震榮生氣的說：「我們養了一群廢物，東西怎麼弄丟的也說不清楚，讓他們去搶回來，居然沒到手！那圖畫得隱晦，料想看到的人也不見得能看懂！可是，前兩天，我們的武士居然回報我，那張圖被毀成碎片了！」

「這不是太好了嗎？不管圖是被偷了還是搶走了，都沒用了！」項魁說。

「好什麼好？連我都還沒弄清楚那戰略圖的戰術，計畫了兩年，才畫出這張圖，就莫名其妙的弄丟了！派了好幾組人馬，都沒追回來，現在告訴我毀了！」

「到底是誰把它毀了呢？毀了總比落到敵人手裡好吧？」

「據說是一個年紀輕輕面無表情的人！江湖上稱他『玉面郎君冷烈』！」

「難道就是那個暗器高手？」項魁大驚：「孩兒就是被他的如意珠打得全身洞，差點被他打死！他為什麼要幫我們毀掉那張圖呢？」

「問得好，本王也想問呢！」

伍震榮困惑的深思著。

82

灰頭土臉的寄南，在太子府的密室裡忿忿的述說：

「事情經過就是這樣，氣死我了！」看向靈兒：「都是妳！已經跟妳說了安分一點，妳還要去買東西，吟霜在將軍府什麼好東西沒見過，還要妳去買胡人的破銅爛鐵送給她？」

「你負責盯著人，人給跑了你還怪我？」靈兒搥著寄南。

僕人端來臉盆和帕子，青蘿接手端到寄南和靈兒面前。太子笑著說：

「你們兩個連洗臉的工夫都沒有，就這麼狼狽跑來太子府，快先洗把臉吧！」思索著：

「這伍項麒到胡人的部落，又和打鐵場會有什麼關連呢？」

青蘿疑惑的說：

「寄南王爺說的是城外二十里，鋸齒山山腳下的胡人部落嗎？」

「正是！就是鋸齒山山腳下的賊窩，青蘿姑娘知道這個部落和伍項麒的關係嗎？」寄南趕緊問道。

「以前駙馬爺每個月，總有幾天喬裝出城，有次押著我們幾個歌舞伎，去跳舞娛樂那些胡人，他們似乎在密商什麼，說著我們聽不懂的各種胡語，挺神祕的。」青蘿說。

「難道是把打鐵場的武器賣給西域的胡人？」太子分析著：「給胡人增加兵器有何企圖？難道要幫助胡人進攻本朝？」

「想想那張圖！說不定是榮王勾結胡人，想要奪取政權！」寄南說。

「沒錯！這個動機最合理。」太子說：「近來長安城的胡人越來越多，和百姓的糾紛也不少。但榮王的企圖，必須要有實質證據，才能強而有力的說服父皇處置榮王！我們必須一點一點的將他們謀反的線索往上追。」翻開京畿的大地圖，指著某點：「鋸齒山，也許真相就在這兒！」

「如果真相在那兒，等皓禎來的時候，一起討論，我們再行動！」寄南警告太子說：「記住『三人同心，無堅不摧』！那鋸齒山沒有腿，跑不掉的！」

但太子怎能等？知道吟霜受了風寒生病，想那皓禎全心都在吟霜身上，不忍驚動他。思前想後按捺著性子，等了三天，就再也沉不住氣。

這天，太子一身武術勁裝，帶著鄧勇等二十多名衛士高手，喬裝來到鋸齒山的叢林找尋線索。鄧勇對太子說道：

「這就是鋸齒山的山口了，到處樹林密布，山頭像鋸齒，一座連一座，看來非常凶險，您真的不要通知皓禎少將軍和寄南王爺嗎？」

「皓禎家裡還是不太平靜，寄南來了一定會反對，先讓他們緩緩吧！反正今天我們只是探探鋸齒山到底藏著什麼祕密，又不需要作戰，若有狀況，大夥兒就撤！」

「是！遵命！」鄧勇回答。

太子和衛士高手們，或跳或攀，或壓低身子穿越大樹林、小樹林、大叢林、小叢林，大岩石，小岩石……往前行進。當太子等人來到一處樹林間，突然地上埋伏著三、四張捕獸網，若干衛士同時被網子擒伏，高吊在樹上。太子緊急一喊：

「小心！有陷阱！」

太子一面說，一面聯合鄧勇和其他衛士，眼明手快，拔劍一躍，將網子一一斬斷，衛士全部翻身落地獲救。鄧勇看看網子說：

「這幫胡人在森林裡補猛獸嗎？還設下陷阱？」

「恐怕這陷阱是對人，不是對猛獸。大家要小心腳下，繼續前進！」太子說

太子和衛士們繼續前進，不久又一個個踩空，掉下地上插著銳利竹籤的地穴。太子踩空跌落，正要被銳利尖刺所傷之際，他用未出鞘的長劍，在尖刺中的地上一點，就借力騰空飛躍而起，跳出地穴，說道：

「利用你們的長劍點地支撐，地穴不深，用輕功跳出！千萬別被尖刺所傷！」

鄧勇和衛士們，也在千鈞一髮間飛躍而出，可惜仍有兩、三位衛士猝不及防受傷。太子振作士氣，說道：

「看來這山路非常凶險，傷兵暫時留在原地，其他人提高警覺，走！」

太子話才落定，遠處草叢間，躲著一個胡人吹起陶笛，奏出特殊的聲音。突然間，大量的毒蛇從草叢裡冒出，爬向太子等人。太子和眾衛士跳上樹幹，但毒蛇也追上樹。太子和衛士拔劍斬蛇，但越斬，陶笛聲越吹，毒蛇也越來越多。

太子斬不完毒蛇又無處可躲，洩氣的說：

「今天探敵失敗！我們撤！」

太子帶著衛士們，跳躍在樹叢間遠去。

❖

皓禎和寄南得知太子竟然隻身去探鋸齒山，兩人趕到太子府，進了密室，寄南對著太子就一拳打去。

「跟你說過鋸齒山沒腿，你這有腿的太子，比鋸齒山還危險！」

「別打架，別打架！」皓禎說：「他去都去了，打他有何用？還是討論一下這座山比較要緊！」就問太子：「鋸齒山面積很大，佔地很廣，你從哪兒進去的？」

「那兒有個登山入口，我們就從入口進去的！誰知遍地都是陷阱，這座山裡絕對藏著不可告人的祕密！」

「這山離開長安不過二十里，如果和那張圖有關的話，這伍震榮也太大膽了吧？」寄南說著，搖搖頭不敢相信。

「總之，再探鋸齒山，是一定要做的事！你們大家，還是照常過日子，免得打草驚蛇！過幾天，我帶著我的武士，會再去一趟！」

皓禎一巴掌拍在太子肚子上，又一拳打在太子肚子上，喊道：

「剛剛才阻止寄南打你，看樣子，你不打還不行！你還敢私下去闖鋸齒山？你知道你的身分是太子嗎？隻身進入險境，居然不通知我？你要氣死我？何況這鋸齒山以險峻著名，平常都沒人敢去，怎會有胡人在裡面呢？你一見情況不對就該退出！」

寄南見皓禎出手，就一巴掌打在太子左肩上。

「你不告訴我和皓禎，是不是認為我們兩個沒用？雖然皓禎現在和家人的情況還很緊繃，但是，我和裘兒可以幫忙呀！這是何等大事，你怎麼如此輕率？萬一你有個三長兩短，本朝除了你還有誰能當太子？」

「唉唉！寄南，你這說的是什麼話？跟靈兒處久了，把靈兒的口沒遮攔全部學會了！」

皓禎就嚴重的看著太子：「啟望、我和寄南，要行動就一起行動！以後誰也不可以單獨涉險！尤其是太子你！」

「好了好了！」太子掙開兩人喊：「幹嘛生這麼大的氣？知道你們都擔心我的安全，以後，絕對不單獨行動，行嗎？再探鋸齒山，也等你們都有空的時候！」看皓禎：「聽說你又被皓祥氣著了？還害吟霜受涼？」

「別提了！」皓禎一嘆：「跟鋸齒山的事比起來，實在是小事一樁！吟霜也看開了，都不會生氣了！」看著太子，深思說道：「套用吟霜的話，啟望，你可以探險，你可以冒險，你可以歷險，就是不能涉險！」

「瘋了，你們這些人，寄南說話變靈兒，皓禎說話變吟霜……好吧！你們說，下次什麼時候去再探鋸齒山？我等你們兩個就是！」

「回去安排一下，馬上給你回音！我那小廝，一定鬧著要跟隨！」寄南說。

「吟霜也會鬧著隨行，就怕我們受傷，她那神醫技術，還真有用！」皓禎說。

「那你們就趕快回去，找靈兒的找靈兒，找吟霜的找吟霜！本太子是沒什麼耐心的，反正每次都履險如夷，也不怕千難萬險，山高水險，我就想以身試險，管他是不是鋌而走險！」

皓禎和寄南驚看太子。皓禎納悶的說：

「舉一反三！這個厲害！」

「威脅力十足！這個厲害！」寄南說：「皓禎！我們趕緊回將軍府，看看吟霜和靈兒在幹嘛？」

❖

畫梅軒的臥室裡，吟霜笑著讓靈兒站在房間正中，說道：

「靈兒，看到寄南總是追著個小廝跑，我實在看不下去了。昨天，娘又給我送了好幾套新衣服來，我要把妳打扮一下，讓妳恢復女兒身，打扮得美美的去讓寄南驚豔一下！」

靈兒頓時興奮起來：

「好呀！在這畫梅軒，我什麼顧忌都沒有！好久沒穿漂亮的女兒裝了，趕快給我看看那些衣服！挑一件最漂亮的，還要美美的塗點胭脂，梳個頭才好！簪環髮飾都要！」

吟霜就打開抽屜，拿出一堆漂亮的衣裳來。

靈兒看得眼睛都亮了。吟霜再拿出簪環首飾來，靈兒的眼珠子都快掉出來了。

「哇！」靈兒喊著：「女兒裝！女兒裝！還我女兒裝！」

當寄南和皓禎趕回畫梅軒的時候，雙雙被攔在大廳裡。香綺說，吟霜和靈兒有要事在談，讓兩位爺們先喝茶聊天，少安勿躁，談完她們自然會出來。

寄南拿著茶杯，喝著茶說道：

「她們兩個關著門講悄悄話，袁兒一定在說我壞話，她就會欺負我……」

「我怎麼覺得是你在欺負她呢？哪有一天到晚打人家腦袋、罵人家笨的？」皓禎說。

「她就常常說些莫名其妙的話，跟我抬槓上癮了，還對漢陽還有點三心兩意的，氣死我！」寄南睜大眼說。

皓禎想到漢陽，心中仍然痛了一下，驚愕的問：

「漢陽？不會吧？」

正說著，房門一開。吟霜喊著：

「裘靈兒駕到！兩位看清楚了！」

吟霜扶著千嬌百媚的靈兒走出來。只見靈兒穿著一件粉紅色繡花的正式服裝，梳著漂亮的髮髻，簪著精緻脫俗的髮簪，除去了男裝的膚色，還原為原來的白皙，臉上塗著淡淡的胭脂，唇上塗了淡淡的唇紅，眉毛恢復了原來的柳眉，靈動的眼神，帶著淺淺的笑，真是「美目盼兮，巧笑倩兮」，整個人豔光四射。

寄南一眼看到漂亮妝容的靈兒，驚訝的頓時滑落了茶杯，打灑了一身水。

在門口偷看的小樂和香綺，笑得闔不攏嘴。香綺對小樂低語：

「這個賓王爺就有個毛病，一遇到靈兒姑娘的事，茶杯就握不牢！以前在常媽那兒就是這樣！」

寄南目瞪口呆的看著靈兒，嗞著口水。靈兒走到他面前，轉了個圈子，用原來的女兒聲音，故意嬌滴滴的說道：

「竇王爺，裘兒恢復本來面目，你還習慣嗎？」

寄南目不轉睛的瞪著她：

「本王爺真慶幸妳在宰相府都是男裝，要不然，肯定會被漢陽搶走了！」就大喜的衝上前去抱住她：「妳還是女裝漂亮！看到妳這樣子，我才覺得我竇寄南三生有幸！」

靈兒一推，就從他懷抱裡閃身而出。

「跟你的『三生』有什麼關係？我不過是沒辦法，當了你臨時的小廝而已！」

寄南抓起一個卷軸，就想打靈兒：

「妳換了女裝，就不是我的小廝了？」

靈兒對著他甜笑，他這卷軸就舉在空中，再也捨不得打下去。皓禎和吟霜相視而笑。

「我覺得，靈兒應該恢復女兒身了。你看她現在這樣子，說不定以前見過她的人，都不會記得她。」

「是嗎？」皓禎仔細看：「真的，被妳這樣一打扮，她像個千金大小姐。以前，她是個雜技班的小妞，實在差很多！」忽然想起，對寄南喊道：「寄南，我們不是一直說，要進宮去謝蘭馨的嗎？趁太子又有行動以前，把這事辦了吧！裘兒！趕快換回妳的小廝服裝，跟我們一起去！」

「換回小廝服裝？」靈兒一瞪眼：「我不要！難得漂亮一次，馬上就要我變醜，我不要！如果進宮，我就穿這一身去！」

「不可以！」皓禎、寄南、吟霜都喊。

靈兒嫣然一笑，懇求的說：

「寄南對皇宮那麼熟悉，我們就跟著寄南從後花園進去，不會碰到熟人的！何況，這次進宮謝蘭馨，不是要和蘭馨真心相對嗎？讓她知道我是個女的，也是一種坦白！這樣，她對那個總是和她打架的袁兒，就不會再生氣了！袁兒我……不……是靈兒我，現在對那個公主，已經心服口服了！」

「不可以！妳還是當小廝，我比較放心！」寄南說。

「本靈兒姑娘，今天就要用『姑娘本色』去見那位公主！」靈兒堅決的說。

「咱們帶一件男裝的披風，萬一碰到熟人，尤其是敵人，就把靈兒用披風給披上，戴上帽子，寄南遮掩著她溜走！」吟霜建議。

「就這麼辦！坦白面對公主，靈兒這句話說到了重點！是我們和蘭馨交心的時候了！」

皓禎點頭了。

❖

皓禎等人進宮謝公主的時候，太子也到了宮裡，兩路人馬都不知道彼此進了宮。

太子是在御書房裡，把那面尚方御牌，從桌面推到皇上面前。

「父皇！啟望特地來歸還這面尚方御牌，謝謝父皇那天借這御牌給兒臣救下皓禎！兒臣對父皇的特赦，沒齒難忘！」

皇上握起御牌，審視著，看著太子寵愛的一笑：

「應該是朕要謝謝你吧！一直記得你提醒朕的那句話，皓禎腦袋一掉，多少英雄會揭竿而起？真是一言敲醒夢中人！不過，以後再也不可以用生命威脅朕，朕雖然是皇帝，對自己的子女，也是捨不得的！不要以為前朝多少父子爭大位而彼此傷害，就把朕想成那種人！」

「兒臣知錯了！當時已經快到午時，實在心急，就口不擇言！」太子趕緊說道。

「你和寄南、皓禎三個的兄弟情誼，是你這一生用不盡的寶藏，你一定要好好珍惜！」皇上一嘆：「朕身邊，就缺這種兄弟！」

「以前的四王就是這樣的兄弟！現在，父皇身邊還有我們三個，為了父皇，我們個個可以拚命！父皇，你絕不會孤獨，只是，要小心惡虎和豺狼！」

皇上落寞一笑，把御牌還給太子：

「這御牌，你就留在身邊吧！萬一朕又想錯殺誰，你還可以挽救！對於貪官污吏，也大大有用！」

「父皇要送我一面尚方御牌？孩兒不敢收啊！」太子驚喜。

皇上走近太子，指著御牌說道：

「這御牌也有兩種，這面是正式御牌，右下角刻著一個『御』字，另外還有兩面御牌，是朕送給愛妃當信物的！一面右下角刻著個『鳳』字，是給竇妃的。另外一面，右下角刻著一個『苑』字，是給皇后的！其實，真正有力量的，只有刻『御』字的！沒有『御』字，只是紀念品而已！」

「所以，這有作用的御牌，父皇給了孩兒？那……大臣們能夠分辨兩種不同的御牌嗎？」太子驚喜接過御牌。

「這就是朕擔心的問題……」難過的：「竇妃的御牌，跟她一起殉葬，皇后的御牌……」眼前閃過皇后拿出御牌威脅他的畫面：「還在她手上……一旦拿出來，只怕大臣不察……」皺皺眉頭，帶著隱憂，拍拍太子的肩：「不要隨便拿出御牌，多用就不稀奇了！這真正的御牌，一共只有三面，這面給了你，朕保留一面，還有一面，在朕最信任的一位重臣手中！」

「孩兒能知道那位重臣是誰嗎？」太子好奇的問。

「將來你會知道的，現在時機未到！」皇上說，叮囑道：「好好保護這御牌！」

「是！兒臣謝父皇恩典！定不會辜負父皇，讓這面御牌蒙羞！」太子感動至深的說道，心裡卻有點擔憂，那第三面御牌，到底在誰手裡呢？重臣？不會是伍震榮吧？想到這兒，有點不寒而慄。隨後一想，如果伍震榮手中有御牌，可以先斬後奏，恐怕皓禎、寄南的人頭早就落地了，還需要他三番兩次的行刺設局嗎？這樣一想，又豁然開朗。在這朝廷上，還有一位皇上最信任的人，這是好消息呢！

❖

太子在御書房的時候，寄南帶著皓禎、吟霜、靈兒來到蘭馨的寢宮。

蘭馨驚奇的看著皓禎等人：

「你們前幾天不是才進宮謝過父皇？怎麼今天又來了？」

「公主，皓禎和吟霜，覺得謝謝皇上以外，最該謝謝的一個人，是公主！以前我們有許多衝突和誤會，造成太多傷害！我們再來一次，讓公主更深入的知道，妳挽救的是怎樣一個人！」皓禎誠摯的說道。

「看來大家都有很多話想說，那麼大家就請坐吧，不要拘束了！」蘭馨大方的說。

靈兒一身女裝，遮遮掩掩的跟在寄南身後。蘭馨猝然從桌上拿起她的鞭子，就一鞭子抽向靈兒，怒喊：

「你們夾帶了一個鬼鬼祟祟的姑娘進門，是要幹什麼？」

寄南一躍，伸手一撈，立刻抓住了鞭子喊道：

「蘭馨！妳看看仔細，這是裘兒！也是靈兒！」

靈兒就笑著上前對蘭馨請安，俏皮的說道：

「裘靈兒叩見蘭馨公主，公主金安銀安萬萬安！」

「裘兒？」蘭馨大驚，仔細一看：「妳不是寄南的小廝嗎？原來妳不是小廝，是個姑娘？為什麼一直扮成小廝呢？」

「那故事就長了，都是伍項魁那混帳東西，要搶她去當小老婆，她被我們救出來以後，生怕被認出來，只好男扮女裝，掩人耳目！」寄南說。

「皓禎說，我們今天來見公主，都要用最坦白真實的態度，所以我也冒險用本來面目進宮謝公主！」靈兒說。

「哦！」蘭馨不禁釋懷，看看皓禎，又看看吟霜。

吟霜就排開眾人，對蘭馨跪下了，真摯的說道：

「公主，我知道這段日子來，我們每個人都經歷了各種衝擊，有些傷痕也可能成為我們終身無法抹滅的痛，但可貴的是公主有一顆寬恕的心，寬恕了我們無心之過！讓我們有機會活著跟公主道謝！救下皓禎，我必須給您磕頭！」

吟霜感恩的磕下頭去。蘭馨看著吟霜，不勝感慨，拉起了她。

「過去那個我，也曾經糊塗瘋狂過，做了許多自己都不相信的事，現在才如夢初醒。寬恕實際也等於是放過自己，救了袁家一家，也等於是給我自己一條生路。你們都不用再記掛這件事情了！何況救皓禎，太子的功勞比我大！」

皓禎注視蘭馨，突然說道：

「如果公主方便的話，我是不是可以和公主單獨的談一談？」看寄南：「你們先去御花園等我吧！」

於是，吟霜、寄南、靈兒退出了蘭馨的寢宮。三人走在御花園裡，寄南四面看著，把那件男性披風披在靈兒身上，說：

「帽子戴起來，把妳漂亮的小臉蛋給遮住！」

「幹嘛？這兒都是宮女，又沒人注意我們，你讓我美美的不可以嗎？」靈兒說。

吟霜也四面看看：

「寄南不要太緊張，萬一碰到皇上或是皇后，我們就大大方方的請安，坦白的說是進宮看公主就好了！」

「吟霜，妳別那麼善良天真，碰到皇上還好，萬一碰到皇后……」寄南低語：「她不把妳撕碎了才怪！在她心裡，妳還是那個害蘭馨失去駙馬的狐狸精，懂不懂？」

「那麼，有沒有什麼地方，讓我們可以躲一躲的呢？」吟霜有點怯場了。

寄南拉著靈兒，說道：

「跟我來！那邊有一堆假山，我們去假山後面避一避吧！」

三人就向假山的方向，低調的走去。

❖

皓禎留在蘭馨那兒，深深的看著蘭馨。從口袋裡掏出一張寫著字的信箋來，說道：

「很多心裡的話，都不知道如何說出口！在我們的婚姻裡，幾乎都是衝突和仇恨，尤其我，做了許多不可原諒的事！再也想不到，最後救我一命的居然是妳和太子！謝謝兩個字，實在太渺小，怎能代表我對妳的心情？」

皓禎就把手裡的信箋遞給蘭馨。蘭馨驚愕的接過來，打開一看。信箋上面是用九宮格的方式，寫著滿信箋的九個「心」字。

「還記得妳曾經送我一樣禮物，是『一點一點又一點，輕舟一葉水平流』！我還給妳的，卻是撕碎的半顆心！現在回想，我實在太無情了！但是，那時，我真的給不起妳完整的心！現在，這兒有九顆完整的心，是我們袁家每人一顆，送給妳的！其中還包括了魯超、小樂和香綺的！」

蘭馨握著那張信箋看著，眼裡蒙上一層淡淡的霧氣，微笑的問：

「沒有秦媽的嗎？我看這樣吧！把翩翩和皓祥那兩顆拿掉，本公主相信他們兩個並不感激我，加上秦媽和袁忠，九顆真正愛你的心，不是愛我的心！」就珍惜的收起信箋：「總之，我收了！」凝視他：「好一份大禮！」

「現在還會做惡夢嗎？還會害怕嗎？」皓禎真正關心的問道：「身體是不是全好了？心裡

是不是完全舒坦了？」

蘭馨愣了愣，坦率的回答：

「我想還需要一段恢復時期，可是，我已經不恨你了！也終於明白，你一直想讓我明白的事。你是我從來沒有見過的那種男人，那麼死心眼只認一個女人！走到現在，我對這樣堅持的你，也有點佩服！」

「我有預感，妳也會遇到一個和我一樣『死心眼』的男人！」皓禎說：「或者那男人早就出現在妳生命裡，卻被妳忽略了！」他想起漢陽，如果漢陽真是他的哥哥，命運是故意在捉弄他們兄弟兩個嗎？

蘭馨尋思著，眼前也飄過漢陽和她四目相對的情形，一笑說道：

「是嗎？我等等看吧！」再凝視皓禎：「我也明白了，娶我，你是為了護國大業！你現在欠我更多了，你欠我救你的這條命，你就用這條命，好好報答社稷和百姓吧！」

「遵命！公主！」皓禎誠摯的說道。

兩人眼神深深相對，瞭解和欣賞都在彼此眼底。此時此刻，以前的傷痛和折磨，都化為雲煙，飄然而去。剩下的，是最純粹的友誼和像家人的親情。好險！皓禎想著，總算他保持了蘭馨的玉潔冰清，讓她可以擁有一份完整美好的未來！

❖

吟霜、靈兒、寄南穿梭在假山叢中，一面等待皓禎，一面聊著。吟霜關心的問：

「寄南，你和靈兒的事，你爹娘知道嗎？」

「不知道，還沒跟他們說過。」寄南搖頭。

「你是個王爺，靈兒只是個跑江湖賣藝的姑娘，你爹和你娘會不會嫌棄靈兒？你有沒有考慮過這問題？」吟霜再問。

「我爹娘對我早就放棄了！反正我拈花惹草，聲名狼藉不說，然後又有斷袖之癖，行為不檢，還被送到宰相府去管訓，他們覺得太丟人，恨死我了。我上次回家一趟，他們叫我和袞兒一刀兩斷，否則就別回家！」

「哦！這麼嚴重！」靈兒聽了，頓時翻臉：「所以，你那金窩銀窩，只是一個勢力窩！你爹娘那麼看不起我，要你跟我一刀兩斷，你這個王爺有什麼了不起？你家我也不想進去……」

「喂喂，人家爹娘不滿意的是袞兒！」吟霜啼笑皆非的說。

「我就是袞兒呀！」靈兒大聲說。

寄南對著靈兒的頭敲了一下說：

「妳是袞靈兒！不是袞兒，扮假小子扮得自己都糊塗了！穿了女裝還說是袞兒，妳是我要帶回家去炫耀的袞靈兒！」

三人嘰嘰喳喳中，完全沒有注意到，伍項魁正悄悄而來，聽著三人的談話。聽到袞靈兒三字，臉色大變。猛然間，伍項魁出現在三人面前，大叫：

「裘靈兒在哪裡？」

三人大驚，寄南一把就把靈兒拉到身後。靈兒急忙用帽子遮住臉，退向假山中間。寄南怒喊：

「伍項魁，這是皇宮，你少在這兒撒野！」

「又是你這個芝麻綠豆王！」項魁瞪著寄南，眼光搜尋著吟霜和靈兒，對吟霜大喊：「還有妳這隻白狐，居然在皇宮出現了！」指著靈兒的背影喊：「那個人！妳給本官站住！轉過頭來讓本官看看！」

寄南一看情況不妙，一招「日正當中」出手，一拳就對項魁打去。項魁猛不防，鼻子上挨了一拳，大喊：

「來人呀！來人呀！趕緊把這個瘋狂的竇寄南抓起來！」

項魁的衛士立刻圍了過來，和寄南大打出手。項魁就繞過去找靈兒，靈兒穿著披風戴著帽子，在假山石中兜圈子，項魁也在假山石中兜圈子，突然間，兩人一個面對面。

靈兒叫了一聲，閃電般揮出一拳，轉身就跑出假山。項魁又挨了一拳，大怒，追上靈兒，抓住靈兒的披風，就用力一掀。披風連帶帽子，拋散在空中，同時，靈兒一個轉身，漂亮的面孔和轉身的身影有如粉蝶翩飛。

正在打架的寄南驀然回頭，看到如此美麗的靈兒，竟然呆住了。衛士抓住機會，就對寄南上中下三路，一陣猛攻，寄南被打得好慘。忽然，太子出現，一見這種局面，飛身過來，一把拉出寄南，接著出手，把衛士們打得七零八落。太子大喝：

「本太子在此，還不退下！怎可打靖威王？你們都不要命了？幸好我在宮裡，親眼看到你們的囂張惡行！」

寄南看到太子，捽捽被打得發暈的頭，說道：

「啟望，趕緊抓住那個蛤蟆王，幫吟霜的父親報仇！幫囚禁靈兒報仇！還有那什麼山，中了陷阱的兄弟報仇！」

項魁兀自瞪眼望著靈兒，驚呼：

「裘靈兒？妳果然就是那個把本官耍得團團轉的裘靈兒？妳不是死了嗎？不是丟到亂葬崗了嗎？」

太子飛竄過去，對著項魁的鼻子，一招「推窗望月」，又是一拳，同時發掌一推。把項魁打到靈兒面前，太子喊：

「靈兒！接招！」

靈兒對著項魁大喊：

「是啊！我是裘靈兒，我現在還魂了！要向你討命！」

靈兒一面說，再對項魁打了過去，項魁又被打到寄南面前。太子大喊：

「寄南！接招！有冤報冤，有仇報仇！」

寄南立刻出招，「皓月當空」，一拳過去，正中項魁的鼻子，同時運掌一送，把項魁再打到太子面前：

「太子！這混帳東西交給你！還要為青蘿報仇！」

太子再度「推窗望月」，又一拳，把項魁打給靈兒：

「裘兒，這蛤蟆王是妳的了！」

靈兒掏出流星錘，對著項魁一陣揮舞。項魁躲進了衛士群中，鼻子鮮血直流、眼中金星直冒，被打得慘兮兮，這才恍然大悟：

「裘兒？原來妳就是裘兒！難怪本官每次看妳就特別眼熟，妳這狡猾的賤人居然沒死？」抬眼看向吟霜：「是會法術的白狐救了妳是吧？」突然大喊：「來人啊！抓刺客！有奸細！抓白狐！捉妖怪呀！」

宮中羽林軍和高手通通圍攻過來。太子大喊：

「羽林軍！誰敢亂動？把那個伍項魁抓起來！宮裡的妖怪就是他！」

羽林軍一見太子，全部後退，趕緊行禮。

「太子金安！太子威武！」

「還有我靖威王在此！什麼人敢妖魔鬼怪的亂喊？」寄南厲聲說道。

項魁跳到一塊假山上，大喊：

「這個靖威王是假的！這些人都是妖怪，這個靈兒丟到亂葬崗還會活過來，那個白吟霜更是法力強大的妖狐！這竇寄南大概也是妖狐變的，都是假的，快拿下……」

就在這時，只見皓禎飛身過來，跳到假山上，一招「風捲殘雲」，橫腿一掃，就把項魁掃了到假山下。皓禎大喊：

「我袁皓禎在此，羽林軍通通給我退下！」

「豈止少將軍！太子也在此！羽林軍弄清楚敵人是誰？」太子大喊。

「豈止太子，我靖威王也在此！」寄南大喊：「羽林軍還不行禮？」

羽林軍急忙住手後退，面對太子等三人，個個行軍禮，齊聲喊道：

「太子威武！靖威王威武！少將軍威武！」

項魁爬起身子，暴跳如雷，更是大喊：

「假的！假的！都是假的！你們不是人，是妖怪，是刺客！大家趕快把他們抓起來！刺客！刺客……妖怪！妖怪……」

這樣一喊，更多的羽林軍聞聲而來，七嘴八舌大喊著：

「刺客在哪兒？妖怪在哪兒……」

83

當御花園鬧成一團時，皇后正在密室中幽會伍震榮。她板著臉生悶氣，坐在躺椅上，偏著頭不看伍震榮。伍震榮脫去外衣，就主動去擁抱皇后，低聲下氣，甜言蜜語：

「好了嘛！這麼多天了還生下官的氣？那天我是氣瘋了，口無遮攔，這不是來向妳請罪了嗎？別生氣了！」

皇后推開伍震榮，煩惱的說：

「叫你來，不是要聽你油嘴滑舌的！自從斬首皓禎失敗，本宮越來越覺得，皇上好像對本宮已經不再寵愛了，以前他跟我都不敢大聲點的，現在常常擺出皇帝架子，幾句話就封了本宮的口！」

伍震榮一怔，著急的說：

「如果妳收不了皇上的心，咱們更要提早動作！事不疑遲，上次，皇上對本王不是也說了重話嗎？萬一皇上……」

伍震榮話沒說完，御花園傳來此起彼落的呼喊聲：

「抓刺客！抓刺客！抓妖怪……抓妖怪……」

「啊！有刺客？怎麼會有刺客？」皇后驚愕說。

「抓妖怪？」伍震榮更驚：「怎麼像是我兒子的聲音？」

兩人慌張的跳起身子，伍震榮急忙整冠穿衣服。

在御花園裡，眾羽林軍不敢行動。但是，項魁的衛士卻追著寄南、皓禎打，只是不敢打太子。寄南、皓禎護著吟霜，和衛士纏鬥，拳影掌風，肘撞臂架，旋身飛踢，腳勾腿拌，攻防之間，滴水不漏，打得不可開交。衛士們被劈倒、踹倒了一大片！吟霜忍不住喊：

「我不是白狐！不是妖怪！更不是刺客，你們快停手！」

被驚動的伍震榮和皇后趕到，見狀大驚。皇后怒喊道：

「住手！住手！這不是寄南和皓禎嗎？你們在幹嘛？」

大家見皇后出現，都住手不打了。羽林軍慌忙行禮後退。皇后氣沖沖對皓禎說：

「原來是被特赦的、休掉的駙馬，你帶著你的狐狸精又到宮裡來作亂了嗎？」

皓禎一股正氣的看著皇后說：

「皇后娘娘！皓禎帶吟霜進宮，是來向蘭馨公主道謝的！我們小輩並沒有因為種種風波而彼此仇恨，大家化敵為友，看在蘭馨公主的病體完全康復份上，請皇后對我們也多多包涵吧！」

「殿下！爹！」項魁趕緊告狀：「那個竇寄南的小廝裘兒，根本就是個女的，她就是我的小老婆，當初大鬧爹的壽誕，被丟到亂葬崗的裘靈兒！」

「什麼你的小老婆？」寄南一怒，吼道：「就是被你搶去，又被你軟禁，最後還差點被你殺死的裘靈兒！」

伍震榮看到吟霜，又看到靈兒，不由分說就幫著自己兒子，大喊：

「皇后娘娘，別聽這些人胡說八道，他們造成的災難還不多嗎？明明都是妖怪！」大吼：「羽林軍上！通通拿下！」

「什麼妖怪？」太子大吼一聲：「本太子可以證明，他們絕對不是妖怪！本朝的妖怪很多，還等著他們來收拾呢！」

這樣的大吵大鬧，皇上也驚動了，在衛士的簇擁下來到御花園，迷糊的問道：

「什麼事情鬧哄哄的？誰在喊妖怪刺客？這大白天的，怎會有妖怪呢？」忽然看到皇后和伍震榮，一愣：「原來榮王進宮了？皇后也在這兒？」

眾人急忙對皇上行禮如儀，羽林軍全部行禮後退。皓禎趕緊稟道：

「陛下，寄南和微臣特地進宮謝公主，在御花園遇到伍大人，見面就動手，還大喊妖怪！吟霜被誤會是妖狐的事，早就澄清了！」

「父皇！」太子也氣沖沖說道：「兒臣從父皇書房出來，就看到伍項魁帶著羽林軍正在追殺靖威王，還口口聲聲亂喊妖怪！」

「誰敢動朕封的靖威王？」皇上震怒。

「陛下，別被他們騙了！」項魁喊道。

項魁衝上前去拉住靈兒的手腕，寄南大怒，打掉項魁的手，把靈兒護在身後。

「陛下！」寄南急喊：「伍項魁仗著榮王撐腰，一再強搶良家婦女，連本王的女人，他也要搶！在這皇宮裡面，當著陛下和皇后，都敢如此囂張！」就把靈兒拉出來：「靈兒！別怕！見過皇上、皇后！」

靈兒就出來，嬌俏靈動、儀態萬千的對皇上和皇后行禮如儀，說道：

「民女裘靈兒叩見皇上、皇后！願皇上萬歲、萬萬歲！皇后千歲、千千歲！」

皇上不禁深深的打量靈兒，又看向寄南：

「寄南你這小子，眼光不錯嘛！」

「別被她的女裝騙住了，她就是竇寄南的小廝裘兒！」項魁急喊。

伍震榮這才恍然，又急喊：

「陛下！請下令趕緊把這些妖怪通通抓起來！這個裘兒忽男忽女，死了還會活過來，不是妖怪是什麼？那個白吟霜，到處作法……」

「大家都住口！什麼妖怪、妖狐？朕要破除迷信，在皇宮裡，不要胡說八道！」皇上困惑著：「寄南的小廝，原來是個姑娘？就是這個姑娘？讓朕弄弄清楚……」

皇后護著伍震榮，又對皓禎等人恨極，突然厲聲說道：

「皇上！等您弄清楚，不知要多久，臣妾可以作證，皓禎和寄南的這兩個女人，全是妖怪！」就對眾羽林軍命令道：「羽林軍快上去！把那兩個妖女先抓起來再說！」

眾羽林軍已經昏頭轉向，不知道該聽誰的，又一擁而上。吟霜急喊：

「陛下！蘭馨公主都知道我是人不是狐，我娘也說清楚了我的身世！靈兒和我，都曾經在東市被伍項魁挾持，是皓禎和寄南救了我們，這才有了我們兩對的姻緣……」

伍震榮急喊：

「住口！這兒沒有妳這個妖女說話的餘地！下官現在就奉皇后殿下懿旨，殺了這兩個妖女！」從衛士身上拔劍出手，帶著人手就衝向吟霜和靈兒。

太子衝出，也搶了衛士的劍，一招「遮風避雨」，橫劍一攔，緊接著「仙人指路」，手腕一旋，長劍一絞，劍身由橫變直，劍尖直指伍震榮，大聲喝道：

「公然在皇宮行凶！父皇，小心惡虎豺狼！」

「誰敢碰吟霜！」皓禎也拔劍在手。

「誰敢碰靈兒！」寄南同時喊。

羽林軍對著皓禎和靈兒衝去，皓禎、寄南和羽林軍對峙。皇上急忙喊道：

「住手！朕還沒弄清楚，怎麼誰都可以對羽林軍下令？」

正鬧得不可開交，忽然一聲嬌叱，蘭馨持劍直衝而來，聲音清脆有力的大喊道：

「羽林軍！看清楚了！父皇，您也看清楚了！這皇宮確實有妖怪！白天有，夜裡也有！偷雞摸狗，翻雲覆雨……讓蘭馨來為父皇除害！千萬別誤殺了忠臣……」

蘭馨一邊喊著，一招「皓月當空」，雙眼怒瞪伍震榮，持劍手臂手腕，與劍身成一直線，迅如閃電，劍尖直奔伍震榮左胸而去。伍震榮大駭，連退數步，一旋身，險險的躲過了這一劍。皇后變色，皇上急喊：

「蘭馨！蘭馨！快住手！那刀劍不長眼睛，別傷了榮王！」

伍震榮也急喊，對著蘭馨抱拳行禮：

「公主！公主息怒！不抓妖怪了！這兒沒妖怪，沒妖怪！都是誤會一場！」

皇后嚇得臉孔都發青了，趕緊去拉住蘭馨，跟著伍震榮喊：

「誤會！誤會！都是誤會！羽林軍退下去！」

忙碌的羽林軍又急忙退後。

蘭馨左手背劍，就上前，右手拉著靈兒的手，帶到皇上面前，說道：

「父皇！這是袭靈兒，父皇不需要知道她的來龍去脈，只要下個命令，讓這個伍項魁，離開她三條街以外，不得靠近！因為伍項魁看到漂亮女人就要搶，害得人家一直女扮男裝！」

太子很有默契的接口：

「不止害得靈兒要女扮男裝，還害得靖威王背著『斷袖之癖』的罪名，有苦說不出！明明是個姑娘，只能扮成小廝，還差點被父皇送給吐蕃王子了！」

皇上看看伍項魁，又看看寄南，再看看靈兒，頓時恍然大悟，就大聲命令道：

「朕就依了蘭馨公主！反正皓禎他們，和蘭馨已經化敵為友了！」看著伍項魁，命令道：「以後你再也不得靠近這個女子！這是聖旨！違旨就把你當妖怪抓起來！關你到老死！」對寄南寵愛的眨眨眼：「原來你沒有斷袖之癖！小廝是個姑娘，甚好甚好，朕也放心了！」臉色一正，對各路人馬大聲喝道：「好了！全體回去！吵得朕頭昏腦脹！」

蘭馨悄悄對著皓禎等人嫣然一笑。皇后、伍震榮、項魁都氣得臉色發青。

皓禎等人趕緊對皇上拱手行禮，帶著意外之喜，急忙散去。

❖

五人從宮內出來。太子感動欣喜的解釋：

「進宮來送還尚方御牌，居然撞到這樣一場好戲！」看寄南：「父皇跟你眨眼睛，還說你好眼光，顯然是通過了靈兒，可喜可賀！」

皓禎對著靈兒就做了個恭喜的手式，說道：

「恭喜！恭喜！大美女，妳從此可以用真面目面對天下，裘兒可以消失了！而且，那個伍項魁和伍震榮，都再也不敢碰妳了！現在想想，娶了蘭馨還是件好事……」摟著吟霜：「只是苦了我的吟霜，用肉刷子換來的啊！」

「那些都過去了！」吟霜笑著看靈兒：「妳現在沒辦法賴了，寄南在皇上皇后面前，左一個『我的女人』，右一個『我的女人』，妳現在只能承認是寄南的女人了！從『小廝』變成『女人』，算是『身分已定』了吧？」

「寄南真福氣，有了這個裘靈兒，是小廝也有了！女人也有了！」太子笑著打趣。

靈兒瞪大眼睛，開始亂打寄南：

「誰叫你說『我的女人』，我什麼時候變成你的女人？三媒六聘全沒有，我爹也沒同意，你把我當成什麼？你在風月場所認識的那些女人嗎？」

「這是大街上！妳穿得像女人，怎麼動作還像男人？」寄南急呼，閃躲著靈兒的拳頭：「當時，我不說妳是我的女人說什麼？反正我已經認定妳是我的女人……」瞪著她：「妳知道多少女人聽到我這句話，會開心得滿地打滾？」

「又不是貓啊狗啊！還滿地打滾？」靈兒嘟著嘴說。

「妳就欠我滾個三天三夜，現在，就在太子、皓禎和吟霜面前，完成那個打賭吧！我也捨不得妳滾三天三夜，滾三圈就可以了！」

「我就不承認是你的女人，怎麼樣？除非……」

「除非什麼？」寄南急忙湊過去問。

「你在這長安大街上滾三圈！」靈兒笑著刁難。

「對對對！」太子起鬨：「要滾，還是寄南滾比較合適！難得靈兒今天穿得這麼漂亮，怎能滾得一身灰！」

寄南一呆，然後脫下外衣，往皓禎懷裡一丟，就作勢要躺到地上去，灑脫的說：

「滾就滾！我滾過了妳再賴，我就把妳扛回家去！」

寄南說著就要躺地，皓禎一把就拉住了他，笑著說：

「靖威王，注意一下你這王爺的形象！為了深愛的女子，我們男人雖然什麼都可以不顧，但這男兒本色，還是要把持住，怎能像小狗一樣滿地打滾呢？」

靈兒和吟霜竊笑著。吟霜忽然想到什麼，說道：

「現在，你們兩個可以去宰相府，面對宰相和夫人，還有漢陽，表明真實身分，擺脫『斷袖病』了！」

「是啊！」寄南大喜：「不用再被管束了，只是……」有所顧忌的：「這宰相府很麻煩的，他們知道真相以後，會不會又有其他的想法……」就拉著太子說道：「你陪我們去一趟宰相府吧！那宰相看到太子，總會禮讓三分！」

「我很想去，但是，我必須回太子府。我答應了太子妃回家吃晚膳，我那佩兒還在等我呢！」太子笑著說。

寄南就拉著皓禎說道：「你們兩個現在沒事，陪我們走一趟吧！」

「好呀！」吟霜欣喜的說：「我正想看看漢陽、宰相和夫人的反應如何！一定是一場好戲，就陪你們走這一趟！」

皓禎卻臉色一變，心口被什麼東西重重的撞擊了，喃喃說道：

「陪你們去見宰相、夫人和漢陽？」

他無法說出口，現在，他最害怕見到的，就是這三個人，尤其是宰相夫人！經過監牢認子，經過法場追囚車，他不知道該如何面對采文？那是他的親娘嗎？那宰相府裡的三個人，都是他的至親嗎？他猶豫著，心情複雜混亂，還在矛盾掙扎中，已經被寄南拉扯著，走向了宰相府。

❖

宰相府的院子裡，采文和漢陽邊走邊談著。采文戰戰兢兢的問：

「所以，皓禎算是完全沒事了？蘭馨也真心原諒他了？會不會哪天皇上不高興，又要摘了他的腦袋呢？」

「皇上又不是暴君，怎麼會動不動摘人家的腦袋？可是，皇后就不一定了！」

「那要怎麼辦？皓禎和皇后的結，解得開嗎？」采文急急問。

漢陽還沒回答，迎面，看到皓禎等四人走進院子。寄南興奮的喊：

「夫人！漢陽！我帶了一個人來見你們！」

采文一見到皓禎，臉色頓時變得蒼白，心中猛的一抽，又是慌亂，又是驚喜，又是痛楚……簡直不知心魂何在？漢陽的眼光卻落到靈兒身上，一時失神了。他回過神來，趕緊招呼皓禎和吟霜，回頭對采文說道：

「娘！皓禎和吟霜，妳在將軍府都見過的，今天到咱們家，算是稀客！」

「宰相夫人，我和皓禎不是客，今天的稀客，應該是靈兒吧。」吟霜落落大方的說。

「夫人，我們送寄南和靈兒回來。」

皓禎注視了采文一眼，生硬的行禮：

寄南就把靈兒拉到采文和漢陽面前。寄南說：

「讓我鄭重的介紹，裘靈兒！也就是裘兒，我們私下都喊她靈兒！」

靈兒見采文呆住，漢陽若有所思，就轉了一圈，這一圈，翩然瀟灑、儀態萬千，展示著自信和美麗，轉得兩人目不轉睛。她接著對兩人請安：

「夫人、漢陽大人！對不起，這麼久的日子，都讓你們誤會了！今天才是我的真面目，我是女兒身，為了避難才喬裝成小廝的！」

漢陽打量著靈兒，再看看寄南，眼光又調回靈兒身上：

「哦！原來是這樣！欺君大罪會砍頭，不知道欺宰相大罪該當如何？」認真的想著：「這本朝律法，只要宰相生氣，小民也是逃不掉！至於本官的助手，還沒正式上任的姑娘！現在，看靈兒姑娘如此標致，本官也就馬馬虎虎，用了就是！不管妳是裘兒還是靈兒，從今天起，就跟著本官辦案吧！」

寄南臉色大變。

「什麼？漢陽你這腦筋有沒有問題，姑娘家怎麼幫你辦案？這助手一事，恐怕也要從長計議！」

「幹嘛從長計議？我就覺得很好！以後我就用本來面目，幫漢陽大人辦案！」靈兒笑著對漢陽說：「你看，我可男可女，隨時為漢陽大人易容喬裝，辦案一定勝任！」

吟霜笑著，對寄南說：

「你放心吧！靈兒當了那麼久的小廝，扮男人已經得心應手，女人是本來面目，不用喬裝，天生麗質！將來啊，她說不定會變成女神捕！」

大家談得熱絡，采文卻失神的，眼光一直在皓禎臉上打轉，對靈兒的身分轉變似乎沒有太注意。皓禎也神不守舍、心亂如麻，拚命避開采文的注視。漢陽覺得采文有點奇怪，推了采文一下，說道：

「娘，妳被靈兒的女裝嚇住了嗎？她是個姑娘，妳居然沒看出來？」

采文突然被問，驚醒般的看了靈兒一眼，就匆忙的說道：

「皓禎！吟霜！你們留下來用晚膳，我這就去準備！」

皓禎這才急忙說道：

「夫人不要忙，我和吟霜馬上要告辭！」

采文一急，眼淚都快要飆出來，哀懇的看著皓禎：

「不不不！一定要留下，請你們留下！跟世廷共用晚膳……難得看到你們，請你們留下……我這就去準備！」

采文說著，生怕皓禎回絕，匆匆就往廚房方向走去。采文眼中含淚、心中悽然，腳步踉蹌，沒注意台階，一腳踏空，就跌落下去。皓禎的眼光追著采文，一見她要跌倒，閃電般飛躍過來，一把扶住了她。采文抬頭，癡癡的看著皓禎，滿眼淚水與哀懇。皓禎面對采文這樣的眼神，眼眶也紅了，臉上卻依舊維持著冷漠。

兩人瞬間交換的眼神，一個心碎祈諒的母親，一個痛苦逃避的兒子。

皓禎背著眾人，對采文低聲警告的說：

「妳的那個故事，永遠不要說出來！」

采文背對著眾人，眼淚滾落，順從的說：

「是！」

❖

這晚，大家都聚在宰相府宴客廳，享受著夫人特別安排的菜色。宴客廳裡放著一張張餐桌桌椅，很正式的一人一桌。皓禎世廷等人都坐在各自的餐桌前，采文顯得神不守舍。世廷冷峻的列席，冷眼的看著眾人，嘴裡埋怨的說著：

「真沒想到裘兒居然是女兒身，你們怎麼能隱瞞本官這麼久呢？」不可思議的：「而且你們……你們還同床共枕？這……這簡直比『斷袖』還荒唐！」

寄南賠笑臉，說道：

「宰相大人，若不瞞著你，我們能混到今天嗎？大人也不要再對我們吹鬍子瞪眼啦！」看著靈兒：「靈兒快！咱倆小輩向大人敬酒，賠個禮！」

「是是是！」靈兒趕緊舉杯：「不過，本姑娘從來沒有和竇王爺『同床共枕』過！我睡床榻，他睡地鋪，就這樣將就了這麼久！雖然靈兒出身江湖，閨女的本分還是明白的！請宰相不要誤會！」

漢陽不禁好奇，深深看靈兒一眼，再看寄南說：

「是嗎？你面對佳人，還能坐懷不亂？這麼說……靈兒還是清清白白未嫁之身？」看靈兒：「本官對妳更加佩服了！」

寄南緊張，對漢陽說道：

「你別佩服她，壞毛病一大堆，是絕對不能惹的姑娘！」轉向世廷說道：「現在真相大白，往後還請大人多多關照！」

「關照什麼？」世廷疑惑的問：「既然你們沒有斷袖之癖，宰相府也不再需要管束你們了，你們應該各回各處去吧？」

采文眼光圍繞著皓禎轉，心中祈求著世廷多看皓禎幾眼，多跟皓禎講幾句話，聽到世廷一直在談寄南和靈兒，忍不住啞聲說：

「唉！大人！皓禎死裡逃生，和吟霜難得來我們家作客，在餐桌上大家和和氣氣吃個飯，不要再追究靈兒是男是女的問題了！」

「因為靈兒的爹遠遊未歸，如果大人不介意的話，就讓靈兒回到我們將軍府吧！」吟霜趕緊建議。皓禎點頭，積極的說：「靈兒一向和吟霜有如親姊妹，現在她的身分再住在宰相府，實在有欠妥當，還是由我們將軍府來照顧她吧！」

「其實也不用那麼麻煩，靈兒既然是我的助手，我們宰相府還照顧得起，就讓靈兒繼續住在我們宰相府。至於寄南，就回你的王府去吧！睡地鋪這麼久辛苦了！」漢陽一直欣賞的看著靈兒。

寄南看漢陽那副「驚艷」的樣子，衝口而出的說：

「你們都不用為靈兒的事情煩惱了，靈兒已經是我的人了，她自然和我回到靖威王府，大家就不要再討論了！」舉著酒杯：「喝酒！喝酒！」

「誰要和你回靖威王府？」靈兒瞪了寄南一眼：「人家夫人都說了我是未出嫁的姑娘，我怎麼能上你家去？何況你爹娘也不見得接受我啊！我才不去！不去！」

就在這時，僕人送來一盅盅雞湯，采文立即忘形的起身，來到皓禎身邊，從僕人手中接過雞湯，親自遞上雞湯給皓禎。她壓抑心中的忐忑，戰戰兢兢的捧著湯，對皓禎卑微祈諒的說道：「皓禎，這是我們宰相府廚娘最拿手的一品雞湯，你快嚐嚐！」真情流露的說：「這陣子你受了不少苦，該補補身體！」

采文這樣一個突兀的舉動，驚得皓禎跳起身子。

「夫人！您請坐，皓禎不敢當！」

皓禎這樣直跳起來，又驚得采文手一顫，皓禎的手就撞上了采文的手。這一撞立即打翻了雞湯，滾燙的雞湯潑灑到采文和皓禎兩人手上。皓禎甩著手，慘叫：

「唉呀！好燙！好燙！」緊張的看采文：「夫人，您是不是也燙著了？」狼狽的後退，求救的喊：「吟霜，趕快幫夫人看看！」

吟霜立刻起身，去抓著采文的手察看，再去抓起皓禎的手察看，著急的說道：

「夫人還好，皓禎比較嚴重！」

采文驚慌，痛楚的看皓禎：

「對不起！對不起！我太不小心了！」急出眼淚：「燙到哪兒了？嚴重到什麼程度？」就要去抓皓禎的手察看。

皓禎急忙閃開，躲著采文喊：

「沒關係！沒關係！夫人您請坐……」

漢陽驚愕著，對僕人大喊：

「來人！快拿燙傷藥來！快！」

「不不不，水在哪裡？」吟霜喊：「皓禎和夫人都必須趕緊泡冷水！」

整個宴會廳，都被這突如其來的事撼動了，僕人、丫頭跑來跑去，提井水的提井水，端水盆的端水盆，拿藥罐的拿藥罐。漢陽驚奇的看著采文如此失態，是他從來沒有看過的。世廷的眼光更加陰冷，對皓禎、吟霜這兩個不速之客，引起的騷亂，困惑不解而鬱怒著。寄南、靈兒睜大眼睛，顯然靈兒的女兒身，不敵皓禎這稀客的魅力，兩人都驚愕而迷糊著。

❖

晚膳過後，皓禎、吟霜、寄南、靈兒都告辭了。對方世廷來說，總算擺脫了寄南和靈兒這兩個頭痛人物。但是，采文竟把這餐晚膳，弄得一塌糊塗，實在讓世廷生氣。回到房間，他立刻對采文怒沖沖大聲說道：「妳是怎麼了？會突然留皓禎夫妻在這兒用晚膳，居然親自幫皓禎上湯，搞得烏煙瘴氣！妳難道不知道那個袁皓禎是榮王的死對頭嗎？那吟霜是人是狐都弄不清楚，這袁家雖然逃掉了死罪活罪，畢竟和我們家是對立的，妳不明白嗎？」

采文哀懇的看著他，怯怯的說道：「你沒仔細看看皓禎，他能文能武，一表人材！吟霜長得那麼端莊清秀，怎麼會是狐呢？他們絕對不是壞人，你應該仔細看看他們……」

世廷抓住采文的胳臂，警告的說：「收起妳婦人之仁的心情！妳給我聽著，我們宰相家，和他們將軍府，是各走各的路！妳千萬別糊塗，現在總算擺脫了寄南這個大包袱，可以給皇上一個交待！妳別再親近袁家，給我們招來不需要的麻煩！」

采文看著燙傷的手指，輕聲說道：「漢陽……也挺喜歡皓禎的！他們年紀差不多，都走得很近，讓漢陽多一個……兄弟不好嗎？」

世廷沉重看采文，大聲說：「不好！這皓禎根本不是袁柏凱的兒子，從哪兒來的都不知道！皇后恨死了他們，我們要跟他們保持距離！保持最遠的距離！聽到了嗎？」

采文悄悄轉開頭去，眼淚奪眶而出。便縱有，千般無奈、萬縷痛悔，更與何人說？心碎是什麼感覺，她在二十一年前讓牙婆抱走嬰兒時，就已經知道了！那是椎心刺骨的痛，足足痛到今天！但是，聽到世廷嚴厲命令她，跟皓禎保持最遠的距離時，她再次心碎了！椎心刺骨的滋味，她也再次嚐到了。

84

皓禎、吟霜、靈兒、寄南四人，從宰相府回來，倒是個個快樂的，皓禎身經百戰，手上那點小燙傷，根本沒有什麼要緊。能夠走出宰相府，不再面對緊張失態的采文，讓他鬆了口氣。靈兒還在賣弄她的女兒裝，寄南歡喜的看著她，眼光離不開她。吟霜和皓禎、寄南商量了一下，立刻帶著靈兒到大廳，面對袁家眾人。皓禎說道：

「爹娘！今天是靈兒『大亮相』的日子，在宮裡，已經用她的真面目見過了皇上、皇后和蘭馨，還和伍家父子對質，接著去了宰相府，解除了『斷袖病』的冤獄，現在，要回到將軍府，見袁家的各位！」

寄南就拉著女裝的靈兒上前：

「伯父、伯母，讓我再介紹一次！袞靈兒！」

靈兒笑嘻嘻對著柏凱夫婦行禮，用原來的女兒聲音說道：

「將軍夫人！吟霜把她的新衣服借給我穿，讓我恢復了本來面目！我不是裘兒了，我是靈兒了！」

柏凱驚愕著，一時還繞不過來：

「不是裘兒，是靈兒，這是什麼意思？」

「男裝時，他是寄南的小廝裘兒！女裝時，她是我的好姊妹靈兒！」吟霜笑著說。

「原來如此！」雪如恍然大悟的說：「我一直就覺得不對，這裘兒實在漂亮，怎麼看都像姑娘！原來真的是姑娘！」

皓祥一步上前，仔細一看，驚喊：

「裘靈兒？難道是伍項魁的裘靈兒？大鬧榮王府的裘靈兒？刺客裘靈兒？丟到亂葬崗的裘靈兒？」

「對！」寄南對皓祥，有力的說：「就是那個鼎鼎大名的裘靈兒！今天，皇上已經下旨，命令那伍項魁不得接近靈兒半步，否則關進大牢！請你也尊重一下靈兒，她不是伍項魁的裘靈兒，她是我竇寄南的裘靈兒！」

翩翩驚愕至極，喊道：

「老爺！自從吟霜進門，我們家真是開葷了，各種怪事都有！死的可以變活的，男的可以變女的！下次，大概就輪到吟霜變成狐狸什麼的，來見袁家人了！」

皓禎變色，對翩翩正色的說：

「二娘！請留一點口德！」

「你要怎樣？」皓祥立刻怒喊：「箭傷都證明了，狐狸就是狐狸！搞不好這個靈兒也是隻狐狸，所以才是吟霜的姊妹！現在狐狸姊妹在一起了，有本領就用法術，從我身上變出蠍子蟒蛇來看看！」

柏凱衝上前來，抓住皓祥的雙肩，一陣搖晃，痛喊道：

「皓祥！你是我親生的兒子，到了今天，我不求你出類拔萃，只希望你有一顆善良的心，證明你是我的兒子吧！別再用攻擊皓禎和吟霜來凸顯自己，做個頂天立地的大男人吧！」

翩翩上去想拉開柏凱的手，叫道：

「放手放手！你又要打皓祥嗎？」

「我不打他，打他會把他打醒嗎？」柏凱頹然放手、痛心疾首：「何況家裡有客！」就看向皓禎、吟霜說道：「皓禎，好好安排寄南和靈兒吧！」

皓禎一拉吟霜的手，對寄南和靈兒使了個眼色說：

「我們去畫梅軒！」

四人行禮退下，只見秦媽、袁忠和眾丫頭、僕人，都對靈兒充滿好奇和友善的議論著。

秦媽笑著說道：

「靈兒姑娘，這樣打扮好，比當小廝漂亮多了，歡迎歡迎！」

靈兒得意的昂首闊步，還像小廝般走路。吟霜拉了她一把，她才醒悟過來，趕緊收斂，嬝嬝婷婷、搖曳生姿的走著，這「搖曳生姿」又走得太誇張了，變得像在跳水袖舞。寄南看著她，又是好笑，又是歡喜。

四人到了畫梅軒大廳。寄南想到皓祥，有氣的說：

「這個皓祥實在讓人生氣……」對皓禎問道：「會不會他才是抱來的兒子，你是親生的？我看來看去，有伯父那種氣概的，是你不是皓祥！」

「別談這個話題了，談談你們吧！」皓禎逃避的轉開話題。

吟霜拿著藥膏，幫皓禎上燙傷藥，一面說道：

「寄南，從現在開始，請把靈兒當個姑娘家看待，該男女有別的，還是要保持距離的好！不要動手動腳，也別敲她腦袋！」

「要我把她當姑娘家，那也得她要像個姑娘呀？你看她那個坐相，有人家姑娘端莊賢淑的樣子嗎？」寄南瞪著靈兒。

靈兒戴了整天頭飾，正在把頭飾一個個卸下。寄南抓到把柄，又叫：

「你們看！你們看！連個頭飾都戴不住！嘖嘖嘖！她是個姑娘家嗎？」

「是啦！」靈兒氣得跳腳：「我就不像姑娘家怎麼樣！那你還到處跟人說我是你的女人，

我分辯也不是，不分辯也不是！當了一天女人，就這件事最嘔！」

「好了！你們別吵了，天色不早，寄南你也該回家去了吧！」

寄南有點遲疑。皓禎拍拍他的肩說：

「靈兒在我們將軍府，總比在宰相府，有漢陽那位翩翩公子的威脅好吧？你放心的回去，多為靈兒的名節著想！」

「好啦！好啦！」寄南無奈的說：「反正你們說的都對！」瞪向靈兒交待：「妳在這兒規矩點啊！不要給皓禎、吟霜添麻煩，懂嗎？」

「你管好自己吧！快滾！」靈兒對他比著拳頭。吟霜喊著：

「香綺、小樂，快去打掃客房，好讓靈兒安心的住下來！」

「我送寄南出去！」皓禎說。

皓禎就陪著寄南，走到將軍府門口，誰知寄南不出門，卻突然停住腳步，熱情的搭著皓禎肩膀說：

「皓禎！我倆從小就是最好最好的兄弟是吧？」

皓禎撥開寄南的手：

「少來了！你又想打什麼主意？想灌我迷湯？這招對我沒用！」

「哎呀！」寄南賴皮的說：「誰灌你迷湯了，我倆本來就是好兄弟！兄弟有難你不幫忙？」

「你會有什麼難呀？你的難會有我多嗎？」

寄南嘻皮笑臉：「好啦！好啦！你的難我比不上，不過，你有難的時候，我可是赴湯蹈火，萬死不辭！言歸正傳，你讓我今晚住在將軍府！」

「啊？」皓禎一怔：「你想住在我家？」無法置信的笑起來：「原來，你已經離不開靈兒？你已經喜歡她到這地步？」

「你少廢話，幫幫我行嗎？」寄南說：「我不求什麼大廂房，就讓我去和小樂、魯超擠一擠都行！靈兒那傻子，沒有我守著，肯定又會出問題，你就收留收留我吧！」

「你真讓我大開眼界！堂堂一個瀟灑靖威王，居然甘心卑微到這地步？」皓禎搖頭笑，隨即感慨的看著寄南，臉色一正：「說實話，你現在不該要求我收留你！而是該回家去面對你的爹娘，坦白告訴他們你和靈兒的感情！靈兒今天有句話說得最對！」

「靈兒還有句話說得最對？哪一句話？」寄南驚訝。

「你不能到處跟人說，靈兒是『你的女人』，如果你真喜歡靈兒，像我喜歡吟霜一樣，你應該對人說，靈兒是『你的妻子』！靖威王爺，你有這樣的決心嗎？」

寄南愣住了，有如當頭棒喝。他想了想，就重重的拍了拍皓禎的肩。

「兄弟，你是對的！不能委屈了靈兒，我這就回家去面對我的爹娘！」

❖

寄南劍及履及、說做就做，也不管是深更半夜的，就直衝到爹娘的住處，寄南的爹，是竇妃的哥哥，早就被皇上封為「欽王」，也是「親王」的諧音。總之是因為姻親的關係封王，並沒有功勳建樹，所以這個「欽王」為人平和，與世無爭，過著自己的小日子。他膝下有五個兒子，寄南是最小的，也是唯一封王的，更是一匹脫韁野馬，完全無法控制。好在他成年後就有了自己的王府，並沒有和欽王爺一起住。這夜，他突然回到欽王府，把爹娘兩人從床上叫醒，確實嚇了老王爺和夫人一大跳。

在大廳內，欽王和夫人，聽了半天，還是一知半解。欽王爺大致明白了，就啪的一聲，拍桌起立，大驚的瞪著寄南：

「你半夜三更把我和你娘吵醒，告訴我們，你要娶你的斷袖小廝當老婆？你你你……你知不知道你是個王爺，是皇上、皇上寵愛的竇寄南！怎麼可以胡來？」

「她不是小廝，我說了半天，你們還是不懂！她是靈兒，不是袭兒，她是個姑娘，我根本沒有斷袖病，這些日子在宰相府，她都是女扮男裝跟著我……」

「女扮男裝跟著你，總之就是每天跟著你！」夫人打斷：「你不用說了，家世沒家世，人品沒人品，亂七八糟，不男不女，你居然要娶她當王妃？不可以！」

「家世沒家世是真的，人品可是一等一，就算大家閨秀也沒她好！」寄南著急的說：「跟我在宰相府住在同一間廂房裡，從來都不讓我碰……」

「那你碰過她沒有呢？」欽王爺問。

「當然在峭壁那山洞裡是碰過的啦，那是生死關頭……」寄南說也說不清。

「那麼，她還是讓你碰過了！」夫人打斷，大罵：「你就是不規不矩，是不是把人家肚子搞大了，被人家爹娘脅迫著你要娶她？」

「什麼話！我們連肌膚之親都沒有，肚子怎麼大？她娘已經死了，她爹不在長安，怎麼脅迫我？連她自己都沒給我一句承諾，要不要嫁我她還在考慮呢！如果我連你們這關都過不了，她肯定會被別人搶走的！」寄南喊著說。

「別說了！這事只有兩個字，免談！你的婚事，要皇上作主！」欽王厲聲說。

「對！皇上作主，要門當戶對，不是名門千金，也是王公貴族！」夫人堅決。

寄南再也控制不了，跳起身子，揮著袖子，就對爹娘堅定的說道：

「爹娘！我娶靈兒已經娶定了，什麼門當戶對，媒妁之言對我都沒用！你們答應，我娶她！你們不答應，我還是娶她！反正我放浪形骸已經出名，從來沒有按你們的要求做過事！你們如果不接受靈兒，就是不接受我！那麼，寄南告辭！從此和爹娘永別了！」寄南說完，轉身就走。

欽王大驚失色，急喊：

「什麼永別了？來人呀！把房門攔住，別讓他跑了！」

眾僕人睡眼惺忪，急忙攔住門。夫人就氣極敗壞的喊道：

「回來！回來！誰許你告辭？不過是想成親嘛！大家好商量，怎麼連『永別了』都說出來？」

背對著父母想走的寄南，臉上露出勝利的笑意。

「不過，這個婚事還是要得到皇上的允許！皇上作主！」欽王爺加了一句。

背對著父母的寄南，笑意消失，眉頭皺了起來。皇上肯讓他娶靈兒嗎？又是沒譜的事。不過，父母這關總算過了！原來婚姻大事，也得過五關斬六將！怪不得以前皓禎的婚事，鬧得那麼不可開交！暫時，這婚事只好壓著吧，走一步算一步！

❖

對皓禎、寄南等人來說，公事和私事，總是同時進行的。這天，太子把皓禎和寄南都召進了府裡，還包括了漢陽。大家聚集在那間密室裡，圍著一張方矮桌，桌上攤著一張白紙。皓禎和漢陽都拿著筆，青蘿在幫忙磨墨。太子說：

「現在，你們這兩個『過目不忘』就趕快把那張『戰略圖』畫出來！讓我看看和鋸齒山能不能連在一塊兒？」

皓禎看了漢陽一眼。

「我記得，那是一張長安地圖，和一張洛陽地圖！」

「但是圖上沒有任何文字，只在重要地方，畫上圓圈，來！我先畫城市外圍！」漢陽畫圖，皓禎看著。

「我來畫圓圈！」皓禎一邊畫，一邊說：「這圓圈指的是城市中最大的目標！這兒，長安城裡的皇宮！」

「你們畫快一點，這樣慢吞吞，要畫到明天早上都畫不完！」寄南催促。

「這是很重要的事，別催他們！」太子說：「如果你那天不忽然心血來潮呼喚木鳶，現在也不必如此費事來還原地圖了！」

「哎呀，還是我的錯？」寄南不服氣的說：「好！我不催不催！你們兩個『過目不忘』慢慢來！」

「漢陽，我們乾脆一人負責一個城好不安？我來畫長安，你來畫洛陽。」皓禎說。

「好好好，畫完再檢查有沒有遺漏！」漢陽欣然同意。

「我再去拿幾張紙來，萬一畫壞了，還可以撕掉重畫。」青蘿說，轉身出門去。

寄南見青蘿出門，就用胳臂碰碰太子問：

「這青蘿你收房了嗎？」

「沒有呀。她在府裡，一直只是一個丫頭。」太子說。

「你也太君子了吧？」寄南取笑。

「不是我君子，是她堅持當丫頭！這樣也好，太子妃不會囉嗦我納孺子什麼的，因為就連太子妃，也只看中青蘿一個呢！」太子說。

「將來，我們會有一個最乾淨的後宮！」寄南說：「只是這開枝散葉，會成問題！你早晚要收孺子的！」

「我已經有了佩兒，你們三個才奇怪，沒老婆的沒老婆，沒孩子的沒孩子，如果都像你們一樣，將來我們會成為『耆老王朝』！」太子說。

「別在我傷口灑鹽！」皓禎說：「圖畫不好，就怪你口不擇言！」

「是是是！」太子看著寄南：「寄南，我們沒有過目不忘的本事，就把嘴巴暫時閉起來吧！言多必失！」

青蘿進門，拿了好多紙張來。皓禎和漢陽開始專心的埋頭畫畫，片刻以後，兩人的兩張圖都已畫好。皓禎說：

「長安城來了！」

「洛陽城好了！」漢陽說。

太子等人圍著兩張圖看，臉色都嚴肅起來。皓禎問：

「難道他們想同時攻佔洛陽和長安？」

「應該不可能！」太子說：「父皇其實對伍震榮並不放心，早就架空了他的軍權，真正有軍權的是袁大將軍！不過，仗著皇后的勢力，羽林軍幾乎都在榮王手裡。但羽林軍不是戰鬥部隊，以保護皇宮為主。伍震榮真要篡位，是拿性命開玩笑，我認為中央十六衛都不可能！如果同時動洛陽，更加是癡人說夢！」

漢陽仔細分析兩張圖：

「這兩張圖，可以斷定是『戰略圖』，一張虛，一張實。虛的是洛陽，實的是長安。攻城那天，會兩邊同時發動，但是主力一定在長安。而且，就在這個圓圈上！」用筆勾出一個圓：「皇宮！」

「那麼，這些虛線是什麼？」太子問。

「虛線是他們進攻的路線，東西南北四個城門，東邊為主！」皓禎說。

「那這些實線是什麼？他們真的想攻打長安城？佔領皇宮？」寄南問。

「這實線代表的是什麼？我還分析不出來！」漢陽說：「但是，他們計畫攻打長安，絕對沒錯！不過，這圖好像還沒完成，所以，我想不會是立刻的行動！我們還來得及應變！」

太子眼光深邃的看向西南邊，說道：

「那鋸齒山，就在長安西南邊！」

漢陽眼睛一亮，忽然回憶的說道：

「這鋸齒山，十年前我和幾個兄弟們去探險過。它位於終南山、首陽山之間，因為山峰眾多，如鋸之齒，所以叫做鋸齒山。記得山勢曲折陡峻、地形險阻、道路崎嶇。那時完全是個荒山，現在不知是什麼樣子？好像有許多山谷，還有一片葫蘆形的腹地，谷中有山澗，飲水不成問題。假若這鋸齒山成為伍震榮的戰略基地之一，長安城的安全問題就大了！」

大家一聽，個個都神情緊張嚴肅起來，看著漢陽發怔。

❖

漢陽忙得很，沒時間再追究鋸齒山，就被皇后召進宮。

蘭馨回宮已經有段日子了。自從問斬皓禎失敗，蘭馨又休了駙馬回宮，皇后心裡就非常不踏實。這蘭馨，一直是她又愛又恨的人。總之，嫁給皓禎是一著錯棋，現在蘭馨沒有駙馬了，等於恢復了待嫁的身分。皇后想來想去，不能再讓蘭馨留在宮裡，萬一她又去皇上耳邊說什麼悄悄話，她這皇后的地位也岌岌可危。無論如何，皇上就是皇上！有他至高無上的權力。這天，莫尚宮喊著：

「皇后娘娘駕到！」皇后就徐步踏進蘭馨房門。

蘭馨正眼也不瞧皇后，冷峻的說：

「本公主很清楚母后來也不會有什麼好事，就說重點吧！」

「妳能不能改改妳這麼傲慢狂妄的態度，怎麼說本宮也是妳母親，想方設法的也是希望妳過得好，不要不知好歹，淨對妳自己的母后放冷箭！」

「哼！」蘭馨冷笑：「母后這意思是來警告我，不能破壞妳和那個狗東西的好事？」咄咄逼人的：「那就請母后自個兒門要鎖緊一點，衣服穿多一點！」

皇后簡直氣炸了，身體顫抖著，握緊拳頭恨不得賞蘭馨一巴掌。她隱忍著說：

「妳呀！永遠只會箭靶向著自己人！算了！誰讓本宮生了一個伶牙俐齒的刁女。我跟妳父皇談過了，妳跟皓禎既然已經結束，那麼回到原點，妳總還是要成親的。就照本宮一開始的意見，將妳賜婚給漢陽如何？」

蘭馨一怔，想想原因，又怒火攻心。

「果然！又想在我身上打如意算盤！母后覺得現在和女兒來談這種事情，時機對嗎？本公主不像母后那麼怕寂寞，必須趕快再找個男人不成！」

皇后強勢的說：

「現在已經容不得妳再繼續放肆撒潑了，妳和皓禎的婚姻搞得皇宮人仰馬翻！這回本宮說了算，該怎麼著，就怎麼著！莫尚宮，速召方漢陽進宮！」

蘭馨一怔，急問：

「把漢陽找來做什麼？我的婚姻誰都不能說了算，母后就這麼害怕女兒還會再給皇宮丟臉是嗎？」大吼：「好！如果是擔心這個，那本公主終身不嫁，不再丟父皇和母后的臉，總行了吧！」

此時莫尚宮已經將漢陽帶進門。蘭馨便氣沖沖的走向漢陽，皇后氣極了喊：

「蘭馨！回來！本宮話還沒有說完，妳要去哪兒！」

蘭馨毫不理會皇后，逕自迎向剛踏進門的漢陽。她抓著漢陽的手，豪邁的說道：

「你跟我走！」

漢陽一頭霧水，禮貌的看了皇后一眼，身不由己的跟著蘭馨出門而去。

蘭馨帶著漢陽，到了皇宮馬廄，衛士牽來蘭馨的馬，蘭馨對漢陽說道：

「選一匹馬，我們去草原曠野，好好的策馬狂奔如何？」

「漢陽遵命！」漢陽說，準確的選了一匹好馬，對蘭馨說道：「這次，漢陽沒說下官了！」

蘭馨噗哧一笑，說道：

「遵命兩個字，也可以改一改！上馬吧！」

漢陽剛剛上馬，蘭馨已經一拉馬韁，馬兒疾馳出去。漢陽趕緊策馬跟上。好在長安的世家弟子，騎馬是基本訓練，漢陽的騎術不錯，立即追上了蘭馨，但他不敢超越蘭馨，保持著小小的距離，兩人便在草原上恣情的策馬奔跑。蘭馨回頭喊著：

「你武功不會，騎馬技術也不行！為什麼跟在我後面？」

漢陽被刺激，馬韁一拉，策馬狂奔起來，不服氣的說：

「誰說我馬術不行！我只是讓著妳！駕！」

漢陽快速的奔向蘭馨，接著兩人並駕齊驅，像是在競賽式的狂奔著。蘭馨看著漢陽的馬術功力，頗為滿意，終於笑了：

「對嘛！男兒就該像這樣，豪邁的狂奔，淋漓盡致的流汗，駕！」

雙雙急駛，駕著馬兒跳過一塊大石頭。兩人深感有默契，歡喜的笑著，雙雙繼續急馳，又跳過一條小溪。兩人就這樣並駕齊驅，很有默契的奔馳好一會兒。突然蘭馨棄馬，向上一躍撲向漢陽，兩人翻滾落地，滾了好幾圈才停止。漢陽錯愕驚嚇：

「妳怎麼突然把我撲倒，妳不知道這樣很危險嗎？」

蘭馨翻起身子壓制漢陽，用馬鞭的手把，壓著漢陽的脖子，凝視著漢陽問：

「既然你的馬騎得那麼好，為什麼就不會武功呢？我現在是你的對手，你快把我扳倒啊！我要看看你的功力！」

蘭馨故意使出蠻力，壓得漢陽臉紅脖子粗。

漢陽掙脫不了，吃力的說話：

「人，一定要會武功才代表成功嗎？」

蘭馨繼續壓制漢陽：

「至少在世俗的眼光裡，那是男人的本能，一個生存的要件！」

漢陽用力使出蠻力，終於推開蘭馨，坐起身，邊咳邊說話：

「在我生活中，早有一群擁有這種功夫的武士在保護我……」撫著脖子：「咳咳！所以就算我會武功，也無用武之地！」拉著蘭馨一起起身，拍拍身上的雜草：「何況，與其將心力用於武鬥，還不如用在審慎辦案的精神裡。像我在大理寺辦案久了就發現，有時智鬥還勝過武鬥呢！」

「可是文武雙全的人，大有人在啊！難道你不希望自己是文武全才的人？」

「那是別人的理想，並非是我方漢陽的理想！」

話才說完，突然蘭馨又揮鞭，響亮的打在漢陽的右側石頭上，使得漢陽又嚇了一跳。蘭馨嚴肅的說：

「說到理想，本公主問你，你爹方世廷和伍震榮同夥，那麼你呢？你是擁伍派？還是擁李派？」又向漢陽左側地上打一鞭：「快老實回答我！」

漢陽沉穩，不疾不徐的說：

「這個問題我已經告訴過妳了，既然我是大理寺丞，我就應該保持中立，我什麼派都不是！」

「廢話！」蘭馨大聲：「換個方法問你！你認為本朝江山，是李家的？還是伍家的？」

漢陽一怔，誠實的回答：

「當然是李家的！」

蘭馨頓時嫣然一笑。

「這就對了！嗯……母后的提議，有點意思！」

蘭馨目光凝視著漢陽，不禁若有所思起來。

❖

在畫梅軒裡，皓禎一直沒機會問寄南回「欽王府」的答案，這天，總算問出來了。皓禎啼笑皆非的看著寄南，說道：

「所以，你爹娘那關，就被你這樣一嚇，嚇得『功德圓滿』了？」

「勉強過關吧！」寄南笑著：「不過一直用皇上來嚇我！」就看著女裝的靈兒說道：「娘子，我為了妳，什麼怪招都使出來了！現在，就等妳美美的在我爹娘面前現身！」

「你們趕快挑個日子，什麼時候，靈兒要見公婆？把靈兒打扮得美美的，那是我的工作！」吟霜笑著說。

靈兒仰頭看著屋頂，挑著眉毛：

「這件事，我還要考慮。」

「妳還要考慮？考慮什麼？」寄南怪叫。

「聽起來，你爹娘是不情不願，完全被你要脅出來的『答應』，還要通過皇上才行！你是不是太高貴了？這答應我不稀罕！他們答應了，我不答應！除非他們親自向我爹提親，我爹同意了，這事才有點可能，要不然，免談！」

寄南睜大眼睛：

「妳敢跟我說免談？」

「怎麼不敢？你爹娘就是嫌棄我嘛！這樣嫁進你家也沒面子！免談！免談！免談！」

「妳一定是老天派來折磨我的人！」寄南氣壞了：「妳要氣死我嗎？妳跟我親親也親過了，山洞裡緊緊抱了一夜，同住一間房，一起跳進浴池裡，還被我看光了……妳這樣的姑娘，除了我，還有誰敢要妳？」

靈兒追著寄南打，大叫：

「你還說還說！威脅完了你爹娘，再來威脅我！吟霜，妳說這樣的男人能嫁嗎？」追不到寄南，一屁股坐在坐榻上生氣。

「我覺得他說得很有理呀……」吟霜笑：「原來妳跟他有這麼多事……確實，除了他，妳也嫁不出去了！」

「靈兒，我看妳就馬馬虎虎，收了這個浪子吧！」皓禎跟著笑：「妳知道嗎？為了妳，他還求著我收留他，寧願和小樂或是魯超睡一個房間呢！」

「是嗎？」靈兒眼睛發光了：「要跟小樂擠一個房間啊？」眼睛眨巴眨巴的看著寄南：

「那……我真的可以考慮考慮了！」

寄南蹲下身子，遷就坐在坐榻裡的靈兒：

「還要考慮考慮？」

靈兒繼續眨巴眼睛，繼續點頭。

「好好好！妳不用考慮了，我放棄，我不要妳了！」寄南乾脆的說。

「啊？」靈兒瞪大眼睛，驚呼出聲。

皓禎和吟霜相視，都忍不住噗哧一笑。

大家正在笑鬧中，小樂忽然帶著小猴子奔進房。小樂喊著：

「靈兒姑娘！靈兒姑娘！裘家班的小猴子來找妳了！」

小猴子進門就大喊：

「靈兒姑娘！裘家班回來啦！裘班主要妳快去見他！」

靈兒跳起身，大喜喊著：

「小猴子！你長高了！我爹回來了，他們住哪兒？我去看我爹！」往外就跑。

「等我！等我！我陪妳一起去！」寄南急忙追去。

85

寄南和靈兒跟著小猴子，來到一座廟門口。見到裘彪正在那兒下棋，對手一看就是個惡漢，突然掀翻了棋盤，抓住了裘彪胸前的衣襟。兇惡的說：

「好啊！你居然敢詐賭！我砍斷你的手！」

「誰詐賭了？你這分明是輸不起！輸了就給錢，別想誣賴本班主！」裘彪反擊。

「你那個什麼破班子，什麼班主？」惡漢對其他同夥說：「給我打！」

惡漢同夥三人就開始與裘彪大打出手，裘家班的兄弟們立刻迎戰。裘彪一招「撩陰拐腿」，一腳踢向惡漢的胯下，閃避了惡漢的糾纏。寄南、靈兒、小猴子聞聲趕過去。

正當惡漢拿著一根木棒，從後面要襲擊裘彪之時，靈兒大叫：

「爹！小心後面！」

靈兒不喊還好，這喊聲使得裘彪一轉身，木棍一棒就落在他的頭上，裘彪登時昏倒。

寄南來不及阻擋這一棒，但身手矯健躍上前去，凌空中，「鳳凰展翅」，力貫丹田，右腳直向其小腹踢去，踢飛了惡漢，緊接著回身和靈兒三兩下解決了其他三名同夥。惡漢們被打得東倒西歪，逃之夭夭！小猴子搖著裘彪急喊：

「班主！靈兒姑娘來哩！」

「爹！爹！你快醒醒！」靈兒趕緊扶起裘彪。

裘彪緩緩睜開眼睛，摀著紅腫的額頭，看著靈兒說：

「妳這個臭丫頭，一出現我就倒楣！妳簡直是我的剋星！」

寄南竊笑。大家都沒注意，在廟口一側，有兩個便衣衛士，默默注視著寄南和靈兒的行動。

裘彪帶著靈兒、寄南走入裘家班帳篷。帳篷地上鋪著地毯。一路上，眾團員和靈兒興奮的擊掌歡呼。靈兒招呼著團員：

「大頭！老高！大象……小葫蘆……竹竿……」

寄南也一路和團員們點頭招呼，然後大家來到裘彪用帘子圍住的「班主房」。帘子一拉，裡面有坐榻和矮桌，茶杯用具等一應俱全。靈兒拉著寄南走進裘彪的小天地，把帘子再拉好。裘彪指著兩張矮凳說：

「坐！坐！」

寄南坐下，靈兒卻在那兒手舞足蹈，興奮的說著：

「爹！你可不知道，你走了之後，我幹了許多轟轟烈烈的大事、奇事，這一年的故事說都說不完，簡直太精彩了！」

「哦？」裘彪看寄南：「這些轟轟烈烈裡面，你都參加了吧？」

「可不是嗎？如果沒有我的保護，你這個傻丫頭，恐怕都見不到你了！」就笑著說道：「班主，我派人護送你們到洛陽，之後你們到處跑碼頭，我的兄弟們差點把你們跟丟了！還好，現在你平安回到長安了！」

裘彪頭上傷處綁著一圈布條，顯得有點滑稽，驚訝的說：

「啊？你這一日班主，一直找人跟蹤我們？」

「什麼跟蹤？說得那麼難聽？那叫暗中保護！」

裘彪憨憨的笑著說：

「難怪我說這一年來，沒有傻丫頭在身邊，掙錢特別的順利！」瞪著靈兒：「我還樂得終於擺脫妳這個掃把星！誰知，今天一碰上妳，又挨了棍子！」

靈兒抗議大吼：

「什麼掃把星，你這一年都不想你的女兒嗎？你太狠心了！」

「那妳可曾想過妳這老爹？有找過我這老頭嗎？」裘彪問。

靈兒義正嚴詞的說：

「我想啊！當然想死你了！可是我忙啊！我忙著幹大事！算了！跟你說，你也不懂！」感激的握著寄南的手：「沒想到，你默默的為我做這麼多事情，你還暗中保護我爹，為什麼都不告訴我？」

「唉，我幹我覺得應該幹的事情，幹嘛什麼事情都跟妳說？反正結果是對妳好的就好了嘛！」

「可是這是我爹啊！你怎麼能不告訴我他們的消息呢？害我天天操心！」

「那妳操心怎麼不跟我說？」寄南一愣說：「妳早點跟我說，我不就可以早點讓妳安心了！」

裘彪觀察靈兒和寄南的神色，心知肚明了，喊道：

「好啦！你們兩個不要心來心去的！最重要的是……」看著兩人：「你們已經……」用兩根手指比劃著靠近：「兩顆心都在一起了，是吧？」

靈兒和寄南兩人都在喝水，聽到裘彪驚人之語，噗哧一聲，兩人互噴了滿臉的水。裘彪竊笑：

「怎麼？被我說中了？哈哈哈！我這麼神呀！戳中要點了！哈哈哈哈！」

靈兒舉著袖子擦乾臉：

「爹！你別瞎說，沒有的事！」

「就有這回事！」寄南大聲的說，湊近裘彪身邊：「班主，我坦白跟你說吧！我和靈兒情投意合，就等老爹您答應一聲，讓靈兒嫁給我。」

「哎喲！我這傻丫頭、笨閨女，有人要我還求之不得呢！」

「爹！」靈兒吼：「你怎麼可以那麼隨便就決定了我的終身大事？怎麼一口就答應了呢？這不是太便宜別人？」

「我哪是別人？咱們將來是一輩子親人、家人啊！」寄南瞪靈兒。

裘彪突然正經的說：

「好！就衝著你這一句話，你要答應我，即使你的身世高貴，但絕對不能嫌棄我家閨女，雖然她傻，但是個真性情的好姑娘，你不能辜負她！」

寄南喜出望外，問道：

「班主在上，這可是答應把靈兒許給我了？」急切的準備行禮：「請受小婿一拜！」

裘彪及時拉住寄南說：

「靈兒自幼失母，不懂規矩，還望靖威王多多擔待！」

靈兒聽得面紅耳赤，嬌羞滿面。寄南看了，更是心動不已，對靈兒低語：

「現在可以省掉『考慮考慮』了吧？」

靈兒又羞又笑，把頭故意轉向一邊去。

帳篷外，廟口那兩位便衣衛士悄悄貼著帳篷聽著。這兩個人，沒多久就出現在榮王府，對伍震榮回報所見所聞。伍震榮問：

「那個雜技班的班主就是裘靈兒的爹？」

「是的！那姑娘一直是這麼喊他！小的打聽了一下，就叫做裘彪！」

「是的！是的！」伍項魁確認：「裘靈兒的爹，名字叫裘彪就沒錯！這些人我都交手過！」伍震榮對衛士揮揮手，兩名便衣衛士轉身離開。

伍震榮眼光犀利的看著項魁：

「咱們幹不掉袁皓禎和竇寄南，就先從他身邊的人下手！何況這裘家班，說不定也是竇寄南江湖上的幫手！」

「對！我們要為伍家人報仇！在幹大事以前，先幹一件小事給他們瞧瞧！」

「這次咱們父子聯手，只准成功！不准失敗！」伍震榮咬牙說道。

「是！遵命！」伍項魁振奮的應著。

❖

寄南和靈兒，全然不知裘家班已經成了伍震榮的目標。在畫梅軒的大廳裡，寄南神采奕奕，開心得不得了，剛好太子也來了，他就對太子、皓禎、吟霜大聲宣布：

「向各位報告個好消息，昨天見到裘班主，老爹已經將靈兒許配給我了！」

太子驚訝說道：

「我正滿腹心事，滿腦子的戰略圖，你居然興高采烈的提親去了？」

「你這真是太神速，才見到久違的班主，就立刻求親了！」吟霜笑著問。

「動作不快一點，這傻靈兒不知道又要耍什麼花招，狡賴拒婚！我得速戰速決！」寄南看太子：「大事我也放在心裡，不會耽誤！」

「我們何嘗不是這樣？」太子笑：「一面計畫大事，一面安排小事，方方面面都要兼顧，這樣才能活得精彩！」

五人正在談著，突然一個金錢鏢射進了窗欞。皓禎急忙打開鏢上的紙條，唸著：

「裘家班出事，速去！——木鳶。」

靈兒大驚喊道：

「我爹出事了？怎麼會？昨天還好好的！」奪門而出。

「靈兒，妳等我呀！」寄南跟著奔出。

皓禎對吟霜緊急吩咐：

「吟霜，趕緊拿著藥箱，我們一起過去！」

「裘家班與人無仇無怨，怎會出事？」太子大喊：「鄧勇！一起去！」

剎那間，所有的人，都急奔而去。

❖

當伍震榮父子，率領眾多羽林軍衝進裘彪的帳篷時，裘家班因為沒有表演，大家正在休息，睡覺的睡覺，聊天的聊天，練功的練功，一片和樂氣氛。伍震榮父子如同凶神惡煞，拿著長劍，揮舞著衝了進來。伍震榮喊著：

「殺呀！一個活口也不要留！全體殺掉！」

雜技班眾團員趕緊抄了傢伙，和羽林軍開打。團員大頭喊道：

「班主！班主！有人來鬧事！」

「不是鬧事，是來殺了你！」項魁一劍刺去。

大頭奮力抵抗，哪兒是對手，瞬間長劍穿心，倒地而亡。裘彪持棒奔來，大喊：

「來者是誰？你殺了大頭，我要殺了你！」

「來呀！你這個死班主，是不是裘靈兒的爹？」項魁問。

「原來是你這個吃老鼠的癩蛤蟆！你怎麼還沒死？」裘彪一招「當頭棒喝」，迎頭一棍打去。

項魁一個疏忽，被棍子打在肩頭，大怒，喊道：

「羽林軍！把這老頭給宰了！」

羽林軍重重殺了進來。頓時，刀光劍影，血濺帳篷；雜技班的人不是對手，慘叫著，驚呼著，一個個倒地。伍震榮殺紅了眼喊：

「殺呀！每個人都多砍幾刀，本王要他們全體死透透！」

一隊趕來救援的天元通寶弟兄，喊叫著衝入：

「裘彪班主，我們來了！伍家人，納命來吧！」

「果然是亂黨，居然知道我們是伍家人！」伍震榮指揮著羽林軍：「往左邊！那些黑衣人一定是亂黨，通通給我殺掉！殺呀！右邊右邊，不管是誰，通通殺掉！」

在羽林軍的殘殺下，一場大屠殺，腥風血雨的展開。雜技班團員，都是靠耍雜技維生，並不是武林高手，也不是沙場戰將，怎是羽林軍和伍家衛士的對手？一個個雜技班的人，被慘殺倒地。支援的天元通寶兄弟，不敵人多勢眾，即使浴血苦戰，也不敵退敗。裘彪是雜技班裡，唯一有點功夫的人，拚死抵抗，遍體鱗傷。

小猴子搶了一把地上的劍，直刺伍震榮，喊道：「我小猴子跟你拚了！」

伍震榮一劍砍在小猴子肩上，鮮血濺了伍震榮一身。小猴子負傷，長劍落地，仍勇猛的一個跳躍，竟然跳到伍震榮的背上，他一手勒緊伍震榮的脖子，一手拔出腰藏匕首，準備往伍震榮的身上刺去，嘴裡痛罵：

「你這壞蛋、狗蛋！大魔頭！我小猴子送你上西天！」

伍震榮被小猴子從後揪住脖子，反手亂刺，小猴子即使負傷仍靈巧的左閃右閃，伍震榮無法還擊。小猴子正要刺殺身前的伍震榮之時，卻被伍項魁一刀斜劈，砍斷小猴子持劍的手。小猴子痛喊一聲跌落在地，伍震榮脫離重負，迅速轉身，便將小猴子一劍釘死在地上！

裘彪眼見小猴子慘死，慘叫：「小猴子！」他已經遍體鱗傷，飛奔來救，怒視伍震榮父子：「你們連一個小孩子都不放過，簡直是狼心狗肺的惡人！」

羽林軍圍著裘彪打。裘家班不敵眾多羽林軍的殺戮，已一個個倒地身亡。天元通寶兄弟，也一個個倒地身亡。裘彪身上，插著刀，拚死苦戰，伍震榮一劍刺穿了他。裘彪咬牙切齒的喊：「伍震榮！你會遭到報應的！你會死得很慘很慘！」

伍震榮驚喊：

「你居然知道本王的名字！很慘，是嗎？先讓你知道什麼叫慘！」

伍震榮瘋狂的刺向裘彪，左一劍，右一劍。裘彪嘴裡突然吐出鮮血，噴向伍震榮的臉。

項魁再一刀砍向裘彪脖子：

「我要為我們伍家報仇！我要把你千刀萬剮！」

血光飛濺，伍震榮和項魁，不住對裘彪身上刺去，裘彪一直瞪大眼珠看著伍震榮。

「臨死還敢瞪著本王，我讓你死個痛快！」伍震榮對著裘彪背部再捅一刀。

裘彪滿身鮮血，最後終於不支，倒臥在血泊中，眼睛從未闔上。

86

太子、皓禎、寄南、吟霜、靈兒、鄧勇快馬向袠家班方向奔去，忽然看到伍震榮帶著兵馬迎面馳來，太子等人趕緊躲進郊道旁的樹林裡。只見伍震榮父子殘殺過後，身上血跡斑斑。眾多羽林軍，有的馬背上帶著受傷的官兵，從皓禎等人眼前呼嘯而去。

皓禎膽顫心驚的低語：

「這是大戰以後的情形，我們快去！」

太子不敢相信的說：

「袠家班不過十來個人，伍震榮居然帶著羽林軍！」

太子等人見伍震榮走遠，趕緊策馬奔向袠彪帳篷。

只見帳篷外，幾個天元通寶的兄弟，遍身是血，早已氣絕。眾人慌張下馬，衝進了帳篷，映入眼簾的盡是橫屍遍地的弟兄，和雜技班的團員。眾人驚得臉色慘白，皓禎和寄南在帳篷中檢視有無生還者。皓禎慘然的說：

「我們天元通寶的兄弟，全部犧牲了！」

寄南不敢相信的說：

「還有袠家班，一個生還的都沒有！」

太子觸目驚心的看著：

「這是慘無人道的大屠殺！有什麼深仇大恨，會這樣殺掉一個雜技班？」

靈兒一路哭著喊著：

「大頭！大象，小葫蘆，小猴子……不要……不要……」

吟霜拎著藥箱，看著遍地屍體，轉眼不敢看，哭泣的問：

「皓禎，有沒有活著的？我還能做什麼？」

皓禎、太子和寄南已經檢視了所有人，相對慘然注視，三人都熱淚盈眶。鄧勇奔來對太子報告：

「太子，一個活口都沒有！」

靈兒找到一息尚存，倒臥在血泊中的袠彪，抱起袠彪的頭。靈兒哭喊：

「爹！爹！我回來了！我回來了！你不能死呀！爹！」求吟霜：「吟霜！快用妳的醫術救救我爹！救救我爹呀！寄南，爹還沒死，他還活著！」

皓禎抱著吟霜的腰縱身一躍，就把她送到袭彪身邊，喊著：

「袭班主！你撐著點！能說話嗎？我們來救你了！」

太子也飛躍過來，急急喊道：

「靈兒的爹，吟霜是神醫，你別放棄！吟霜會救你！」

吟霜急忙拿出帶來的銀針和金創藥，奈何傷口太多，袭彪血流不止。吟霜不知從何下手，淚水決堤。寄南痛喊：

「班主老爹！對不起！我們來晚了！對不起！」

吟霜餵袭彪吃藥，餵不進去，哭著說：

「皓禎，我止不住袭班主的血，他傷口太多，我止不住啊！他連吞嚥的力氣都沒有了！我只能給他扎針，拖延一點時辰……」落淚哽咽道：「靈兒，有話快說！」一邊哭邊給袭彪各穴道扎針。

袭彪自知死期已到，用滿是鮮血的手抓住了靈兒，痛苦的發出聲音：

「靈兒，妳……妳不是我……我的親生女兒，妳娘是九鳳……她是安南王府的廚娘，對我有恩，妳出生那天……」

接下來，袭彪斷斷續續，說出二十一年前他躲在樹林裡，親眼見到的一幕。

❖

九鳳心碎驚愕，含淚把孩子捧到伍震榮面前，無法相信的說道：

「你佔有我，玩弄我，對我無情也就算了！但是，骨肉親情總不能不顧吧？」

「賤女所生，怎配是我的骨肉？竟敢栽贓於我，妳們母女一個都不能留！」

伍震榮說完，抓起孩子便往崖下拋去。九鳳驚駭中，奮不顧身跳起撲救孩子。伍震榮卻一劍刺來，直刺九鳳的胸部。

九鳳驚怔不信的站著，不肯倒地，眼睜睜看著嬰兒落下懸崖。伍震榮見九鳳不倒，拔出九鳳身上長劍，再對九鳳心臟刺下。九鳳倒地，圓睜大眼，怒瞪著伍震榮。

❖

裘彪緊緊抓住靈兒的手，奄奄一息的說著：

「是我跳下……懸崖，救了卡在樹上的妳！記住！妳的……母親名叫九鳳……是個好女人……她曾經送飯給我們裘家班吃，一飯之恩，我救了妳，養大了妳……妳的父親……就是把妳……拋下懸崖……殺死妳母親，也殺死我們……雜技班的大仇人伍震榮！妳不該哭，妳該為妳的親娘和我們報仇！」裘彪說完，頭一歪，斷氣了。

眾人聽完裘彪遺言，如青天霹靂，個個震驚無比。靈兒見裘彪斷氣，尖聲哭喊：

「不！不！爹你不能死！不能死！」哀求：「吟霜！妳不是神醫嗎？妳不是能起死回生嗎？請妳救救我爹！救救我爹呀！」

「吟霜，發揮妳的醫術！快救救他！」太子著急的說。

「吟霜妳就試試吧！或許妳的氣功可以救回班主！快試試看！」皓禎痛心的說。

「對啊！吟霜，妳快點救回我的岳父大人啊！求求妳啊！」寄南痛哭流涕。

「我試！我試！」吟霜也淚流滿面的說道。

吟霜哭著上前，對著裘彪屍體心臟部位運功。吟霜邊運氣邊唸著：

「心安理得，鬱結乃通。治病止痛，輔以氣功。正心誠意，趨吉避凶。心存善念，百病不容！」

吟霜使出所有內力，運氣運得手掌泛紅，冷汗直冒，卻完全沒有效果。她哭倒在皓禎胸前：

「我想我這神醫是失敗的！對不起，我沒有起死回生的能力！」

靈兒知道無法挽回裘彪，大慟的抱住吟霜，兩人哭得肝腸寸斷。竇寄南和皓禎，也落下了英雄淚。皓禎咬牙說道：

「伍震榮父子惡貫滿盈，不能不除了！」

「該死的伍震榮父子，我一定要把他們抓來，碎屍萬段，撕了他們的皮！用他的血來祭我們的兄弟和裘家班！」寄南憤恨的說。

「我親眼看到了！這個魔鬼，竟敢用羽林軍來屠殺百姓！我這太子情何以堪！」太子痛心至極的說道。

皓禎忽然狂怒的對帳篷外衝去，落淚咬牙喊道：

「我要把那個大理寺丞抓來！」

❖

漢陽正在審案，人犯跪在下面，衙役分列兩旁。忽然之間，皓禎臉色慘淡，旋風般衝了進來，後面衙役追趕阻止著。皓禎跳上審案台，不由分說的抓起漢陽的手，拉著就往外面疾走，啞聲的喊著說：

「漢陽，跟我走！我要讓你看看一個地方！」紅著眼眶，激動的吼著：「我要向你報案！我要報一個慘不忍睹的滅門血案！」

帳篷裡，寄南、吟霜淚流滿面，悽悽慘慘的抱著哭得聲嘶力竭的靈兒。靈兒匍匐在裘彪屍體邊，邊哭邊喊：

「爹！你不能死！你怎麼能丟下我呢！爹！」搖著裘彪：「你醒醒！你醒醒！你說的那些話，不清不楚！你起來，你跟我說清楚！」

「靈兒，妳不要這樣，讓班主好好的走吧！」吟霜拭淚說。

寄南早已經哭紅了雙眼，正在給慘死沒有闔上眼的弟兄們，一個個的為他們闔眼。

皓禎和漢陽策馬奔來，漢陽一跳下馬，看著帳篷內外橫屍遍野的情景，震驚得說不出話來。皓禎再拉著漢陽走進帳篷，漢陽一看眼前慘狀，大驚失色，臉色驀然慘變。太子悲憤的喊道：

「漢陽！這是伍震榮的傑作，動用的是羽林軍！我們能宰了他嗎？」

皓禎痛苦的對漢陽厲聲說道：

「你是大理寺丞，你看看你管轄的長安城，你看看這些無辜百姓，是怎麼死的？這是一場毫無人性的大屠殺！」

「漢陽！靈兒哭死了，我也快要崩潰了！地上這些弟兄都是滿身傷口，我趕到得太晚，居然一個都救不了！」吟霜掩面痛哭。

寄南奔過來，抓著漢陽吼：

「是伍震榮父子幹的！是你父親的好友親自下的毒手，我們趕來的時候，親眼看到伍震榮和伍項魁帶著羽林軍撤走！你這個大理寺丞到底都幹些什麼事？我們屢次向你報案，你屢次放掉他們！」

皓禎想到世廷可能是自己父親，更是痛楚莫名：

「漢陽！你爹如果繼續和伍震榮勾結，這長安城總有一天會血流成河！你看看！你仔細看看每個人的傷痕！人間有這樣的魔鬼嗎？你和你爹還能視而不見嗎？」

寄南抓著漢陽到靈兒身邊，悲痛的指著裘彪：

「他是靈兒的爹！死得好悽慘！身上三十多處刀傷，刀刀見骨！靈兒的爹和伍震榮有多大的仇啊？他只是個安分守己的良民！今天我管不住我的理智，我就是一隻鬥牛犬，我要跟你這個大理寺丞拚了！」

寄南從腰際拔出自己的玄冥劍，準備攻擊漢陽。同時，靈兒也從地上拾起沾滿血漬的劍，對著漢陽。靈兒崩潰大吼：

「凶手！你和你爹方世廷、伍震榮都是一夥的！我親眼看到你們關著房門說悄悄話！凶手！你們這些狗官都是凶手！你假裝和我們親善，其實就是想除掉我們，你是個罪大惡極的幫凶，我殺了你！」

太子是唯一還有理智的人，喊道：

「寄南！靈兒！不能怪漢陽，你們別衝動，漢陽是我們這邊的人，他還要幫著我解開那戰略圖的謎，你們可別把他傷了！」

靈兒舉劍揮向漢陽，漢陽本能的逃出帳篷，閃躲靈兒和寄南的刀劍。靈兒和寄南追出帳篷。太子、皓禎、吟霜、鄧勇緊追於後。漢陽笨拙的閃躲，試著安撫眾人情緒：

「我知道你們個個傷心悲痛，但是殺了我也救不回這些人命。靈兒、寄南你們先冷靜下來，聽我說！」

「你的話我聽太多了！過去我敬你是一個正義的大臣，任你使喚！」靈兒瘋狂對漢陽亂砍：「今天我要你一命抵一命，殺了你，我再去殺你那陰險的爹！」

皓禎忽然拔出乾坤雙劍，護著漢陽，與寄南過招。皓禎急喊：

「寄南、靈兒，你們瘋了嗎？快住手！仇人是伍震榮父子，不是漢陽呀！停止停止，不要傷了漢陽！我拉他來是要他主持正義呀！」

太子也拔劍攔著瘋狂的靈兒和寄南：

「對對對！聽皓禎的沒錯！漢陽是自己人，你們不要弄錯了！」

「皓禎，你別天真了，是兄弟就讓我為我岳父報仇！」寄南怒喊：「方世廷的兒子會有什麼正義？有正義早就辦了伍項魁！反正人早晚都要死！殺死一個奸臣算一個！」用力踢開皓禎：「讓開！」

皓禎就一邊護著漢陽，與寄南、靈兒相互招架。吟霜淚流滿面哀求：

「你們不要打了！快住手！寄南、皓禎你們是好兄弟呀！不要為了壞人自相殘殺啊！求求你們快住手！靈兒，妳不要傷了自己！」

寄南和靈兒完全失控，劍劍刺向漢陽，太子、皓禎顧此失彼艱難的護著漢陽。

「寄南！靈兒！」太子急喊：「漢陽一定有他的苦衷，他不會武功，你們這樣殺掉他，萬一錯殺了怎麼辦？停止！停止！」

皓禎打開了寄南，靈兒趁機一劍就砍向漢陽，漢陽躲避，腳跟在一個大石頭上踩滑，整個屁股跌落於地。靈兒毫不遲疑，舉劍就對漢陽當頭刺下。就在這剎那間，漢陽突然一個後空翻，在空中，腳尖靈活快疾一點，點在靈兒持劍的手腕上，踢飛了靈兒的長劍，身形俐落、飄逸瀟灑的跳到一塊大石頭上面。

漢陽居高臨下的大喊：

「你們通通住手！」

太子、皓禎、寄南、靈兒親眼目睹漢陽高超的武功，不禁大怔，全部住手。

「漢陽，你會武功？你一直瞞著大家，原來你是高手？」皓禎驚呼。

「不可能！漢陽，你什麼時候學的武功？」太子睜大眼睛。

靈兒終於明白，拾起落地的長劍，激憤的喊：

「漢陽果然是個大騙子，欺騙我們，他根本就是個大內奸！」

「好啊！方漢陽，你和伍震榮一樣老奸巨猾！」寄南大喊：「靈兒！我們不用留情了，這個狗官真面目已經現出原形，我們上！為裘彪老爹報仇！」

寄南、靈兒兩人又揮著長劍，跳上石頭，攻擊漢陽。漢陽使出真本領，又跳又飛、靈活快捷的閃躲寄南和靈兒。皓禎忍不住揮劍加入寄南陣營，怒不可遏的說道：

「漢陽，我們把你當朋友，原來中計了！」

漢陽施展高超的武術，遊走於劍鋒之間，從容不迫的喊著：

「你們三個敵友不分，正邪不分，真的瘋了！」

太子跳到一旁觀望，驚愕的自語：

「漢陽居然會武功，漢陽過目不忘，漢陽懂得戰略圖，漢陽深藏不露……難道他是……」

突然大喊：「木鳶！」

漢陽即時撿起地上木棍，一招「穿梭蓋劈」，一棍當頭打在寄南的頭上，接著棍頭橫指，擋住乾劍劍鋒來勢，順勢戳在皓禎的胸口，但只是輕輕點到。緊接著運腕疾翻，將木棍攔胸一横，從靈兒頭頸上方處險險虛幌過去，運棍若飛、棍風颯颯、棍花點點，棍頭使終不離眾人咽喉胸口要害之處，驚得大家一身冷汗。這正是斗笠怪客在山陽古道殺伍崇山的那招「氣貫山河」！

皓禎和寄南終於恍然大悟的停手，面面相覷，震撼大叫：

「斗笠怪客？」

「什麼斗笠怪客？是漢陽又再耍詐！我殺了他！」靈兒不信。

漢陽三兩下又打落靈兒手上的長劍，用他曾經扮斗笠怪客時的老邁聲音說話：

「天元通寶！」

眾人停手，個個大震。吟霜震驚喊道：

「難道你，真的是木鳶？」

漢陽悽然唸道：

「煮豆燃豆萁，豆在釜中泣。本是同根生，相煎何太急？」

太子跌腳一嘆：

「果然被我猜到！」就唸道：「木鳶木鳶兮高飛，木鳶木鳶兮難追……」

漢陽接口道：「木鳶木鳶兮何處？木鳶木鳶兮知是誰？木鳶木鳶兮胡不歸？木鳶木鳶兮太難為……」

皓禎驚訝大喊：

「你真的是木鳶？你是我們的首領木鳶？」

漢陽將手上的木棍，用力一頓，木棍筆直的插入地上，入地一尺，深深一嘆：

「在下正是木鳶！隱瞞身分是萬不得已！我不是你們的首領，更不是你們的敵人，是和你們同仇敵愾的兄弟！」

寄南、皓禎、靈兒、吟霜都震住了。

太子滿眼欣賞和崇拜的看著漢陽。

❖

裘彪屍體已放在木板床上，靈兒用帕子擦拭裘彪臉上的鮮血。太子、漢陽、皓禎、寄南、吟霜都圍在靈兒身旁，卻仍然陷在木鳶現身的震撼裡。皓禎盯著漢陽，想著他可能是自己親兄弟，感慨震驚至極，此時，已不知這「兄弟之情」，是喜是悲？是屈辱還是驕傲？木鳶，是他多年來最崇拜的人呀！他情不自禁盯著他問：

「你這麼年輕，怎麼可能是木鳶？『天元通寶』是你祕密成立的嗎？你哪一年變成木鳶的？」

漢陽沉痛的說道：

「七年前，我爹在伍震榮的推薦下，當了右宰相！官場是個大染缸，權力欲望是最可怕的東西！他忘了他的忠孝仁義，成了伍震榮的同夥，我眼看他不忠，不仁，不義，我就只能不孝了！是的，我祕密成立了『天元通寶』！」

「但是，連你爹都不知道你有武功，難道你從小就知道你會成為木鳶？從小就知道要隱瞞自己的真功夫？」太子無法置信的問。

「武功是我師父教的，爹娘都以為我沒學成，其實我的師父非常厲害，不止教我武功，還教我做人處世，指示我隱藏武功。他早已預料我有今天的使命！」

吟霜幫著靈兒擦拭裘彪的屍體，忍不住看向漢陽：

「你居然瞞過了所有人？」想著：「我明白了！就因為你爹和伍震榮是知己，你利用這層關係，才知道那麼多內幕！可以及時發動天元通寶兄弟，救下忠臣！」

「你有多少親信？你連爹娘都瞞著，誰知道你是木鳶？」寄南追問。

「我有一個斗笠小隊，也就是穿著布衣戴著斗笠的那十幾個人。他們個個武功高強，其中也有我的師兄弟，只有他們知道！」

「宮裡有人知道嗎？我不相信你爹能夠供給你那麼多消息！」太子說。

「確實，我爹和伍震榮並不是我唯一的消息來源，『天元通寶』年年擴大，我還有很多內線……」

寄南恍然大悟，打斷：

「每次接到金錢鏢，總是猜測木鳶是大內高手，或是像四王那樣的老忠臣！原來，是你……」忽然又激動的一把抓住漢陽胸前的衣服，死命搖撼著他，紅著眼眶喊：「你既然是木鳶，怎麼還會讓今天的悲劇發生？你通知了我們，怎麼不早一點通知？讓我們把左驍衛都帶來？把黑白軍都帶來？」

漢陽掙開了寄南，更加沉痛的說道：

「天有不測風雲！我也有失手的時候，怎樣也沒料到伍震榮這麼狠，居然動用了大批羽林軍……我是木鳶，但不是菩薩啊！『揮淚送英雄』那天，你們忘了嗎？我還差點監斬了我的大將皓禎！你們掉懸崖那天，我的斗笠小隊居然被大批的弓箭手弄得顧此失彼，害得皓禎被囚……我也戰戰兢兢，生怕失手！可是悲劇還是會一次一次的發生……小白菜的死，歌坊全部兄弟姊妹跟著死難……為了戰略圖，我奔赴咸陽，連大理寺中的兄弟都沒救出……」眼中充淚了：「我也一次一次在失手啊！」

大家談話中，靈兒只是失神的、茫然的擦著裘彪臉上的血跡。吟霜發現靈兒不對勁，仔細看靈兒，急喊：

「靈兒不對勁！你們先別談木鳶，來看看靈兒！」

大家圍攏，只見靈兒眼睛發直，魂不守舍，一直擦拭著裘彪的臉龐。寄南著急大喊：

「靈兒！靈兒！妳要哭就哭，要叫就叫，別這樣子！」

「靈兒！靈兒！妳醒醒！」吟霜喊：「老爹的臉已經很乾淨了！靈兒！妳別失魂落魄……」雙手對著靈兒胸口運功，大喊：「靈兒！醒來！」

靈兒乍然醒神，被吟霜大力運功，震得退後了兩步，怔了片刻，就撲向裘彪，對著裘彪握拳猛打，大哭起來，邊打邊哭邊喊：

「爹！你騙我，你騙我！從小你就最喜歡捉弄我，你是假死的吧！居然跟我撒了一個大謊言！」繼續打裘彪：「你這個騙子！騙子！」

寄南從後抱緊靈兒，喊道：

「妳清醒一點，班主老爹已經走了，妳別打了！」

靈兒瘋狂的推開寄南，喊：

「裘彪是個大騙子！他是個大騙子！臨死了還這樣戲弄我！我怎麼可能是那個魔鬼的女

兒？我不是！我不是……」

漢陽震驚的看向皓禎：

「什麼魔鬼的女兒？」

太子沉痛說道：

「袞班主臨死前，說了一個殘忍至極的故事，說靈兒是伍震榮的親生女兒！說他目睹靈兒的娘，安南王府的九鳳，死在伍震榮劍下，也目睹伍震榮把親生女兒丟下懸崖！是袞彪爬下懸崖救了靈兒！」

漢陽不可思議的看著靈兒。皓禎悲憤著：

「袞班主臨終的話，不能相信！那故事太荒唐！」

「就算是真的，他為什麼要說？為什麼不死守這個祕密？」吟霜疑惑。

「不是！不是！我不是！我一定不是……」靈兒喊著，掙脫寄南，從地上抓起一把刀，飛快的衝到帳篷外面去了。吟霜急喊：

「快追她！快追她！」

寄南、太子、皓禎、漢陽、吟霜、鄧勇就緊急的追了出去。

只見靈兒已經奔到曠野，四處無人，一棵巨大的銀杏樹，伸長了枝椏，孤獨的長在曠野中。靈兒仰首向天，對著天空崩潰的大喊：

「我娘在哪兒？娘！妳告訴我，爹是不是瘋了？如果我是那個魔鬼的女兒，我不要活！」淒厲的狂喊：「爹，我追你到天上地下，你要跟我說清楚，我到底是誰？」

靈兒喊罷，立刻用手中的刀，橫刀自刎，利刃劃上了脖子。寄南飛躍過去，用力一踢，利刃飛過天空，插在銀杏樹的大樹幹上。

靈兒脖子上鮮血直流。皓禎驚喊：

「寄南！抱住她，她受傷了！吟霜，快去幫她止血！」

寄南抱住靈兒，痛喊：

「靈兒！妳要自刎？妳不要活了？妳怎麼可以不要活了？大仇沒報，妳爹還躺在那兒，妳居然想自刎？」

吟霜哭著，拿著止血藥粉，灑在靈兒的傷口上，檢查傷口：

「還好，傷痕不深，幸虧寄南把刀給踢飛了！皓禎，趕快把藥箱裡的布條給我，這傷口得包紮起來！」

皓禎緊張的拿來布條。

「靈兒！」太子痛喊：「我以太子的身分向妳發誓，這個血海深仇，我們會幫妳討回來。妳爹臨終一定神志不清，說的話不能盡信！我相信妳絕對絕對不是那個大魔頭的女兒！他只能生出伍項魁那樣的兒子，生不出妳這樣優秀的女兒！」

靈兒卻在寄南手臂中瘋狂掙扎大喊。

「你們不要攔我！我要到地下去找我爹，我要問清楚！他為什麼胡說八道？如果我身體裡流著伍震榮的血，讓我死掉吧！我第一個就殺掉他的女兒，給我爹償命！」拚命掙扎，傷口的血不斷飆出來。

吟霜拿著藥和布條，卻無法靠近又踢又踹的靈兒，哭喊著：

「靈兒！妳這樣一直動，我怎麼幫妳治療傷口？」

「寄南！漢陽！啟望！我們把她壓在地上，讓她不能動！」皓禎急喊。

漢陽聞言，欺身而上，在靈兒身前身後，閃電出手，連點百會、神庭、肩井、曲池、靈台等諸穴道，將她雙手定住，讓她站著無法動彈。吟霜趕緊上去擦藥包紮，寄南、皓禎忙著遞包紮布條，遞水遞藥。一陣忙碌，總算把靈兒的傷口處理好了。漢陽剛剛鬆手，靈兒又飛跑向前，大家急忙追著跑。

此時，天空烏雲密布，狂風掠過，接著雷聲狂鳴，閃電四起。

靈兒被閃電雷鳴驚動，站住了。寄南立刻追上去，緊緊抱住她。太子、皓禎、漢陽、吟霜都痛楚至極的追過來看著靈兒。只見靈兒眼睛發直，眼光渙散，顯然神志不清。太子喊著：

「靈兒，醒來！醒來！不要被那個大魔頭打倒！」

一聲雷鳴，大雨傾盆而下。雨水從帳篷那兒，沖過了遍地屍體，一條條血水的小河流奔竄著。漢陽悲愴的對靈兒大聲說道：

「靈兒！妳挺住，太子發了誓，我也以木鳶之名發誓，我們『天元通寶』要讓伍震榮死無葬身之地！」

「我也發誓！」皓禎義憤填膺的說。

「我也發誓！」寄南說。

靈兒看看漢陽，看看地上的血水，張開手臂，仰天大叫：

「我要血債血還！」

眾人群情激憤，個個點頭，有力的齊聲喊道：

「血債血還！血債血還！」

靈兒力氣用盡，癱倒在寄南懷裡。

❖

裘家班和天元通寶死難的兄弟們，在太子、皓禎、寄南、漢陽等人的協助下，終於下葬了。靈兒穿著孝服，頭上綁一條白絲帶在額頭上，脖子上還綁著白布的包紮。一身素服的吟霜，攙扶著毫無血色的靈兒從墓地回來，踏入畫梅軒的大廳。

太子、皓禎、寄南、漢陽也都穿著素服一一走入大廳。漢陽鄭重的說道：

「今天終於把所有死難者都下葬了，屍體也檢驗過，兵器也記錄了，你們放心，裘家班的好漢，不會白白送命，天元通寶的兄弟，也不會白白犧牲！大家再給我一點時辰！尤其記住，我還是必須當回我的大理寺丞方漢陽！大家務必要保密再保密！否則我的祕密不保，所有的大事也做不了！太子，你尤其要保密！」

「漢陽，你相信我！」太子說：「自從知道你是木鳶，你不知道我有多少感觸，原來那時時刻刻指點我們救下忠臣的是你！幾次出手援助的也是你！連在虎嘯山沼澤裡救出我的也是你！可是，我們平時對方漢陽從來沒有尊敬過！」

大家都有同感的深深點頭，只有靈兒沉默無語，悲傷的發呆著。

「漢陽，你先回去吧！」皓禎說：「靈兒讓我們來照顧。我想，即使你拿到這案子的主控權，恐怕辦案過程中，也會阻礙重重！或者對付伍震榮這種人，我朝律例沒用，應該……以眼還眼，以牙還牙！」

「對！還跟他那種混蛋講什麼律例，我們直接去找伍震榮火拚！」寄南說。

「大家都別衝動，你們忘了戰略圖和鋸齒山的事嗎？」太子說：「這個伍震榮顯然還有更大的野心！萬一殺了伍震榮，他的徒子徒孫，依舊發動戰爭，我們可能面對更大的問題！這就是漢陽，不，木鳶那天指示我們的，『欲擒故縱』！這份野心會像一頭巨獸把伍震榮吞噬，我們大家等著瞧！相信不久就能把這幫惡人一網打盡！」

「太子說得很對！」漢陽說：「我們現在有幾百種方法弄死伍震榮，但是，他那布局已久的大陰謀，依舊是我們最大的隱憂！為了蒼生百姓，為了『天元通寶』的最終目標，我們還得忍耐！」看了一眼靈兒，忽然說道：「靈兒，妳雖然是個姑娘，卻有男兒的氣概！現在，拿出妳的志氣來！君子報仇，三年不晚！」

靈兒勉強振作了一下，說道：

「三年太晚！我恨不得今天就殺了他！」

「根據我的調查，他們的勢力已經遍布在新豐、咸陽、長安、藍田……各地，幾乎包圍了長安，我們真的不能在這緊張時刻，亂了方針！」漢陽說。

「靈兒，大局為重！」皓禎誠摯的說：「漢陽曾經對我上斷頭台的事，下令『揮淚送英雄』，就是要避免生靈塗炭！他用心良苦！」

太子接口：

「所以，我們也要避免生靈塗炭，大局為重！這次我們要做，就只許成功，不能失敗！還要打到他們永遠不能翻身！」

寄南深深點頭說：

「對！還要一舉通殺！不能讓他們再來報仇！要學伍震榮，伍家所有人，一個活口都不留！」

靈兒眼光發直的說道：

「是！要他們像裘家班一樣，血流成河！」

吟霜眼中閃過一絲矛盾和痛楚，看向漢陽說：

「漢陽，除了用刀用劍用武器，難道沒有別的辦法，讓這個大魔頭『伏法』嗎？我參加了幾次行動，每次都有兄弟傷亡，即使是伍家人，難道沒有一個好人嗎？」

漢陽深深看吟霜一眼。「妳的言外之意，漢陽明白！但是對付極惡之人，我們只能被迫用非常手段！」再看眾人一眼，「大家節哀順變，我先告辭了！」

漢陽走了，吟霜拉著靈兒，命令的說：

「妳幾天都沒吃沒睡！妳先吃一點東西，把我幫妳熬的藥喝了！然後去睡一下！跟我走！」

靈兒已心力交瘁，無力抗拒，順從的跟吟霜走向房裡。

皓禎見大家都離開了，與太子、寄南商討：

「這次我們又犧牲那麼多兄弟，寄南快去調動所有能集結到的人，讓大家都趕到長安來，也許能幫得上漢陽所謂的大計畫！」

「好！我馬上就去安排！」寄南說。

「如果真要面對戰爭，你們別忘了我那東宮十衛！他們天天練兵，說不定是一支大黑馬！」太子說。

寄南點頭，皓禎卻深思不語。

❖

宰相府裡，漢陽又碰到他最大的難題，方世廷！

「我不准你干涉這個案子！任何時候我都可以睜一眼、閉一眼，隨著你去辦，但是這件事情和你無關，你不許碰！」世廷氣呼呼的說。

漢陽據理力爭：「怎麼會和我無關？那麼大的血案，牽涉幾十條人命！爹，我真該把你拉到現場去看看！你怎麼還能昧著良心去幫伍震榮父子作惡呢？」

「你放肆！」世廷大吼，氣急敗壞，「你竟然敢說我作惡？我好歹是本朝的右宰相，做了多少大事，你看到過嗎？我有我的立場，你不同意我的立場，也不能否決我的人品！你氣死我！居然敢頂撞你的親爹！」

采文慌忙進屋，滿臉詫異。「什麼事情會讓你們父子吵得那麼大聲呢？」

世廷連采文一起罵：「都是妳慣出來的！一直縱容他和袁皓禎來往，才會讓他學會了皓禎他們的壞毛病，現在，什麼事都不聽我！」

采文緊張，臉色大變，急促問道：「皓禎怎麼了？」

「爹！」漢陽搶話：「**做事要有原則，做人要有良心！那才能談到人品！**實際上這場大屠殺，其中一位死者就是靈兒的爹呀！靈兒在我們家也住了那麼久，她的親人慘死，難道你還要不聞不問嗎？」

「啊！」采文驚惶：「靈兒的爹被人殺了？那靈兒怎樣？寄南怎樣？皓禎怎樣？」

「還能怎樣？個個都哭紅了眼睛，個個都快崩潰了！連我看到那血腥的屠殺場面，也快崩潰了！」漢陽激動的衝口而出。

采文驚得臉色慘然，喃喃的說：

「都崩潰了？我得……我得去將軍府……看看他們去！」就往門外走。

世廷對采文一吼：「不許去！關妳什麼事？每天長安城都有死人，有人可以善終，有人卻是橫死，這都是天意！是定數！能一個個去同情嗎？」

漢陽努力壓抑怒氣：

「爹！漢陽真是對你太失望了，想不到你已經完全背離了是非、正義和道德！好！既然爹與伍震榮一個鼻孔出氣，那麼道不同，不相為謀！這個家，我已經待不下去了！」

采文心慌意亂，攔住漢陽：「你……再怎麼生氣，怎麼可以對你爹說出這種話！」轉向世廷哀求的：「世廷，你……只有這個兒子，不能再失去他，留住他！」

世廷大聲喊道：「他不是我！他沒經過我所經過的，也看不清楚朝廷現況！簡直想毀滅我建立的一切，我還能留住這個禍害嗎？要滾！你立刻就滾！」

漢陽頭也不回的奪門而出。

87

這日，太子、寄南、靈兒、吟霜聚集在太子府的密室裡。太子安慰靈兒：

「靈兒，相信這麼多天以來，大家安慰妳的話都說盡了，我還是那句老話，妳是勇敢的姑娘，有時比男兒還有氣勢！一定要振作起來，節哀順變！」

「謝謝太子！」靈兒說：「這會兒不提我的事了，聽鄧勇說你們那天去鋸齒山，敗在毒蛇陣了？」惋惜的說：「唉！你們就應該帶著我去！我懂胡語，也懂毒蛇，那陶笛聲就是波斯的胡人，專門訓練毒蛇的聲音。下回帶著我，絕對不會讓太子敗在毒蛇陣的！」

「聽妳這麼勇敢無懼的口氣，就知道妳已經振作不少了，雖然妳已經恢復女兒身，本太子還是不得不把妳當做一名勇士看待。放心，往後的行動一定少不了妳！」

「真要帶這個風火球啊？」寄南調侃：「她這人成事不足……」看到靈兒發怒瞪著大眼，識相的嚥下要說的話，改口說：「好好好！我不說，靈兒勇士威武、英明！」

「也要帶著我才行！」吟霜堅持的說：「以前皓禎行動都帶著我，你們碰到毒蛇陣就敗退了，萬一有人被毒蛇咬了怎麼辦？我這個大夫就有用了！」

「說得不錯，有理！」太子點頭：「何況那山裡，什麼危機都有，也可能有沼澤，有毒蟲，有毒藤什麼的。還有陷阱！確實需要一個大夫呢！」

皓禎帶著漢陽匆匆趕到。漢陽行禮：

「太子金安！臣來遲，還請太子見諒！」

太子故意裝生氣，瞪著眼說：

「漢陽，我真想揍你一頓，經過袞家班血案之後，你還跟我什麼金安、銀安的？難道我見了你，也要說一聲見過木鳶首領嗎？這些客套和官樣文章在我這間密室裡都用不著！從此大家都是兄弟，在公眾場合沒辦法，得喊我一聲太子，私下裡，都是名字稱呼！」

「你這密室越來越有用了，不知道能不能裝下天元通寶的兄弟？」皓禎說：「漢陽加入我們一起討論，我們就再也不用擔心如何通知木鳶了？」忽然想起一事，問漢陽：「漢陽，那天我們呼叫木鳶時，冷烈突然出現，這冷烈是不是天元通寶的兄弟？」

「冷烈是個獨行俠，出道也才一、兩年，專門跟伍家人作對！我多次想把他收歸天元通寶，他都是冷冷的轉身就走，消失得無影無蹤！」漢陽說。

「太可惜了，如果他能加入多好。」吟霜說：「上次在岩石林，看他那手暗器功夫，讓人嘆為觀止！冷烈可能跟木鳶一樣，是個假名吧！」

「既然大家有共同的信念，成為生死與共、保家護國的好兄弟，誰是木鳶也就不重要了。現在惡人未除，我們還需要努力。太子鋸齒山一探，表面失利但卻是好事，至少知道他們在山裡重重防備，必有不可告人之事。」漢陽說道。

「那麼我們是否訂個日子，再闖鋸齒山？」太子問。

「再探鋸齒山是必然的！」漢陽說：「但首先還有一件重要的事情，必須請你們去查明清楚……」

大家都靠近漢陽，注意的聽著。漢陽凝重的說道：

「皇后被挾持的那一天，我在東郊別府調查證據。所有挾持案相關的證據都集中在溫泉浴池房的周圍。但是在溫泉房的西邊有一座名為『湘雨閣』的樓閣，卻乾淨得有點出奇。雖然溫泉的味道，幾乎瀰漫在別府各處，但是我站在『湘雨閣』片刻，微微還是聞到一股奇怪的味道，但卻找不到這味道的來源……」

「我懂了！」太子說：「再闖鋸齒山之前，要先探探這『湘雨閣』！」

「不錯！」漢陽說：「最令人疑竇的是，平時別府就布署了眾多衛士把守，皇后被挾持當天突然減少了衛士。待皇后救回之後，我因採證再度來到別府，卻發現衛士幾乎重兵布署在那『湘雨閣』，可見這棟樓閣恐怕隱藏著極大的機密。你們此去不管發現什麼，都要按兵不動，免得打草驚蛇！」

「明白了！」皓禎說：「我們這個『梅花小隊』就先去『湘雨閣』吧！」

「為什麼要叫『梅花小隊』？」寄南抗議：「叫『靖威小隊』不好嗎？」

「叫『太陽星小隊』才是！」吟霜笑著：「我們才幾個人，也只有自己稱呼一下，寄南最小心眼！」

「就是！」靈兒附議：「他就怕別人忘了他是靖威王！我覺得『梅花小隊』最好，沒人會聯想到是我們！」

「閒話少說，什麼小隊都行！大家立刻行動，聽我安排！」皓禎說：「明晚天黑後，我們就夜探那『湘雨閣』去！」

❖

第二天晚上，這支小小的隊伍，就穿著黑衣，用黑巾蒙住口鼻，闖進了東郊別府。無聲無息的擺平了幾個守衛，太子等人就一邊輕功跳躍，一邊耳聽四面，眼觀八方的一路穿過長廊和花園，來到湘雨閣屋頂上，探頭往下一看，果然眾多衛士駐守在此。太子帶著鄧勇和幾個東宮高手，皓禎帶著魯超，摟著吟霜的腰，寄南帶著靈兒，大家互相看一眼，就很有默契的一躍而下，身手敏捷的撂倒數名衛士。有個衛士轉頭發現有異狀，起疑，喊著：

「什麼人？」往暗處追去，突然被太子反手擒拿，刀架在他脖子上。

「識相的話，就不要出聲！」太子說。

衛士點點頭，嚇得不敢出聲。

靈兒早已悄悄繞到樓閣後面四處搜尋，到處嗅嗅鼻子。靈兒自言自語：

「好像真的有奇怪的味道！」感覺踩到什麼奇怪的石板，低頭看著。

吟霜也嗅了嗅，說道：

「這是皮革的味道，更正確的說，是牛皮的味道！我對味道最敏感，一定沒錯！」

靈兒像狗一樣循線嗅著，踩著石板地，突然一個衛士的長槍，從暗中劈向靈兒，靈兒身手敏捷，閃過長槍，揮出流星錘與衛士對打。寄南、魯超趕來，從後一腳踢飛了衛士手中長槍，迅速撂倒衛士。靈兒指著那塊奇怪的石板對寄南說：

「這塊石板地，踩起來很奇怪，皮革味道應該從這裡冒出來的！」

皓禎和鄧勇也快速解決了若干衛士，跑向靈兒和寄南。皓禎問：

「怎麼樣？找到了什麼嗎？」

寄南吃力的想搬動那塊石板：

「可疑的地方是找到了，但這塊石板太重，應該有什麼祕密機關就能打開？」

太子刀仍架在衛士脖子上，來到石板地前。太子說道：

「就讓這位衛士告訴我們，祕密機關在哪？」推衛士：「說！不然腦袋不保！」

「我說我說！」衛士指著牆角的石椅：「挪動那石椅，地窖門就會打開了。」

太子擔心有詐，推開衛士，讓他去挪開石椅，石板門打開，露出一個地窖的樓梯通道。

寄南拔劍繼續威脅著衛士，衛士識相的說：

「你們也把我打昏吧！我保證什麼都沒看到，什麼都沒發生過，反正我們只不過是這兒的看門狗！」

「你如此識相，我們也不會為難你！」皓禎對衛士後腦一拍：「你就睡吧！」衛士應聲昏倒，皓禎拉著吟霜叮嚀：「吟霜，妳不會武功，跟牢了我！」

太子、皓禎、寄南等人依序走入地窖，赫然發現這裡是一個大倉庫兼工廠，堆滿作戰的鎧甲。許多男女工人正在工作，看到太子等黑衣人，個個驚慌，無處可逃，只好抱成一團。一個女工惶恐的說道：

「我們什麼都不知道，我們是被抓來做苦工的，我們什麼都不知道，別殺我們！」

「別怕！」太子說道：「一看你們也知道是被抓來當苦力的，今天算你們好運，我們立刻將你們救出去！可是出去以後，就各自逃跑，誰也不許說今晚的事！」

工人們又疑惑又欣喜。

皓禎拿著一套鎧甲，對太子說道：

「這是作戰穿的明光甲，顯然榮王真的想謀反！這是一個很有力的鐵證！」

太子恍然大悟，說道：

「伍震榮果然老奸巨猾，唆使皇后蓋別府，表面是溫泉行宮，其實就是要掩人耳目在這兒製造鎧甲！他知道父皇根本不喜歡溫泉，不會來的！皇后還口口聲聲說蓋溫泉別府為了給父皇治病！父皇的病，就是皇后！」

「既然被我們發現了鐵證，我們可以去告訴皇上，趕緊將榮王那伍家一幫混蛋抓起來呀！」靈兒說。

「漢陽說了，發現什麼都要按兵不動！」寄南提醒。

「靈兒別心急，這只是冰山一角，我們要找的線索多著呢！」吟霜勸著靈兒。

於是，太子放走了那些工人，命令鄧勇和東宮武士，監督他們向西跑，確定這些工人不會回來告密。大家回到太子府，靈兒忿忿難平的說：

「那地窖製作了那麼多鎧甲，我們就這樣停手，真的按兵不動了嗎？伍震榮野心那麼大，我們一定要趕緊制伏他呀！」

「唉！妳別火燒屁股的嚷嚷行嗎？」寄南安撫靈兒：「這是軍事，是要從長計議的大事，不可亂了方寸！不過……不知道伍震榮哪來的兵力可穿那麼多鎧甲？」

「看來伍震榮已經養兵多時，和胡人又關係密切，恐怕早已勾結西域來的亡命之徒，想顛覆我朝江山。」太子研判著。

「這麼說來，鋸齒山就有可能是他們養兵，訓練軍隊的祕密基地！也就是我們要找的大本營！這事情我得通報我爹，我們要趕緊想出因應之道，防堵伍震榮軍事擴大！」

「在袁大將軍出手之前，我們必須再探鋸齒山，掌握他們的兵力人數，才能克敵制勝！當然，他們也可能不止一個鋸齒山！」太子說。

「再探鋸齒山，會不會打草驚蛇？你們上次已經去過一次，這次又去嗎？」吟霜問。

「上次不是驚動了胡人嗎？伍震榮不可能不知道！」

「依你的意見呢？」太子問吟霜。

「聽你們說，這鋸齒山是個弧形山脈，無論從山下什麼地方，都可以上山！這次千萬不要走上次的入山口，我們隨便選個位置上山！」吟霜說。

「對對對！」靈兒大喜接口：「那山到處有山谷，凹凹凸凸的，他們不可能四面八方都有埋伏！山腳下面繞一圈，起碼有幾百里，他們防不勝防！」

太子看皓禎和寄南，笑著說道：

「沒有料到，兩位夫人居然也是戰略家呀！」

「是呀！我這夫人是個天才！」寄南立刻得意的擁著靈兒說。

「誰是你的夫人，八字還沒一撇呢！」靈兒摔開他的手。

就在兩人又要鬥嘴時，秋峰拿來一個兵器，敲敲門邁入密室。秋峰神色飛揚的說：

「太子殿下，我知道打鐵場製作的武器是什麼了！」揮舞著兵器：「就是這個！衛士大哥跟我說這叫做『陌刀』，他們成天成夜就在打造這種刀！」

皓禎、寄南、太子都大大一震，太子接過了那把刀，不能置信的審視著。靈兒問：

「這陌刀，是什麼樣的兵器？有什麼特別之處？」

「陌刀者，野戰之刀也！」皓禎流利的回答：「龍戰於野，血其玄黃。這陌刀，是精鐵打造，刀身厚重，攻擊力極為可怕，肉搏時威力無窮！於戰陣砍劈迴旋之時，最具殺傷力！其刀鋒可長至四尺，配以五尺長柄，揮舞之間，當者披靡、人馬俱碎，是對付步戰騎兵的利器！它更可以布成陌刀陣，臨敵時，如牆而進，隨令而轉。其疾如風、其徐如林、侵略如火、不動如山！」

寄南聽了，笑著接口：

「哈哈！皓禎好熟的孫子兵法！只怕靈兒聽了也沒懂！」

「誰說我不懂？」靈兒不服氣的說：「就是很厲害的，打仗的刀嘛！」

太子舉著陌刀，又是震撼，又是悲憤的說：

「伍震榮居然想拿這個對付仁慈的父皇！他還是父皇授給『丹書鐵券』的大臣！真是其心可誅！」

「兵器、鎧甲我們都找到證據了，既然伍震榮的野心已經昭然若揭，我們就不要再遲疑了，和這個大惡魔一決生死吧！我們必須保住李氏江山，向伍震榮開戰！」皓禎有力的說。

「不知道這個大惡魔現在人在哪兒？」靈兒咬牙切齒：「我恨不得用這把陌刀，一刀刺進他的胸口裡去！」

❖

太子他們，絕對沒想到，此時這個大惡魔，正在皇后那密室裡，和皇后溫存，兩人衣衫不整的躺在床上。伍震榮坐起身子，擁著皇后說：

「下官從來不知道皇后有尚方御牌，這御牌大大好用，以前妳怎麼不告訴我呢？那次去將軍府大鬧，有了御牌殺皓禎不就行了嗎？」

「那御牌我從來也沒想到有什麼用？皇上送我時，曾經再三警告不能拿出來，只能留在身邊把玩。假若不是皇上那天把我逼急了，我也不會拿出來！你可別動我御牌的腦筋！」

突然房門被蘭馨大力的踹開。

蘭馨對門外所有衛士、宮女、和莫尚宮命令：

「誰要是敢闖進來，本公主就要誰的命！」說完，推開莫尚宮，立即鎖上門。

皇后和伍震榮看到蘭馨闖入，慌亂中來不及應變，蘭馨已經衝到皇后和伍震榮面前。一見皇后和伍震榮又衣衫不整，臉色鐵青，暴怒無比，大吼：

「好啊！你們這一對狗男女還糾纏不清！」看到桌上伍震榮的長劍，拔劍出鞘：「我今天就代替父皇斬了你們這對姦夫淫婦！」

蘭馨一劍砍來，皇后抓著棉被裹著身體，伍震榮光著膀子，兩人狼狽滾下床。蘭馨追著伍震榮，邊刺邊罵：

「伍震榮，你有種就不要跑！你敢讓皇上蒙羞，我殺了你這個狗東西！」

「公主！公主！」伍震榮邊逃邊求饒：「快把劍放下來！有話好好說呀！公主！」

皇后已經穿上外衣，還光著腳，痛罵：

「蘭馨！我命令妳快住手，若是再不住手，本宮就命人把妳拿下！」

「好啊！妳讓羽林軍、衛士都衝進來呀！到時候是母后難看，還是本公主難看，妳自己看著辦！」再追向伍震榮，怒吼：「我殺死你這十惡不赦的混蛋，別跑！」

伍震榮慌亂的到處躲和跑，突然被地上的衣物一絆，趴倒在地。蘭馨毫不遲疑，高舉著劍就往伍震榮刺下，伍震榮一滾驚險躲過。轉身在地求饒：

「蘭馨！蘭馨！快別這樣，不可以這樣對我！」

蘭馨一劍再對伍震榮刺去，伍震榮慌忙跳起身子，滿屋奔逃。蘭馨暴怒，追著伍震榮瘋狂揮劍：

「你是什麼東西，居然敢直呼本公主的名字？你這大膽狂徒，有種別動！」

蘭馨一刺，伍震榮回頭，伸手一擋，手臂立刻見血。皇后喊：

「夠了夠了！蘭馨妳已經刺傷他了，快住手！快住手！」

蘭馨哪兒肯聽皇后的話？揮劍追趕著伍震榮，伍震榮武功高強，卻有所顧忌，被蘭馨殺得滿屋跑。皇后忍不住喊道：

「震榮，你居然讓她刺傷你？別跟她客氣，你越逃她越追，你身手那麼好，就把這個瘋丫頭制伏吧！」

「母后！」蘭馨更怒：「妳喊他什麼？震榮？喊我什麼？瘋丫頭？好呀！妳這個震榮就來抓我吧，我倒要看看他的身手有多高？」

「公主！公主！下官寧可被妳打，也不敢跟妳交手！」伍震榮卑微的繼續逃。

奔跑追逃中，屋子裡的擺飾、茶水、點心通通落地，一陣乒乒乓乓。就在蘭馨一劍刺向伍震榮時，皇后拉住了蘭馨的手。她再也忍不住，暴怒而威嚴的喊道：

「蘭馨！住手！妳難道都看不出來，榮王一直在讓著妳嗎？如果他真跟妳過招，妳小命都沒有了！多少人死在他手上，他是一代梟雄呀！妳住手！」

「什麼一代梟雄？」蘭馨大叫：「我看是一代狗熊！母后，妳走開，等我先殺了這個狗熊，我再和妳算帳！」

皇后高昂著頭，下定決心，有力的說道：

「這個『一代狗熊』是妳親生的爹！妳明白了嗎？他次次讓著妳，時時護著妳，因為他才是妳爹！」

皇后這麼一說出口，打鬥立即停止，整個屋子鴉雀無聲。蘭馨耳邊嗡嗡作響，搖著頭無法置信的瞪著皇后。皇后豁出去了，說道：

「這是我隱瞞了二十年的大祕密，伍震榮是妳的親爹，那沒用的皇上，怎生得出妳這麼潑辣的女兒？」

蘭馨震驚的手一鬆，長劍啷噹一聲落地。伍震榮這才長嘆，感性的說道：

「蘭馨，妳的確是我的寶貝女兒，我們三個是一家人！妳不要衝動，快平靜下來！不管怎樣，我的武功也比妳好，我都讓妳刺一劍，讓妳出氣，因為我是妳親爹！一直把妳當寶貝捧著的親爹啊！」

蘭馨震驚的呆住，這突如其來的「親爹」，震懾了她整個人。有片刻時辰，她無法動彈，腦子裡飛快的想著這個「噩耗」，這個會把她撕碎的噩耗！然後，她惡狠狠的怒視著皇后和伍震榮，突然對皇后下巴一拳打去。

皇后閃避不及，被打得跌倒在地。伍震榮見蘭馨連皇后都打，震驚不已。

蘭馨能夠思想了，她狠狠的看著地上的皇后，說道：

「從妳這賤人嘴裡說出的話，能聽嗎？怕我把你們這對姦夫淫婦給殺了，這種謊言妳也說得出口？」伸著胳臂，抬著頭，傲然的挺立：「你們兩個看看清楚，我有李家的眼睛鼻子，我有祖宗的正義威風！」指著伍震榮：「我哪兒有一丁點地方和他相像？再說，偉大的母后，妳同時跟兩個男人在一起，或者三、四個也說不定，妳自己弄得清楚誰是誰的爹嗎？」

皇后和伍震榮聽著，被蘭馨的氣勢給震懾不已。

蘭馨說完，大力開門，轉身大步踏出，甩上房門。蘭馨一出門，伍震榮就狐疑的，轉身把還坐在地上的皇后一把壓住，銳利的盯著皇后問道：

「蘭馨說的是真的嗎？她是我的女兒嗎？妳那時正年輕，到底有幾個男人？妳不要讓我錯愛蘭馨二十年！」

皇后大怒，罵道：

「蘭馨的話，你倒聽進去了！本宮的話，你居然懷疑！你別上了蘭馨的當！那時我倆怎樣，你不是不明白！蘭馨當然是你的女兒！」

伍震榮陰沉的看著皇后，冷冷的說道：

「最好妳說的是實話！」起身，盯著皇后：「因為妳是皇后，我才如此寵愛這個女兒，如果是普通女人生的，我丟下懸崖都不在乎！妳別欺騙我，我可不是妳那個窩囊的丈夫！連妳有幾個男人他都不知道！」

皇后起身，氣壞了，劈手就給了伍震榮一個耳光。

「你居然敢懷疑本宮，不要太囂張！真以為你是一代梟雄嗎？」

「妳別把這梟雄打跑了，到時候，誰來管妳的春秋大業？」伍震榮警告的吼。

兩人都在蘭馨留下的震撼中，彼此劍拔弩張的對峙著。

❖

這晚，蘭馨面無表情，坐在書桌前，回憶著過去與伍震榮的交手過程。想到伍震榮次次讓著她，次次卑微的跟她說話，想著百鳥衣的刁難，想著將軍府的大鬧……蘭馨越想越可疑，越想越生氣，越想越憤怒，開始拿起桌上書卷、花瓶、茶杯一個一個往牆上丟去，碎落的聲音驚動了崔諭娘和宮女們，大家奔進房中。

崔諭娘看著一地的東西，納悶的問：

「公主，怎麼了？下午公主不讓奴婢跟著您，只見公主氣沖沖的從外面回來，到底發生了什麼事情？能讓奴婢知道嗎？」

「誰都不許再提下午的事情！若是有人膽敢嚼舌根，本公主就砍了他的頭！妳們通通下去！下去！下去！」蘭馨凶狠的喊。

崔諭娘帶著眾人急忙下去，關上房門。蘭馨就坐在桌前，繼續拿著茶杯花瓶往牆上砸去。每當碎裂聲傳來時，蘭馨就說一句：

「砸死你，伍震榮！打死你，伍震榮！敲死你，伍震榮！砍死你，伍震榮……」

看樣子，把伍震榮恨之入骨的，並不單單是靈兒、皓禎等人了。

❖

這天，皓禎、吟霜、靈兒、寄南都在畫梅軒商量大事。小樂奔進門來：

「公子，蘭馨公主派了一頂轎子來咱們將軍府，說是請吟霜夫人進宮一趟！」

「什麼？讓我進宮？」吟霜驚訝，看向皓禎。

「公主突然找吟霜幹嘛呢？連轎子都備好了，她這是什麼意思？」靈兒疑惑。

「這意思很明顯，就是公主只想找吟霜進宮，連我都不需作陪！」皓禎鎮定的說。

「這蘭馨不知道又要搞什麼花樣？」寄南盯著皓禎：「你真放心讓吟霜一個人進宮？不需要我們陪她一起去嗎？」

「大家別想太多，上回進宮，我們不是都和公主真誠相待、盡釋前嫌了嗎？也許她在宮裡寂寞了，只是單純想找人陪她說說話而已！」吟霜說。

「妳就那麼天真，不怕她又犯糊塗，欺負妳！」靈兒推推吟霜。

「不會的！」皓禎篤定：「現在的蘭馨已經不是過去的蘭馨了，她肯定有事想對吟霜說，這樣吧！靈兒陪吟霜進宮，妳們彼此也好有個照應。我和寄南還要去一趟太子府，確實也抽不出空護駕妳們進宮，不過我會安排魯超保護妳們！」

「我還在熱孝中，進宮沒關係嗎？」靈兒問。

「我有很多白色的衣裳，去換一身正式的服裝吧！」吟霜說。

❖

就這樣，吟霜和靈兒進了宮，來到皇宮走廊，崔諭娘已經奉命等待，客氣的領著吟霜和靈兒走向蘭馨寢宮，謙卑的說：

「吟霜夫人，以前奴婢在將軍府犯了很多錯誤，還請吟霜夫人大人有大量，原諒奴婢的過錯！」

「都是一些誤會，妳也不要放在心上了，讓過去的都過去吧！」吟霜說。

「是是是！謝謝吟霜夫人！」已經走到蘭馨的房門口，憂慮的說：「最近公主不知道怎麼回事，食欲很差，脾氣也時好時壞，既然夫人來了，還望夫人多多勸勸公主……」就想跪下懇求：「奴婢先謝過夫人了！」

吟霜拉住崔諭娘：「唉！崔諭娘不需對我如此行禮，我和靈兒先跟公主談談，才知道問題在哪兒，我會想辦法開導開導公主的。」

吟霜和靈兒進入蘭馨的寢宮，蘭馨已經在等待著，看到二人，起身相迎。

「聽崔諭娘說，公主最近食欲不佳，吟霜有帶銀針在身上，要不要我幫公主把個脈，針灸一下，讓公主舒服點？」吟霜溫和的問。

「不需要！」蘭馨神色嚴肅，突然拉著吟霜的手，認真的說道：「吟霜，我知道將軍夫人那個梅花烙的故事，也親眼看過那個梅花烙，證明妳是人不是狐！但是，我又聽說了梅花箭的故事！我現在要妳一句真話……」有力的問：「妳到底是人還是狐？」

「公主……您又開始懷疑我？」吟霜一怔。

「吟霜，我就等妳一句話！」蘭馨雙眼直盯著吟霜。

「喂喂喂！公主，妳不會又犯病了吧！」擺出架式：「妳休想再欺負吟霜！」

靈兒著急，護著吟霜喊：

「是人怎樣？是狐又怎樣？」吟霜反問。

蘭馨眼光深沉，語氣堅定，神色正經的說道：

「是人就無可奈何，是狐，想請妳作法，為宮中除害！」

「啊！為宮中除害？」靈兒驚問。

吟霜深深看著蘭馨，這個曾經虐待她，曾經嫁給皓禎讓她吃盡苦頭的蘭馨，此時卻有一股正氣。吟霜說道：

「我知道大家都希望我是狐，有無窮的法力，可惜我沒有！」歉疚的說：「靈兒的爹被殺，我眼睜睜看著他死去，救不了他的命！」

「靈兒的爹被殺了？」蘭馨震驚的問。

靈兒想到裘彪，眼中閃著怒火和淚光，問道：

「公主要除掉什麼禍害？我也很想除掉一個禍害！」

「我也很想除掉一個禍害！或者是一家禍害！」吟霜接口。

「本公主想除掉的禍害姓伍，妳們的呢？」蘭馨問。

靈兒和吟霜一怔，兩人的精神都剎時集中了。靈兒說：

「這麼巧？我們的也姓伍！妳跟那姓伍的有什麼仇？」

「那是祕密，不能告訴妳們！」蘭馨看著兩人，有所顧忌的說。

「不會有我的祕密大，那個姓伍的大魔頭，聽說是我親生的爹，在我出生當天，就把我丟到懸崖下面去了！這真是我不能接受的大恥辱！」靈兒率直的衝口而出。

蘭馨一驚轉身，打翻了桌上瓜子、花生，掉落一地。蘭馨驚喊：

「那個大魔頭，聽說也是我親生的爹！雖然這說法也大有問題，但是，如果是事實，也氣得我想死！」

蘭馨和靈兒震撼已極，不禁對看著。吟霜也震撼的看著二人。半晌，吟霜說道：

「原來我們三個，都是身世成謎的女子，上蒼把我們聚在一起，還加上一個身世不明的皓禎！難道是要借助我們的力量，為天除害嗎？我想，我們需要掏心掏肺，好好的談一下！」

三人就彼此深深的互看著。眼裡都閃耀著交心和同仇敵愾的光芒。在這一瞬間，往日的仇恨痛苦，都化為虛無。她們曾是敵人，如今卻成了盟友！

88

這天，采文帶著女僕提著一籃飯菜，進入漢陽在大理寺的書房。漢陽抬眼，看到采文突然到訪，趕緊起身相迎，扶著她就座：

「娘，妳怎麼來了？」

「你住在大理寺，已經好多天沒有回家了，是鐵了心不要你這個娘了嗎？」采文憂愁的問。

「娘，妳最清楚發生什麼事情，就不要再為難我了！」漢陽說。

女僕拿出飯菜，在桌上擺好。采文說：

「不為難你可以，但是總該吃飯了吧？」指著飯菜：「這些都是你爹特別吩咐，讓我給你送過來的，你看，你爹心裡還是牽掛著你，不要再和你爹嘔氣了，好嗎？」

「謝謝爹娘的心意，但是我面對的是無辜百姓的生命，面對的是大是大非的問題，這遠遠比對我個人的問題重要！」漢陽堅持的說。

「唉！」采文一嘆：「你怎麼那麼固執呢？難道你看不出來，這是你爹給你的台階嗎？你就真要和自己的父親反目成仇？那麼，你要娘怎麼辦？」一陣心酸襲來，含淚說：「娘不能再失去你這個兒子啊！」

「娘！」漢陽愣了愣：「妳最近怎麼搞的？動不動說幾句就掉眼淚，妳從來沒有失去過我，何來『再失去』？」

采文一震，發現自己失言，深吸口氣說道：

「總之，你不要再固執己見，多想想你爹的處境吧！」

「妳不應該來勸說我，而是該去奉勸爹趕緊回頭是岸，不要再為虎作倀！否則……我無法保證哪一天……」漢陽堅持而痛苦地說出來：「我必須面對我的選擇，那時，才是爹娘真正失去我的時候！」

采文聞言，震驚得說不出話來。

❖

這晚，皓禎忙著在桌前審視一卷卷的地圖，吟霜為皓禎添加衣服，溫柔的說：

「夜深了，也該休息了。」

「今天妳進宮，蘭馨沒有為難妳吧？」皓禎起身挽著吟霜。

「當然沒有，這是我和蘭馨認識以來，最知心的談話！我、靈兒和她，現在不是敵人，我們是姊妹，是盟友了！」

「姊妹？盟友？這進展是不是太快了？」皓禎疑惑的問。

吟霜深思的，看看窗外的天空：

「有些事，我們人太渺小了，無法安排！上蒼會有祂的旨意，我們只能跟著命運轉！我從袁家轉到深山裡，又從深山裡轉回袁家！因為這番轉動，認識了蘭馨和靈兒，她們也是無法自主的人，只能跟著她們的命運轉！靈兒和蘭馨，兩個應該永遠遇不到的人，卻因我而相遇，還發現彼此的關係匪淺！」

「哦！很複雜的樣子，總之，現在命運把妳們三個人，轉到『盟友』的位置？姊妹的位置？那……蘭馨完全不恨我了？」

「是！她對你已經完全釋懷，也對你放手，不再為難她自己了！」

皓禎拉著她的手，兩人走向床鋪：

「嗯嗯！那是最好了，希望很快的有人可以填補她的空虛，給她一份幸福！」

「我想明天和靈兒去常媽那兒走走，好久都沒看到常媽了，她一個人住在那鄉間小屋，挺寂寞的，我們接下來一定會很忙，抽點空去一下！」

「明天我要和寄南、漢陽去啟望那兒，那張圖還有疑點待解！不如妳們帶著香綺和小樂，讓魯超先陪妳們過去，我和寄南忙完就去跟妳們會合。」

「好，你們忙你們的，不用管我們。我和靈兒，加上常媽，談的都是女人家的事，你們男人沒興趣，我們用過午膳去，晚膳前回來，自己去就行了。」吟霜說。

夫妻兩人，都不知道這時，皓祥還故意在畫梅軒外晃，在窗外剛好聽到吟霜最後那段話，想道：

「這兩個狐狸精，居然在沒有皓禎和寄南的保護下，要去常媽家？這個好消息，一定有人聽了會很高興的！」

皓祥竊喜的，悄悄離開畫梅軒。

❖

第二天，吟霜、靈兒、香綺、小樂、魯超來到常媽處。常媽看到大家，笑得闔不攏嘴，開心的嚷著：「唉呀！真是稀客！稀客！看到你們回來這兒，常媽真是太高興了！」

猛兒也在空中歡喜盤旋，上下翻飛、嘎嘎直叫，像是歡迎眾人到來。吟霜親切的挽著常媽說：

「我們給妳帶點東西來，希望妳會喜歡！」看向空中的矛隼：「猛兒也被常媽照顧的很好，好像又胖了！」

香綺也看向猛兒：

「是啊！好像真的變胖了！猛兒快下來！讓我摸摸你變胖了沒有！」

猛兒怪叫了幾聲，往高處飛遠。小樂打趣的說：

「哈哈哈！猛兒生氣了！誰說牠胖，牠就跟誰生氣！哈哈哈！」

大家哄堂大笑，靈兒心一暖，也跟著笑了。這是裘彪去世後，靈兒難得的笑容。大家就簇擁著靈兒、吟霜進屋裡去。

到了屋裡，常媽忙著要燒水泡茶，香綺和小樂把她按在坐榻裡，不許她動。大家拿出點心，擺了一桌子，四個女人，嘻嘻哈哈談了起來，小樂、魯超忙出忙進，魯超燒了開水，小樂忙著泡茶，難得一聚，四個女人有說不完的話。誰也沒有料到，門外已經來了不速之客。

皓祥、伍項魁帶著眾多官兵，悄聲的靠近小木屋，屋裡傳來各種笑聲。伍項魁小聲指揮各衛士團團包圍了前院、後院。皓祥建議：

「伍大人，集中武力對付魯超，其他弱女子就好辦了！」

伍項魁對皓祥一點頭，立刻大腳一踹，踹開了門，衝進了客廳。吟霜等人一見伍項魁現身，大驚失色。靈兒和魯超立即擺出架式，手翻左拳右掌、腳踏前弓後箭，攔在吟霜面前保護著。魯超見到皓祥，不敢相信的問道：

「二公子，是你出賣我們？你竟然把敵人帶來？」

「你這狗傢伙也敢質問本公子？」皓祥大喊：「把他拿下！」

官兵們便衝向魯超，魯超拳法了得，加上氣憤之下，拳掌交錯、攻防劈架、虎虎生風，與敵人纏鬥。魯超心知時間不多，眾寡懸殊，所以下的都是重手，招招致命！先是一陣快拳，當場放翻了三個衝在前面的官兵，個個吐血倒地。魯超嫌屋內施展不開，飛身躍向屋外，和眾官兵打到院子裡去。靈兒一見伍項魁，新仇舊恨齊聚心頭，抽出身上的流星錘，當頭就是一個「流星趕月」，問候了伍項魁的鼻子，被其險險的躲開。靈兒見一擊不中，又急又怒，流星錘舞出一片錘花，如疾風驟雨般灑向伍項魁。她揮著流星錘痛罵：

「來得正好，我今天要為我爹報仇！常媽、香綺，妳們保護吟霜！」

伍項魁身邊的官兵，都是伍家侍衛，立刻把靈兒團團圍住，靈兒見室內會傷到吟霜、常媽，縱身一躍，跳到屋外，和官兵們大打出手。小樂趁混亂之際，順手就抓了一個罈子，對著一個官兵砸去。官兵側身一閃，抬腳一踹，就把小樂踹到屋外老遠的樹下。香綺拿起一把剪刀，就對著一個官兵的手扎了下去。官兵一痛，號叫著把香綺整個人舉了起來，對著門外丟去，正好丟在小樂身邊。小樂呻吟著說：

「二公子幹嘛欺負自己人啊！」

香綺摔得頭昏眼花，掙扎著還想起身：

「他根本不是人！我去幫小姐……」話沒說完，就倒地了。小樂急呼：

「香綺！香綺……」

房裡，吟霜和常媽相擁著，被伍項魁逼進臥房，皓祥跟著進門看熱鬧。吟霜喊：

「伍項魁！你不要過來，你身上的血污已經洗不乾淨，你全身上下，都纏滿了冤魂，如果你再作惡，老天會把你劈死的！」

項魁蠻力的抓著吟霜，把常媽一腳踹開，邪惡笑著：

「妳以為說些冤魂鬼怪的事情就能嚇倒本官？不管妳是狐狸還是人，本官都不怕了！妳就是再變出蠍子蟒蛇來，本官也不怕了！」

伍項魁說完就把吟霜壓倒在床，開始用手撫摸她的面頰，又要去強吻吟霜，吟霜奮力抵抗，皓祥拿著劍抵住常媽，在一邊有點不安的看著，喊道：

「項魁，你打打她出口惡氣就行了！別佔她便宜！」

「我就要佔她便宜！」項魁就對吟霜說道：「以前在東市，明明是我先看上了妳，結果被袁皓禎搶去！今天，我要把被他搶走的，再搶回來！先跟妳親熱親熱，再去跟我那個小辣椒溫存溫存！」

項魁說著，就拉扯吟霜的衣服。常媽尖叫狂喊：

「你這人怎可欺負少將軍的夫人？快住手！住手！」拚命的要上前。

皓祥抓著常媽的衣領說道：

「老太婆，妳不想看可以滾出去！別壞了伍大人的興致！」

常媽就被皓祥強拉出了院子外，皓祥手一揮，常媽摔倒在地。

伍項魁把吟霜壓在床上，嘩啦一聲，撕開吟霜的上衣，就要強暴吟霜。吟霜使出了全力掙扎，用手抓著項魁的臉，用腳死命踹著，但是，她哪兒是項魁的對手，再嘩啦一聲，項魁又撕開了她第二層的衣服，她悽厲的狂喊：

「救命啊！救命啊！皓禎！救我！」

❖

皓禎下朝後就去了太子府，和寄南、太子、漢陽圍著兩張圖分析。漢陽說：

「這是戰略據點位置圖，但是，他們一定還有一張兵力分配圖！」

「對！如果能找到那張圖就好辦了！」皓禎說。

「長安四個城門，他們都畫了線，難道四個門他們都要進攻？」寄南問。

「我們應該馬上去找那張兵力分配圖，在他們發動戰事前，打他一個措手不及！」太子說道。

突然青蘿開了門，只聽到外面猛兒在哀聲啼叫。青蘿喊著：

「有一隻鳥兒，一直在這密室外面大叫！」

皓禎驟然起身，臉色惶恐，大喊：

「不好了！」

寄南臉色一變：

「是什麼聲音？猛兒？」

「一定是吟霜有難！」皓禎說完，便奪門而出。

「啊！那靈兒也有難！」寄南驚喊，追向皓禎：「皓禎等我！」

兩人奔出門外，立刻躍身上馬飛馳而去。太子一頭霧水，問漢陽：

「吟霜和靈兒有難？他們怎麼知道？我們要不要也去幫忙？」

「我們還是先把大事談完要緊！靈兒機靈得很，再加上皓禎和寄南趕去，他們兩個應該可以解決問題！」漢陽說完，又埋頭在那戰略圖裡。

❖

靈兒和魯超在院子和眾官兵打得天翻地覆，兩人要對付許多官兵，顧此失彼，打得非常吃力。

房裡，吟霜被壓在床上，動彈不得，衣服都撕裂了，伍項魁的手指捏著她的下巴，滿臉邪氣，吟霜使出吃奶的力氣，依舊掙扎不出項魁的魔掌，覺得屈辱已極，淚流滿面。項魁輕薄的說：

「妳變啊！變出個狐狸來我瞧瞧！」鼻子湊近她面頰聞著：「一身的騷味，可挑逗人了，難怪皓禎被妳迷得七暈八素，連公主都不要！我也要嚐嚐這騷味！」俯身就想親吻吟霜，吟霜看到他的面孔壓下來，張開嘴，一口就咬住了他的鼻頭，項魁痛得尖叫：

「妳咬我鼻子？」一巴掌打上她的臉。吟霜死死咬住不放，項魁就用雙手去掐吟霜的脖子，吟霜無法呼吸，張口吸氣。她一開口，項魁的鼻子就得到了自由。他趕緊抬頭，鼻子已經滴血。這一下，項魁怒發如狂，把吟霜的身子，壓到自己身子下，吟霜百般掙扎，狂喊著：

「放開我！放開我……放開我……」

吟霜拚命掙扎，床上棉被床單都被踢到床下。取暖火盆中的木炭在燃燒著，床單一角飄進火盆中，迅速的燃燒起來。床上，項魁還在和拚死掙扎的吟霜扭打。項魁再也沒想到，一個女人為了保持貞潔，竟然有這麼大的力氣。

忽然間，火苗引燃了室內的坐榻，又延燒到窗櫺和門框。火焰快速延燒，也燒到了床邊一個紙糊的屏風，著火的屏風倒向正欺辱吟霜的伍項魁。伍項魁見到失火，大驚跳下床。室內已經到處都是火焰，項魁狂喊：

「火！火！」項魁慌張之際，推倒著火的屏風，沒想到火苗反而燒到他的衣服，他打不滅著火的衣角，急著打轉，求救大喊：「皓祥！來人啊！救火啊！皓祥！」

吟霜趕緊跳下床，抓起地上的衣服套上身，但是衣服是破的，依舊無法遮掩自己的狼狽。

皓祥聞聲奔進來，見到失火的房間和著火的項魁，大驚失色：

「怎麼著火了？」瞪向吟霜：「是妳這白狐施的法術嗎？又是妳搞的鬼！」

「別囉嗦了！快救火呀！」項魁大吼：「水！水在哪兒？」

皓祥見房裡臉盆盛著水，拿起臉盆就潑向伍項魁。誰知皓祥身後的門扇也被燒得倒塌，皓祥抱著伍項魁閃躲，兩人卻被逼到屋角，而救火的皓祥，衣服也已經著火了！皓祥在屋裡亂竄喊著：

「不得了！我的衣服也著火了！救命啊！」

吟霜想出手拉皓祥一把，卻也被倒塌的木頭攔住，無法救援。只見火勢一發不可收拾，吟霜抓著胸前衣服，往外跑去。

院子裡的官兵和魯超、靈兒發現失火，都停止了打鬥，官兵在井邊提水，一桶桶水往木屋澆灌。靈兒對屋裡狂喊：

「吟霜！吟霜！妳在哪兒？」

「袁公子！伍大人快出來啊！」官兵們喊著。

「我得衝進去救夫人！」魯超說著，用一桶水澆濕身子，就往火裡衝。

此時吟霜用手拉著撕裂的衣襟，從屋內狼狽的奔出來。魯超趕緊上前幫忙，把她拉到安全地帶。靈兒迎向吟霜，喊道：

「吟霜，那個混蛋傷害妳了嗎？」

「他沒得逞！」顧不得自己，她著急說道：「皓祥還在裡面，快想辦法救他……」

「他就該死，妳還管他！」靈兒激烈的對著著火的房子喊著：「大火！大火！燒呀！用力的燒呀，燒死伍項魁！爹，你在天之靈，趕快來幫忙呀！」

「我去救二公子！」魯超喊著，正要進屋，屋頂塌陷了一大塊，眾人均嚇得後退。

「怎麼辦啊！魯超快去救皓祥，從後門進去！」吟霜喊。

官兵們趕緊提水灌救，無奈水桶中的水無能為力，火勢越燒越猛。

魯超決定闖入，靈兒死命拉著，不讓他去，喊著：

「不能去，太危險了，吟霜！裡面的人是我們的仇人、敵人，他們死有餘辜，不能讓魯超為他們犧牲！」

屋裡傳出皓祥、項魁的呼救聲。皓祥悽厲的驚叫：

「火！火！救命呀！救命呀……」

「來人呀！」項魁對外瘋狂的大喊：「你們那些笨蛋！快救你們主子呀……哎喲……好痛……」狂叫：「救命呀……救火呀……」

官兵奮力從窗口潑進幾桶水。屋內，皓祥立刻想從水中翻窗出去。豈料項魁一把拉下皓祥，用力一甩，就跟著灌入的水，翻窗出去了。皓祥又跌落在一堆火舌中。

伍項魁滿身著火翻窗逃了出來，到處亂竄亂跳：

「救命啊！我身上著火了！著火了！快救我呀！快救我呀！」

官兵們急忙用水和外衣撲滅他身上的火。伍項魁被燒得焦頭爛額，狼狽不堪。他的鼻子被吟霜咬破，還在滴血。水桶裡的水，淋在項魁身上，滋滋冒煙。靈兒衝過去要殺伍項魁，嘴裡大叫：

「還想逃，我非殺了你，為爹報仇不可！」

「別過去！他們人多，我們打不過！」魯超攔住靈兒。

項魁被官兵們匆忙快速架上馬背，痛得趴伏在馬背上，策馬疾奔，喊著：

「官兵們，護送本官，快撤！」

伍項魁就這樣騎馬奔逃而去，大批官兵騎馬跟著奔逃保護。

此時，皓禎和寄南火速的策馬奔來，與逃命的伍項魁人馬在院外擦肩而過。

「又是伍項魁！……」皓禎大叫：「吟霜！吟霜……」

寄南看到小屋陷入火海，心驚膽顫大喊：

「靈兒！靈兒！」

皓禎、寄南飛騎到了小院，在火光中飛身下馬。吟霜看到皓禎，痛喊：

「皓禎！」淚水奪眶而出。

皓禎見到吟霜衣衫不整，臉色慘白，又驚又怕，急忙脫衣將吟霜裹住。他心痛已極，憤恨已極的說道：

「我該陪妳過來的！」

「我沒事了！可皓祥還在火裡面，他沒逃出來！」吟霜說。

「皓祥？」皓禎惶恐大喊，毫不猶豫拿起一桶水，對著自己全身當頭澆下。皓禎立刻奮不顧身的衝進小屋的火海裡。魯超、寄南、小樂、香綺、靈兒見皓禎衝進火海裡去了，全部拚命從井裡提水救火。水火交流下，房子崩塌中。靈兒又昏亂的仰天大喊：

「爹！爹！你在天之靈保佑，皓禎在裡面，你趕快讓火熄滅呀！」

屋內一角，皓祥俯臥在地上已然半昏迷。皓禎衝入，吼叫著：

「皓祥，你在哪兒？皓祥！」

四處濃煙密布，遍地瓦礫焦土，皓禎嗆得猛咳，他找不到皓祥，著急不已。皓祥似乎聽到了皓禎聲音，努力的回應：「救……我……我在這……哥……哥……」

皓禎透過縫隙，看到了皓祥。他全力衝過火焰，越過各種殘骸障礙，向皓祥奔去。

屋外，大家都快急瘋了，眼見小屋處處在崩塌，個個喊著、叫著，拚命澆水。忽然間，大家看到皓禎扛著皓祥，像天神般從火海中奔了出來，臉上黑一塊、青一塊，盡是煙薰火烙的痕跡；水珠圍著他閃爍，火舌在他背後飛舞。大家一擁而上去幫忙，又哭又笑的喊著：

「他們出來了，他們出來了……」

吟霜含淚雙手合十的感謝老天。靈兒也感動的抹了眼淚，仰天說道：

「爹，謝謝你保佑了皓禎……」

寄南迎向皓禎，幾乎要喜極而泣，顫聲喊道：

「皓禎，你沒事吧？皓禎！」

寄南、魯超七手八腳幫忙把嚴重燒傷的皓祥扶下來，擺在地上。皓禎急切的喊：

「吟霜！吟霜！快幫皓祥看看，他還有沒有救？」

「給他沖冷水，不斷的沖，受傷的地方都要沖到，然後脫掉衣服，蓋上濕透的被單，趕緊送回將軍府，再繼續治療！」吟霜說。

「大家快照吟霜夫人的方法做！常媽，能找塊被單嗎？」魯超喊著。

「這……全都燒光了……上哪兒去找啊？」常媽說。

魯超一聽，二話不說就脫了自己的外衣去浸水。

大家分頭去忙，香綺、小樂、寄南等人圍著皓祥沖水，吟霜抓住了皓禎。

「你呢？給我看看！燒傷了哪裡？」

「只有手，一點點，沒關係的！」皓禎伸著雙手。

吟霜不顧自己的狼狽，拎了一桶水來，就把皓禎的雙手浸進冷水裡。

小屋已經陷入熊熊火海中，火聲劈啪響，房子轟然一聲，全部崩塌了。

89

皓祥臉上蓋著布，身上蓋著魯超的衣服，被臨時用竹子做成的擔架抬了回來。皓禎、吟霜、寄南、靈兒、魯超、常媽、小樂、香綺都跟在後面，大家餘悸猶存。皓禎扶著衣衫不整，臉色蒼白的吟霜；寄南扶著力氣用盡、喉嚨喊破的靈兒。

翩翩帶著皓祥的兩個小妾青兒、翠兒，從屋內狂奔而出，迎了過來，柏凱和雪如跟在後面跑。翩翩喊著：

「皓祥出事了？」尖叫：「他怎樣了？他死了嗎？這是怎麼回事？」

「趕快讓袁忠請大夫，恐怕要專治燙傷的大夫！」皓禎緊急的說：「吟霜已經沒力氣了，也不擅長治燒傷！」

「燒傷？」翩翩看著，心驚膽顫，慌張的喊：「皓祥！皓祥！你還能說話嗎？趕快跟娘說說話！」哭著：「怎麼好好的出去，變成這樣回來！」

皓祥呻吟著，口齒不清的說：

「好痛……好痛……」

青兒和翠兒哭喊著：

「二公子！二公子……」

「趕緊進屋吧！他好像暈過去了！」寄南說道。

「天哪！這怎麼辦呢？」雪如問。

柏凱上前看看，急問：

「有多嚴重？吟霜，妳一定知道，有多嚴重？」

「大家別慌！青兒、翠兒，快去拿床被單浸濕，蓋在皓祥身上，保持濕潤，等大夫來看，只要治療的方法正確，應該生命沒有危險！」吟霜說。

「這是什麼意思啊？為什麼你們這麼多人，只有皓祥傷成這樣？」翩翩嚇壞了。

「那是他自找的……」靈兒氣急敗壞開口，寄南阻止靈兒，接口說：

「他今天沒燒死，是他命大，是他有個不怕死的哥哥！」

大家一邊說話，一邊跟著擔架跑。

「這……到底是怎麼回事？」柏凱問。

「爹，整個經過，魯超都親眼目睹，你問魯超吧！我們幾個先回畫梅軒！魯超，你跟我爹娘說清楚，這中間有很多事，我也不明白！」皓禎說。

魯超敬佩的看著皓禎，回頭對柏凱等人點頭。皓禎就帶著吟霜、寄南、靈兒、常媽、香綺等人向畫梅軒走去，其他袁家人跟著擔架跑去皓祥的小院。

皓祥躺上了床，大夫也請來了。翩翩哭哭啼啼的望著躺在床上的皓祥。

皓祥赤裸著上身，右臉到頸子，前胸都被燒得又紅又腫，泛起了水泡，手臂也有不同程度的燒傷，痛得呻吟著，意識不清。兩個小妾青兒、翠兒圍在床前，哭哭啼啼的照顧著。大夫仔細的敷上了藥，再用棉布慢慢的包紮，每一個動作都讓皓祥疼痛不已，全身發抖。

「啊……娘……痛……啊……」

「皓祥！你忍忍啊！大夫正在幫你治療啊……」翩翩心痛著，不停落淚。

大夫起身，對眾人說道：

「現在就這樣包著，明天我再來！」

「大夫！他沒有危險吧？這臉上會留疤嗎？」翩翩傷心欲絕的問。

「幸好，燒傷之後，做了緊急的處理。有沒有生命危險，還要看後續的治療，最怕火毒攻心和傷口潰爛，那就沒救了。至於疤痕，跟生命比起來，就不重要了。」

「那怎樣防止火毒攻心和傷口潰爛呢？」雪如著急的問。

「這個……得一面治療一面看！大家輪流守著他，別讓他亂動，疼痛是必然的，只能忍著，有問題就立刻來找我！」

眾人聽大夫說得嚴重，個個驚惶著。大夫收拾著東西離去，袁忠跟著送出去。

柏凱來到床邊，痛心的看著床上的皓祥：

「這就是『多行不義必自斃』，聽了魯超說的那些經過，我實在太痛心了！如果他不是傷成這樣，我真想揍他一頓！這個逆子，這個我親生的兒子，這個我也愛著的兒子，到底要我怎麼辦才好？」柏凱說著，眼淚落了下來。

翩翩不敢接口，看著皓祥低低哭泣。皓祥神志昏迷的呻吟著：

「痛……痛……火……火……伍項魁……你不是人，你……你……痛……痛死我了……娘……青兒、翠兒！痛……」

青兒哭著抓住皓祥露在包紮外面的一根手指，安撫著：

「二公子！別怕，現在回家了，沒有火在燒你了！」

「我們都陪著你！皓祥，你會好的……」翠兒哭著。

翩翩不禁痛哭著，抱住兩個小妾說道：

「青兒！翠兒！妳們兩個，跟著皓祥這兩年，沒名沒分，從來不抱怨！我……還不如妳們兩個啊！」

翩翩這樣一說，柏凱眼淚盈眶，情不自禁伸手握了握翩翩的肩。

「放心，吉人自有天相，皓祥會度過這一關的！」

雪如也伸手握了握翩翩的手，說道：

「是的！是的！咱們家裡還有一位神醫呢！等吟霜休息夠了，讓她也過來看看皓祥的傷，也許她有什麼偏方，能讓皓祥好得更快！」

翩翩這才抬頭，怯怯的問道：

「吟霜會肯嗎？老爺、大姊，你們可以幫我去請求她嗎？我沒臉去啊！」

❖

在畫梅軒大廳裡，大家都換了乾淨的衣服，也梳洗過了。吟霜坐在坐榻裡，臉色依舊蒼白憔悴，正在喝著香綺送來的參湯。吟霜問：

「香綺，常媽的住處安排好了吧？」

「不用安排，就跟香綺睡一間房就好了。」香綺說。

皓禎手上包紮著，看著吟霜說：

「妳就不要操心了。我真不該讓妳們兩個單獨出門！又讓妳受到這麼大的侮辱！」氣憤已極的：「我跟那個伍項魁，現在是新仇舊恨，算都算不清，如果不親手宰了他，我也白當了驍勇少將軍！」

「我們每個人跟他的新仇舊恨，大概都堆積如山了！到時候，你把親手宰他的權利讓給我吧！我也要親手宰了他！」寄南痛恨的說，又不解的問：「不過，這伍項魁怎麼會到常媽那兒去呢？這小屋從來沒有暴露過！」

靈兒精神都來了，指手畫腳的罵著皓禎：

「這還不明白嗎？一定我們在家商量去常媽那兒，被皓祥聽到了！哪有這種人，居然帶了外人來侵犯自己的嫂嫂？而且還是自己的親姊姊呢！我只要想到這個，我就恨死你衝進火場去救皓祥！」

吟霜放下喝完的湯碗，起身說道：

「好了，好了！大家不要再討論已經發生過的事了，皓祥傷得不輕，可我以前接觸的燒傷病人不多，也沒有特別鑽研過火燒傷的治療。皓禎，我的元氣恢復很多了，你先陪我去看看皓祥的傷口，待會，我得好好找下爹留下的藥方，研究下怎麼幫皓祥配點外敷的藥膏，減輕他的疼痛。」

「吟霜，爹已經請了大夫，妳明天再去也不遲吧。」皓禎錯愕的說。

「不，燒傷的疼痛有如錐心，萬一他疼得痙攣，那後果不堪設想。我得先減緩他的疼痛，還得小心傷口潰爛，毒火攻心，這些都可能會要了他的命啊！如果他治不好，不是辜負你衝進火場去救他的一片心？」

大家面面相覷，無言以答。此時，柏凱、雪如、秦媽踏入畫梅軒，就碰上了正準備去看皓祥的吟霜和皓禎。雪如關心的問：

「吟霜，我們過來看看妳……」到處審視吟霜的身子：「妳自己有沒有哪裡受傷？剛剛看妳狼狽的回來，臉色又那麼憔悴蒼白，娘都嚇死了！」

「皓禎你不是也傷了嗎？不在屋裡休息，這是要去哪兒？」柏凱心疼的問。

「我還好，可吟霜只換洗了一下，就著急說要去看皓祥，根本顧不得休息！」皓禎說。

「現在正要陪她去皓祥那兒呢！」

「唉，同樣身上流著我袁柏凱的血液，可是這心地卻是差別那麼大。吟霜，爹沒有把皓祥管教好，反而害苦了妳！」柏凱感慨萬千。

「爹，我也算是平安歸來，皓祥也嚐到了苦頭，爹就別再怪他了，怎麼說他也是我的親弟弟呀！」吟霜真情的說道。

柏凱深深的看著皓禎，又心痛又欽佩：

「皓禎！你又為了什麼呢？去救一個陷害吟霜、靈兒，又處處跟你為敵的人？你救他又是什麼心態呢？」

「我根本沒想那麼多，從小，我跟他一起玩，一起長大！我們是一家人，而且，說到底，我欠他一個袁家獨子的位置！」皓禎坦白的回答。

柏凱、雪如、秦媽聽到皓禎這番話，個個肅然起敬、深深動容。

❖

眾人到了皓祥那兒，只見皓祥包裹著白布，嘴裡不停發出疼痛的呻吟聲音。兩個小妾在一邊侍候著，青兒還端著一碗沒餵完的藥。

吟霜小心的揭開皓祥臉上的棉布，想要觀察傷勢。才一掀開棉布，皓祥就疼得醒了，呻吟著：

「哎喲……哎喲……疼死了……哎喲……」睜開眼一看是吟霜在眼前，驚嚇的說道：「妳要幹嘛！走開！妳別碰我……娘！娘……」

「皓祥！你別動，吟霜是來看你的，她會幫你好得快些……」翩翩說著。

「我不要她看，走開！她巴不得我死了，怎麼會來幫我……走開！都走開……」激動的情緒讓他更疼痛：「啊……娘！我是不是會死，疼死我了……」

「皓祥，你別激動，這樣對你的傷口不好，我走，我們馬上走，你別激動，好好睡一晚，明天我配好藥方再來看你。」吟霜說，轉頭看翩翩：「二娘，我們先走了，妳千萬讓皓祥把藥喝了，好好休息。」

「吟霜夫人，二公子吃不進藥啊！他嗓子疼得厲害，根本吞不下！」青兒說。

「是濃煙把他的咽喉嗆傷了，我回去看下我爹的藥方，過兩個時辰妳過來取藥，我會再加安神的藥，讓他今晚能好好睡些。」

「吟霜夫人！謝謝您的大恩大德！」翠兒和青兒就要跪下，吟霜急忙扶起兩人。

「別跪我了，好好照顧皓祥吧！」

皓禎陪著吟霜出去。

翩翩在皓祥身邊看著一切，一臉慚愧。

❖

吟霜回到畫梅軒，就埋進了書堆裡。她面前放著許多藥方子，還有孫思邈的藥書《千金翼方》、古醫書《黃帝內經》、《五十二病方》等，她仔細的研究，翻閱著，再對比父親的手稿。

香綺端著碗盅進來。

「小姐，妳交代的安神藥煎好了。」

吟霜掀開蓋子聞了聞：

「每味藥都按藥方上的份量吧？」

「那當然，文火煎，五碗水煎成一碗，一步不敢離開。常媽的敷料也快調好了，不過那味兒太腥了，二公子會肯用嗎？」香綺說。

「現在治傷要緊，我加了點香油壓壓腥味兒，也更潤滑些，只能先這樣調製了。」

說著常媽端著一碗盅的敷料進來，說道：

「來了！來了！小姐，妳看看這樣調得對嗎？」

吟霜看了下黏稠度，滿意的點頭：

「嗯！常媽、香綺，妳們真是我的好幫手！」

「小姐，妳今天也受夠了驚嚇，自己都還沒好好休息，盡在擔心二公子的傷！」常媽心痛的看著吟霜。

「我沒事的，這兩天是皓祥的關鍵時刻，千萬不能讓傷勢惡化了，一旦毒火攻心，那是會有致命的危險啊！」

皓禎帶著翩翩，青兒進來。吟霜迎上前說道：

「二娘來得正好，我幫皓祥準備的安神湯現在正好入口，青兒一定要讓皓祥喝完，除了讓他好入睡，我還加了下毒火的幾味藥，能讓他的咽喉不這麼疼痛……」把碗盅交給青兒：「還有這個，這是敷在傷口的，一天要換兩次，雖然味道不太好，但防止傷口潰爛，化膿效果很好，是我爹留下來的偏方。我親眼見過傷勢輕的人，傷口沒留下一點疤痕。妳們先讓皓祥試兩天，如果有效，我們繼續用，如果效果不彰，我再找其他方子試試。」把敷料交給了翩翩。

翩翩突然感動得熱淚盈眶，向皓禎、吟霜跪了下來。青兒也跟著下跪。

「二娘，妳這是做什麼呢？」皓禎一怔，想拉起翩翩：「快起來！快起來！」

「皓禎！吟霜！你們讓我跪著把話說完吧！」翩翩堅持跪著：「這次皓祥闖下大禍，現在害自己傷得這麼重，這都是他咎由自取，我這個做娘的也感到羞恥，我這就代替皓祥向吟霜賠罪！皓祥實在大錯特錯，吟霜，請妳原諒皓祥吧！」拿著敷敷料磕頭。

「二娘，有話起來再說，妳這樣跪著實在折煞我們了！快起來！」吟霜也拉著翩翩。

翩翩著急落淚，繼續跪著：

「不不不！吟霜，請妳原諒我們母子，過去我們對妳和皓禎造成許多傷害，請你們原諒我們吧！」抓著吟霜的手，衷心懇切的說：「我知道妳的醫術很高明，妳有法力，妳一定能還我皓祥原來的容貌對不對？我求求妳，救救皓祥，別讓他這麼痛，他曾經擁有一張俊美的臉，我真怕……他無法承受這樣的改變！我求妳幫幫他！幫幫他！我給妳磕頭了……」

青兒也哭著，拚命給兩人磕頭，說道：

「吟霜夫人！只有您能救皓祥，我看羅大夫一點把握也沒有！」

「哎呀！哎呀！妳們都不要跪我呀！我那不是法力，是一種醫術，我會盡力……我一定盡力……」吟霜急著，拉這個，又拉那個。

「妳們快先回去照顧皓祥才是，也讓吟霜好好休息一晚，也許她明天元氣恢復了，就能幫皓祥運氣功來止痛了。我受傷吟霜都會用氣功幫我止痛，很有效的。」皓禎說。

「那我們不打擾了，明天、明天我們等著你們。」翩翩感激的說。

翩翩帶著青兒離開了。皓禎心疼的把吟霜摟在懷裡。吟霜說：

「皓禎，你都猜到了我下一步想做的事了。」

「唉！」皓禎苦笑：「我都還沒從白天的驚嚇中緩過來，妳這個當事人已經一門心思在救人了。吟霜，我該拿妳怎麼辦呢？」

「還說我呢！你要救皓祥時也沒有片刻的遲疑啊！」吟霜笑了。

「也是，我們都無法擺脫跟皓祥的手足之情吧！」皓禎也笑了。

「如果這場火，能夠燒掉袁家人彼此的仇恨，或者也是一場『正義之火』吧。」皓禎說，和吟霜緊緊相依。

❖

皓祥躺在床上，傷口疼痛難耐，他沉重的喘息者。青兒端了藥過來，說道：

「昨晚睡得好嗎？該吃藥了，我來餵你！」

皓祥皺眉不語，嗅著空氣中的怪味，覺得反胃，更加不舒服。

「吃了藥，我再幫你換藥！吟霜夫人說這個藥效果可好了！」翠兒說。

皓祥瞪著翠兒直喘氣。翠兒、青兒兩人有些不知所措。

「你怎麼了？不舒服嗎？我去請吟霜夫人……」翠兒放下藥，就要出去。

「回來！」皓祥吃力的、喉嚨嘶啞的說道：「妳們讓我服那狐狸精的藥，妳們不知道她巴不得我死嗎？」

翠兒、青兒彼此互視，不敢說話。

「你們聞聞，我是不是一身的腐爛味，我是不是快死了？」

「皓祥！不是的，這是敷料的味道，吟霜夫人說了，這味兒不好，但療效好……」青兒趕緊說道。

皓祥大怒，嘶啞出聲：

「吟霜！吟霜！她是妳們的主子嗎？妳們對她唯命是從，妳們都被她收服了，這袁家已經成了狐狸窩……」一激動，傷口又疼：「啊！疼死我了……」

「二公子！你別激動，別生氣啊！」青兒說著，和翠兒兩人不敢靠近皓祥，只敢遠遠的站在一邊。

皓祥面目猙獰的問：

「妳們為什麼不敢靠過來，是不是我毀容了，加上一身的腐屍味兒，嚇著妳們了？」

「沒！沒有……不是的……」青兒、翠兒同聲喊道。

「把鏡子拿過來！」皓祥喊。翠兒、青兒嚇得不敢動。皓祥嘶吼：「拿過來！」

青兒只好拿鏡子過來。

皓祥拿著手鏡面對自己，他用左手吃力的揭開了敷在臉上的棉布，終於看到了燒傷後的右臉：扭曲的皮膚，紅腫帶著焦黑。皓祥震驚又恐懼，冷顫不語，眼眶慢慢的紅了。青兒微顫的說：

「你會好的，大夫說會好的……」

皓祥突然用盡所有的力氣，跳下了床，嘶吼出來：

「滾……」鏡子朝青兒丟去。

屋外，翩翩正端著特別熬煮的食物準備進屋，被裡面皓祥的嘶吼聲嚇得碗盤齊飛，青兒、翠兒衝了出來。屋內皓祥把房門閂上，嘶吼、叫囂、器皿的砸碎聲不斷傳來！翩翩驚問：

「怎麼了？怎麼了？」說著便要往屋裡去。

「二公子……他把門閂住了，您進不去！他……砸了所有的東西，他看到了臉上的傷口就瘋了……」青兒說。

「哎呀！妳們幹嘛讓他看呢？」

「我們不敢不聽啊……他變了一個人……」翠兒害怕的說。

皓禎、吟霜正過來。聽到屋裡皓祥的狂吼亂叫，急忙快步走近。皓禎敲門：

「皓祥！你快開門，你冷靜一下，讓我們進來！」

「滾！都滾！」皓祥嘶喊：「你們這些魔鬼、妖怪！現在把我弄成了怪物，你們心滿意足了吧……」花瓶砸向了門框。

「皓禎！這樣不行，他會傷了自己，我們必須讓他安靜下來！青兒、翠兒趕緊去叫人來，先把門打開！」吟霜說。

屋內，皓祥聽到吟霜的聲音，驚恐萬分，嘶啞大叫：

「走開！妳這個狐狸精！妳是妖精！妳把我害得這麼慘，妳滾！妳滾……娘！救我！娘……娘……啊……」

皓祥驚慌失措的撞到了椅子，摔倒在地，傷口的劇痛讓他暈厥過去。

門外，袁忠帶著家丁齊力把門撞開。翩翩首當其衝的衝了進來，屋內一片狼藉，看到暈倒在地的皓祥，撲了過去，心疼不已，落淚喊道：

「皓祥，皓祥，我可憐的孩子啊……」

皓禎和吟霜，看了也心酸不已，彼此互視，對於這個又是兄弟，又是仇敵的弟弟，簡直不知道是憐惜、是遺憾、是悲憫？還是無奈？

吟霜只知道，在各種複雜的心態下，要治好他是現在唯一的心願！皓禎看著吟霜，完全讀出她的心聲，就跟她心念一致了。

90

皓祥昏迷的躺在床上，手腳也用棉布束縛住了。臉上，手上除了燒傷又多了外傷。吟霜仔細的在幫他敷藥，袁家全家都站在一旁。翩翩忍不住掉淚，柏凱安慰的說道：

「妳也別太悲觀了，相信吟霜會盡全力的救他！」

「我就怕他連生存的欲望都消失了……你要他怎麼能承受這麼大的改變！他連正室都沒娶呢！」說著又淚眼婆娑：「為什麼是他呀……」

「二娘，別喪氣！男兒志在四方，外在的容貌，不是女子選擇夫婿的唯一標準，何況還有吟霜細心的治療，燒傷需要很長的復原期，我們都要有耐性。」皓禎說。

「就是啊！翩翩……」雪如勸解的說：「做為娘，更不能先失去了信心，皓祥這時更需要妳的鼓勵！最重要的是，他不能再把吟霜看成妖狐，這樣吟霜怎麼幫他呀！」

「是的！是的！我記住了！」翩翩心服口服的說道。

吟霜已換好敷料包紮好了傷口。皓祥又發出痛苦的呻吟聲：

「我疼……娘……疼啊……」

吟霜就把雙手輕輕貼在皓祥胸前包紮著白布的地方，說道：

「我要用我的方法，逼出他的毒，也幫他止痛！爹娘，你們都請先回房休息吧！有皓禎陪著我就行了。」

「辛苦妳了！娘去交代廚房給妳做點補品。」雪如說。

「謝謝娘。」

雪如，柏凱帶著秦媽離去，留下了翩翩、青兒、翠兒、皓禎守在房內。

吟霜開始虔誠的運功，額上冒出冷汗，皓禎心痛的用帕子幫她擦拭著。吟霜運氣運得雙手發紅，面容肅穆莊重，反覆低唸著：

「心安理得，鬱結乃通。治病止痛，輔以氣功。正心誠意，趨吉避凶。心存善念，百病不容！」

翩翩和兩個小妾看著，淚水一直掉。

皓禎看著，眼裡充滿了感動和對吟霜的愛。

幾天過去了，袁家每個人都守護著皓祥。這天，皓祥睡得不安穩，翩翩在床邊陪著，也累得打盹。突然間，翩翩被皓祥的躁動給驚醒了。

「皓祥！娘在這兒呢！」翩翩說。

皓祥悠悠轉醒，想動，又發現自己被束縛在床上，掙扎起來：

「娘，妳這是幹嘛？為什麼把我綁在床上，放開我……」突然想到：「妳讓那狐狸精把我困在房裡對嗎？」

「皓祥，聽娘說，你先冷靜下來，大家都是為你好，你這麼激動，對你的傷勢復原不利。吟霜不是狐狸精，這幾天，娘看著她為你的付出，娘真心感動啊！你想想，你的嗓子是不是清亮多了，你的傷口也進步多了，這都是吟霜的功勞啊！如果她要害你，早就可以讓你毒火攻心、魂歸西天。更何況，造成這麼大的傷害，始作俑者還是你啊！」說著說著，眼淚滾落。

皓祥聽不進去，憤恨的說：

「娘，妳真是可悲，我盡了一切努力，想把我們在袁家的地位提高，可如今我卻落得這樣的下場，而妳……還幫那個狐狸精說話，被那個雜種跟妖精玩弄於股掌之間……什麼我是始作俑者，那場火是怎麼起的，妳想過嗎？」

翩翩無法跟皓祥溝通，傷心又無奈，勉強的說道：

「不是你想的這樣！娘怎麼才能讓你明白呢？都怪娘沒用，一直沒能讓你爹對你有更多的寵愛，是娘沒把你教好，你才會如此偏激，對人性充滿了怨恨……」

「妳住口！住口！」皓祥怨懟的喊：「明明是他們的錯，為什麼要妳來扛責任，我就是討厭妳這樣委曲求全，妳委屈了一輩子，求到了什麼？明明是獨子的我，明明是該被寵愛的妳，如今都成了什麼？現在，我更是徹底毀了，成了人不人鬼不鬼的怪物，就算死不了，活著又有什麼意義？袁家唯一的兒子，根本見不得人的兒子……」皓祥悲從中來：「我怎麼為袁家傳宗接代，出身好的姑娘誰會嫁給我？我還能做什麼……」掙扎著：「妳放開我！我不要這樣活著！我不要……」

皓祥痛苦的掙扎著，拚命想擺脫束縛，激動的樣子嚇壞了翩翩。

「皓祥！別這樣啊！你會受傷的！」

「妳放開我！讓我死！讓我死！」

翩翩看到傷口又撕裂出血了，嚇得衝出了房間大叫：

「來人哪！來人哪！」

❖

為了給皓祥治傷，吟霜忙得暈頭轉向，皓禎守護不離，靈兒和寄南都在畫梅軒陪伴，過了好多天，太子親自到畫梅軒，皓禎才把這場「大火驚魂記」告訴太子。太子著急的看著四人，驚問：

「發生了這麼大的事，我怎麼全被蒙在鼓裡，你們也藏得太深了！在這緊要關頭皓祥被燒傷了，吟霜又要忙著治傷，我們何時才能再去那座山呢？」

「太子別急，經過了幾天的照顧，皓祥的傷漸漸穩定了，我想要不了多久，就會結好痂，然後是脫痂，後面就是護理傷疤的問題，這雖然需要很長的日子，但青兒、翠兒都能做，到時候，我們就可以去了！」吟霜說。

「唉！你們怎麼這樣多災多難？」太子看著皓禎和吟霜，不可思議的問。

突然間，袁忠急切敲門進來，喊道：

「不好了！二公子又出事啦！」

大家震驚！吟霜和皓禎急忙就向外面跑，喊著：

「寄南！靈兒！你們陪著啟望，我們去看看！」

「大家一起去吧！」太子說：「你家的事，跟我家的事一樣重要！」

皓祥已經掙脫了束縛，正在屋裡發狂，面孔猙獰，拿著匕首頂在自己的脖子上，翩翩崩潰的在一旁。

「皓祥！娘求求你了，不要嚇娘啊！你不想活，讓娘怎麼過啊！」翩翩哭喊。

「娘！」皓祥痛哭流涕：「我沒有辦法面對後半輩子的人生！爹說過，我永遠不會是他的驕傲，現在我終於承認了，這樣的我不配做袁將軍的長子！」

「不！你是娘的驕傲，永遠都是！等你好了，娘帶你離開這個家，我們母子相依為命……

娘求你了！」翩翩哀求著。

房門被推開，太子跨進房門，看著皓祥，忍不住怒斥：

「皓祥！你想成為袁家的驕傲，就先放下匕首！」

太子說著就向他走去，其他人都進門來，皓祥一看全家上下都跟著太子來了，嚇得發抖，顫聲說道：「你……你們不要過來，再靠近一步，我就下手了！你們走開！都走開！」

太子、皓禎毫不猶豫的一步步走向皓祥，皓祥被逼得退到了角落，蹲了下來，手上包紮的棉布上又滲出了血。他疼痛難耐，全身發抖，顯得無助極了。吟霜溫柔的說：

「皓祥！你又把傷口撕裂了，快讓我幫你上止血的藥吧！」拿起碗盅：「你看，我又配了新的藥方，讓我慢慢幫你治療，我有把握還你一張漂亮的臉，好嗎？」

皓祥看著吟霜，怔住了！被她溫柔而堅定的語氣吸引，好似吟霜真有魔力似的。皓祥、吟霜對視著，皓祥狐疑的眼神，逐漸迷茫起來，看著吟霜問：

「妳……為什麼要幫我？妳到底是人？是狐？妳到底想幹什麼？」

皓禎趁其不備，突然出手，「空手入白刃」，閃電般在皓祥持匕首的手腕上一捏，奪下匕首。皓祥轉身一動，匕首雖被皓禎奪下，但皓禎仍被匕首劃了一道口子，一時血流如注，眾人驚呼！匕首落地，太子一腳踢到遠處。

「皓禎！」吟霜喊。

「一點皮肉傷，不礙事！」皓禎趕緊說道。

皓祥想要搶回匕首已經來不及，寄南、太子、魯超一起制住了皓祥，皓祥痛得大叫。

「輕點！你們輕點！他傷口都破了，很疼的！香綺！快幫皓禎上點刀傷藥。」吟霜喊著。

「是！」香綺打開了藥箱，拿出藥來幫皓禎處理傷口。

皓祥無力再博鬥，奄奄一息的臥倒在地上，疼得冷汗直冒，直打哆嗦。吟霜看著不忍，從藥箱裡拿出了一個小瓷瓶，遞給寄南：「寄南，你們想辦法讓他喝下去，他很快就會不疼了。」

「別碰我！你們別碰我！」皓祥掙扎。

太子拿過小瓶子，說道：

「你不相信吟霜，總能相信我吧？」說著提起皓祥的下巴，一用力，皓祥被迫的張開了嘴，太子就把藥水硬灌了進去。

皓祥喝了，果然很快的就暈眩了起來，眼睛閉上了，翩翩緊張的喊：

「皓祥！皓祥！你怎麼啦？」

「二娘，沒事的。我只是想讓他能安靜的睡一下，他就不會痛了，我再幫他看下傷口，重新上藥。你們幫我抬他上床吧。」吟霜說。

寄南、袁忠兩人把皓祥抬了上床。皓禎包紮好了傷口，過來說道：

「二娘，今天的事，就別讓爹、娘知道了，這些日子他們操心的事情太多了。」

「是的，我明白。」翩翩感動的對著青兒、翠兒等下人們說道：「你們都聽到了，誰也不許多嘴！」

「是！」袁忠等下人們齊聲回答。

翩翩在太子面前跪下，此時才有機會道謝：「翩翩教子無能，驚動太子，罪該萬死！」

「起來吧！」太子說：「就當虛驚一場！但我要妳幫我帶句話給皓祥，只要他能夠乖乖的讓吟霜治療傷口，我就保證讓他成為袁將軍的驕傲！」

翩翩感動莫名，拚命點頭。

❖

接下來，一連串的日子，將軍府都在為皓祥的燒傷治療著。吟霜是最忙的一個人，無論早晨、黃昏、夜晚……她細心治傷，調藥，進出廚房，監督香綺、常媽煎藥。皓祥逐漸接受了吟霜治療的事實，常常迷惘的看著她為他換藥、敷藥。皓禎、寄南、靈兒、太子只得把大事搬進畫梅軒來商議，研究鋸齒山的地形圖。青兒、翠兒忙著餵皓祥吃藥，翩翩幫忙吟霜換藥包紮。忙碌中，吟霜依舊會送點心給在商議大事的太子等人，為大家打氣。皓祥慢慢睡得安穩，傷口也開始癒合。大家照顧皓祥時，雪如幾乎天天送來點心，翩翩感動在心，柏凱也有意外的欣慰。

三個月後，吟霜幫皓祥拆開臉上包紮的棉布。皮膚燒傷的疤痕已經癒合得很好，只有不明顯的燒傷痕跡。翩翩熱淚盈眶，青兒、翠兒緊緊握住彼此，激動得不能言語。

吟霜把鏡子拿到皓祥面前，皓祥看到了一張新的面孔，他不敢相信還能有這樣的一張面孔，一時說不出話來。他看著吟霜，眼眶泛紅。吟霜微笑的說道：

「持續用這些敷料，剩下的這些疤痕，日子久了，也會慢慢淡化的！」

「妳真的做到了！」皓祥哽咽的說。

大家見到皓祥的燒傷大致恢復，都又是安慰又是感動。柏凱感動的說：

「多虧了吟霜，辛辛苦苦的照顧他！這麼嚴重的燒傷，居然能癒合得這麼好！」

「是啊！這真是皓祥的福氣啊！」雪如說。

翩翩感動萬分，激動的說：「不是皓祥有福氣！」感激的望著吟霜：「是吟霜的醫術太好，吟霜根本就是一位活菩薩、救命仙子！是她救回了皓祥這條命！」

「我只是盡我最大的能力，皓祥能恢復健康，是大家的福氣！不過，皓祥左腿上的傷比較嚴重，要繼續包紮，才能防止像螃蟹腳那樣的傷疤。」吟霜說。

「皓祥，現在你總相信吟霜只會救人，從來沒有害過人吧。」皓禎說。

皓祥實在太感動了，突然握緊皓禎的手掌，就跪了下地，痛悔的哭泣：

「哥！我錯了！我錯了！這段日子我都想明白了，你和吟霜不計前嫌的照顧我，家人不眠不休的侍候我，大家對我所有的付出，我都記在心裡！我何德何能，承受著你們對我的一切，我太慚愧了！」

「皓祥，你左腿還沒全好，起來說話，不要這樣跪著！快起來！」吟霜喊。

「不！下跪都不足以表示我的歉意！我真是一個罪大惡極的人，過去我對你們各種惡行惡狀，還勾結外人迫害自己的家人，我對不起你們！哥！請原諒我的無知，原諒我和你爭寵爭地位，哥！對不起！」

皓禎扶起皓祥，懇切說道：

「我們是家人，是兄弟，何須說原諒呢！只要你願意痛改前非，我們永遠都是好兄弟！」

「哥！我們是『親』兄弟！你不用避諱這個字，不管我們有沒有血緣，你就是我的親哥哥！」皓祥聲淚俱下，抱緊皓禎，強調的說：「親哥哥！」

眾人見此情景跟著感動落淚。柏凱不勝感慨，說道：

「皓祥，你能有這番感悟，能感受皓禎對你的愛，這才是我的好兒子！」

「爹！」皓祥抱向柏凱：「皓祥不孝！從今以後，絕對洗心革面，做一個堂堂正正，值得你驕傲的兒子！雖然我永遠趕不上哥，可是，我會以他為榜樣去做人做事！」

「太好了！太好了！」雪如欣慰：「從此以後我們袁家團結一致，再無風浪了！」就拉著吟霜的手說道：「吟霜！認了妳的弟弟吧！」

吟霜含淚的依偎著雪如說：

「是！也認了我的親娘和親爹！」

雪如一顫，緊緊的擁著吟霜，眼淚落下來，啜泣的說：

「多麼漫長的等待，終於等到了！」

91

皓祥的傷已經無礙，鋸齒山的大事也不能再耽擱了。這天，大家終於開始行動。太子、皓禎、吟霜、寄南、靈兒、漢陽、鄧勇、魯超等人神色謹慎，都穿著黑色勁裝，帶著便衣衛士若干人，來到鋸齒山的山腳下。漢陽嚴肅的對太子說道：

「即使懷疑伍震榮在鋸齒山養兵，但此山處處暗藏奪命凶險，太子身分特殊，下官奉勸太子，還是不要參與今日的行動吧！」

「那怎麼行！」太子抗議：「於朝廷，我是一國儲君，有責任保護父皇的社稷江山，於『天元通寶』，我們都是歃血為盟的兄弟，不管有什麼艱險，我都必須和大家一起行動，絕不退縮！」

皓禎對太子說：

「一路上一直苦勸，你就是不聽，既然你知道自己是一國儲君，你的存在對我們而言是多麼的重要，應該留在朝廷治國安邦，成為我們堅實的後盾！探敵的事情，還是由我和寄南去辦就行了！」

「對啊！」寄南加入說服：「萬一鋸齒山真是伍震榮的軍事營地，又萬一我們有個閃失，落入了伍震榮的手裡，那他肯定拿你的命，要脅皇上交出政權，到時候我們治不了伍震榮，說不定就讓那賊王登上皇位了！你還是回去把守朝廷吧！」

「你們什麼時候變得這麼沒有信心，為何我們就一定會遭遇萬一呢？」太子發怒了：「為什麼我們不可能出奇制勝，拿下伍震榮？我知道你們為我安危著想，但這些都不是阻止我行動的理由！保家衛國，人人有責！」

「好了好了！」靈兒耐不住性子說道：「都到山腳下了，你們都別再勸太子，多一個人就多一分力量，管胡人有什麼毒蛇猛獸，他們那些把戲我清楚得很！你們就不要再婆婆媽媽的阻止這、阻止那了！你看，連吟霜都去了！」

「希望我不會給你們增加負擔，我認為我的醫術，多少會幫助大家。而且，今天是隨便挑的山腳，應該不會有太多埋伏。」吟霜說。

漢陽和皓禎、寄南面面相覷，仍有憂慮。靈兒衝向漢陽說：

「哎呀！漢陽大人，不對，木鳶大人，今天的行動指令，你在太子府都交代清楚了，你快回京去監視伍震榮，我們這會兒趕快行動要緊！」

漢陽果斷的說：

「既然太子心意已決，那麼皓禎、寄南、鄧勇、魯超，你們一路必定保護好太陽星，不得有誤！」恭敬對太子行禮：「漢陽就恭送各位到此，恭祝諸君平安歸來！」

漢陽說完，掉頭而去。

❖

太子、皓禎、寄南等人，小心翼翼的踏上鋸齒山，這隨便選的入山處，居然是一片岩石區。眾人警戒小心步伐，個個用輕功在岩石間前進，動作統一俐落，非常有默契。皓禎緊牽著吟霜，很多地方都托著她的身子飛躍過去。

突然之間，從暗處射出許多有迴力功能的乾坤圈，圈上裝有尖銳的利刺，太子等人個個反應迅速，跳躍閃躲。皓禎立即把吟霜護在懷裡，躲在一塊大岩石後面蹲下。

靈兒輕喊：

「大家小心！乾坤圈上有暗刺！」

「看來他們布署了不少人力，大家小心各種陷阱！」皓禎提醒。

「居然隨便挑個地方上山，也有人埋伏！這兒到底藏了多少人？」吟霜驚愕的說。

說話間，更多的乾坤圈從不知名的暗處再次襲來，眾人身手靈活，施展輕功敏捷的左閃右避。

太子危險之際身子後仰，避過有銳利刺刀的乾坤圈。皓禎跑來近身保護太子，兩人一起拔劍揮斬乾坤圈，三柄劍聯合舞出道道光幕，乾坤圈碰上光幕，鏗鏘作響、紛紛墜落。太子對皓禎命令：

「你快去保護吟霜！」

「她躲在那岩石後面，還算安全！」皓禎說。

一個乾坤圈旋轉間劃破了寄南的衣袖，他一步步退後驚險閃避，靈兒即時拾起石塊，飛擲過去，打落了乾坤圈，救下寄南。

這乾坤圈的陣仗，大家一陣躲避和硬闖，個個安全過關。太子等人，繼續前進，越過這片岩石區，來到一片草地。大家呼出一口氣，總算看到綠地，像一座山了。

忽然，地上四面八方各處，湧現出無數的毒蜘蛛，爬向眾人。吟霜緊急呼喊：

「當心地上的蜘蛛！有毒，千萬別被咬到！」

「如果有人被咬了，趕快找吟霜治療，不能耽誤！」皓禎跟著喊。

地上，毒蜘蛛如同蜘蛛大軍，不斷湧來。太子眾人，揮舞著各種武器，砍殺蜘蛛，卻越砍越多。鄧勇和魯超，拿著大石頭亂砸，砸死不少蜘蛛。但是，蜘蛛好像殺不完，不斷源源湧現。寄南不解的說：

「怎麼會有這麼多毒蜘蛛？一定是胡人養的，我們要不要退？」

「才剛剛入山，怎能被一群蜘蛛嚇走？不退！」太子堅定的說。

「不退！我不信我們連蜘蛛都打不過！」靈兒呼應太子，也堅定的說。

靈兒就使用流星錘，對著地面一陣橫掃過去，殺死無數蜘蛛。魯超、鄧勇和諸武士，也開始用橫掃的功夫，對付地上的蜘蛛。但是，毒蜘蛛前仆後繼，依舊源源而來。

「要想攻略辦法，打仗跟人打，怎麼跟蜘蛛打？」太子說。

眾人打得捉襟見肘，各個又閃又躲又攻，手忙腳亂。忽然間，天上一聲聲鳥鳴，悽厲高吭，眾人尋聲一望，只見猛兒帶著一群矛隼，從天而降。吟霜大喜，對猛兒喊道：

「猛兒，你把朋友都帶來了嗎？趕快來幫忙！這裡有蜘蛛大餐，你們快快享用！」

只見猛兒帶頭，眾矛隼盤旋在蜘蛛群上方，尖喙落如驟雨，啄向蜘蛛大軍，像風捲殘雲般。不過一盞茶的時間，就迅速的吃掉了地上的蜘蛛大軍。太子驚愕的說：

「這猛兒為什麼叫猛兒，本太子終於明白了！但是，牠們不怕毒嗎？」

「矛隼是作戰的鳥兒，專吃毒蟲，怎會怕毒蟲？」吟霜笑著說。

「現在，太子知道我們兩員女將的厲害了吧？」皓禎不禁得意，問道。

「她們是巾幗英雄，有時更勝我們男子！」寄南笑著說：「差點讓本王在長安大街滾三圈呢！哪一個敵人能夠如此？」

「哈哈！說得不錯！」太子欣然同意。

蜘蛛陣就這樣被矛隼大軍給破了。大家繼續前進，眾人步步為營，來到叢林區。進入叢林，就聽到胡人再次吹出陶笛聲音，眾蛇突然大量的出動，爬向太子等人。太子喊：

「毒蛇陣擺出來了！靈兒，看妳的！」

靈兒一跳，上了樹幹，立刻拿起事先準備好，掛在胸前的陶笛，吹出另一種聲音。四處亂竄的毒蛇一聽到靈兒吹出的聲音，全部靜止不動。躲於暗處的胡人又吹響陶笛，全部毒蛇再次爬動，吐著蛇信。靈兒低語：

「想跟我玩是嗎？你姑奶奶我奉陪！」又再吹另一種非常尖銳的聲音出來。

所有的毒蛇突然全部退回地穴，或原地蜷曲，再也不動。寄南攀在樹上，驚奇的說：

「原來靈兒妳真的是弄蛇族的高手呀！真是厲害！吹一吹牠們全睡著了！」

胡人見蛇陣被攻破，首領吹了一聲口哨，若干隱藏的殺手全部冒出，手中射出一朵朵黃色的花兒暗器。霎那間，樹林裡、草叢中，鐵製的花兒紛紛破空飛來，場面看似漂亮壯觀，但每個花瓣上都有一根毒刺。靈兒急忙喊道：

「太陽星小心！這是胡人專用的狼毒花！上面有毒刺！大家小心！」

太子身形一斜，連續數個後空翻閃避眾多飛來的花兒，一朵花兒險險的從太子的眉眼間飛過，啪的一聲，嵌入樹幹上，花上毒刺眾多。

眾人立刻拔劍，一邊揮劍擊落狼毒花，一邊施展各種身手，閃躲不斷飛來的花兒。太子仍然不慎被狼毒花劃破了臉頰出血。皓禎和寄南雙雙護駕，聯手站在太子跟前，揮落一波波的花兒攻擊。

皓禎瞧個空隙，趕緊拉著太子退到一棵大樹後躲避，吟霜已在那兒等候。吟霜拿起地上的一朵狠毒花聞了聞，說道：

「是『斷腸草』，太子別急，我前幾天就研究過各種毒草毒花，配治了這『解毒藥膏』，我幫你解毒！」吟霜幫太子擦藥，又從行囊中拿出一瓶藥丸：「為了萬全，再吃一顆我爹的神藥『解毒萬靈丹』吧！」

太子立刻吃下藥丸，喘息著。他不放心，說道：

「弟兄們還在危險之際，我們快殺出去！」

皓禎和太子再度衝出去與狼毒花對抗。就在眾人疲於奔命，應付不暇之際，身手不凡的白衣男子冷烈，突然凌空飛躍而來，雙手同射，「天女散花」出手，一波波梅花長針飛出，射向胡人布署的眾殺手。冷烈身手高超敏捷的來回飛躍、閃電出招，殺手們一個個咽喉上被射了梅花針，個個中針倒地，狼毒花陣終於平息。寄南驚喜不已：

「又是冷烈！果然是暗器神射手，他又救了我們一回！」

樹林裡，胡人殺手全部倒地，冷烈沉著冷靜的安穩落地。太子對冷烈行禮：

「謝謝大俠，再度出手相救！」

「只是比暗器功夫而已，不需言謝！」冷烈孤傲的說，指著某方向：「往前三里，就能到達一個制高點，名叫鷹嘴，那兒風景最佳，沒有埋伏，告辭！」

靈兒從後追著冷烈，輕聲喊著：

「冷大俠！下次相逢一定請你喝酒，後會有期！」

冷烈頭也不回的一個飛躍，消失在叢林之中。皓禎困惑的說：

「這冷烈脾氣真是古怪，冷冰冰的一個人，但又總是出現在我們身邊幫助我們。不知是巧合還是在跟蹤我們，我們還是小心為妙。」關切太子：「啟望哥，你身子還好吧？吟霜的解毒藥，有沒有發揮作用？」

太子摸摸臉上的傷：「沒事！我現在感覺精力旺盛，我們上山要緊，快走！」

❖

太子等人終於找到山上一個隱密的制高點，四周有樹木掩護，樹木中有塊巨石狀如鷹嘴。大家匍匐在巨石上，悄悄的探頭鳥瞰下方。

山坡下正是這鋸齒山那葫蘆形的腹地，是一大片山谷平地，駐紮著許多軍事帳篷。每個帳篷上矗立著一根根旗桿，上面都飄揚著清一色寫著「龍伍軍」的旗幟，平地上有密密麻麻的士兵在操練著。

「果然不出所料，榮王養兵的規模歷歷在目，真是鐵證如山了。他們這兵力，恐怕不下數萬人吧？」寄南低聲驚呼，看得目瞪口呆。

「想不到這深山裡居然藏著這麼龐大的軍隊，我看這密密麻麻的，說不定有十萬人呢！」靈兒遠眺著說。

「『龍伍軍』？」太子氣憤的說：「居然把父皇的『龍武軍』，改成了姓伍的伍！這麼堂而皇之的高掛著軍旗，篡位之心昭然若揭，真把自己當作是真龍天子！」氣得憤怒搥地：「父皇早就該殺了他，天大的逆臣賊子！」

「啟望！先冷靜下來，既然我們都進到這個山頭，不入虎穴焉得虎子，我們不如想辦法混入敵營，喬裝成他們的士兵，搜集更多伍震榮謀反的軍事情報。」皓禎說。

「我正有此意，知己知彼，戰無不殆。掌握越多伍震榮的軍情，我們就可以予以反制，對他攻其不備！但是，吟霜不會武功，怎麼辦？」太子說。

「你們不要顧慮我，我穿這一身，也沒人會認出我是女人，我跟著皓禎就是。」吟霜說。

「不！」皓禎斷然說：「妳跟進去太不安全！也會妨礙我們！」指揮魯超、鄧勇：「你們和其他兄弟留守在這兒，吟霜跟你們在一起，你們要好好保護吟霜……」

「不行！」吟霜堅持的打斷皓禎：「我絕對不會一個人留在這兒，還讓魯超和鄧勇不能幫助你們，來保護我！我會小心，我一定要跟皓禎在一起！」

皓禎看著眼中閃耀著毅然堅定光芒的吟霜，知道自己再說什麼都沒用，只得嘆氣點頭。

「靈兒聽得懂兩、三種胡語，就讓她和我們一起進去冒險吧！」寄南說。

「當然！我拚了命也一定要跟你們一起打進去！不滅了伍震榮，我就不姓裘！」

「太陽星！」皓禎再叮嚀太子：「你務必管好自己！你可以冒險，可以歷險……」

「知道了！」太子打斷：「可以探險，不可涉險！這次，是我們最大的冒險和探險，大家都要注意，不可涉險，出發吧！」

❖

片刻後，太子、皓禎、寄南、靈兒、吟霜、魯超、鄧勇低身走近敵營邊界。正好一隊八人小組的巡邏兵走來，眾人隱身樹林內，在皓禎一聲低嘯下，迅雷不及掩耳的撲了過去，身手矯捷的短刀一刺，八人連對方的面都沒見到，就全部送了命。大家七手八腳把屍體拉進了附近的岩石叢中藏好，然後，七人都換上士兵的服裝，臉上也用土抹黑了，彼此照應著。吟霜知道自己沒有武功，手中悄悄緊握一面手帕，緊緊跟著皓禎。眾人輕手輕腳走進軍隊的營區裡。營區帳篷林立，許多士兵在帳篷外，忙著排隊打飯。因為士兵太多，七人混在士兵中，完全沒有引起任何人注意。

太子一路無懼的和皓禎並肩走在營區裡，看著眾多士兵整齊打飯，低語：

「以他們這些兵力的規模，簡直比皇宮的軍力還大。羽林軍不夠瞧！」

皓禎看看四周，立刻拿出作戰經驗，說道：

「我們七個要分開行動，寄南和靈兒，你們想辦法去找出糧倉和軍火庫，我和太陽星帶著吟霜去找他們的總部。鄧勇和魯超去找他們的戰馬場，找到了千萬不能動手，我們幾個打不贏這樣的大軍！」

「好！大夥兒各自小心！不管找到還是找不到，天黑前到鷹嘴那兒會合！」寄南說完，拉著靈兒，立刻隱沒在巨大的士兵聯營中。

皓禎、吟霜、太子正另尋方向之時，突然被一個伙夫頭叫住。

「喂！你們三個是伙夫班的嗎？杵在那裡幹嘛？還不快過來幫忙！」

皓禎和太子隨機應變附和，答應著：

「唉！來了！來了！」太子跑向伙夫頭，盡量壓低腦袋。

伙夫頭卻一點也沒懷疑他們是生臉孔，用勺子敲著皓禎、太子和吟霜的頭：

「就會到處混水摸魚，趕緊給大伙兒打飯！伙房的事還多著呢！快幹活！」

皓禎、太子、吟霜接手勺子，幫大家打菜。皓禎和氣的應著：

「是是是！幹活！幹活！來來來！」勺起米飯到士兵的大碗裡：「兄弟多吃點，多吃點！」

太子勺起菜餚自己先聞聞，再給士兵打菜：

「這是道地的東北酸菜，好吃好吃！」

眾士兵依序排隊打飯。吟霜低俯著頭，一面幫忙打飯，一面低聲對皓禎說道：

「這些打飯的規矩，給了我一個好主意……」

吟霜話沒說完，太子一看，只見不遠處，伍項麒和胡人將領談著話，走向他們的方向。太子趕緊對皓禎和吟霜示意，兩人都低俯著頭，急忙給士兵打菜、伍項麒一路巡視在各處或坐或蹲著吃飯的士兵們，關切的對一個士兵問道：

「我們龍伍軍吃得可好？」

士兵奉承的大喊：

「回副統帥！我們吃得好！菜很對胃口、又吃得飽！」

伍項麒完全沒注意到太子、皓禎和吟霜，笑著對胡人將領說：

「要讓我的十萬大軍吃飽也是不容易啊！大家吃得飽最重要！我們的武力要隨時保持旺盛狀態，我爹榮王大統帥明天會到，進軍長安，恐怕就在十天之內！」

太子等三人一聽有十萬大軍，又聽說進軍長安等語，三人心驚，彼此交換眼光。太子心想：

「十萬大軍？長安所有的軍隊，也不過十萬人左右！還有一半沒有作戰力！」

皓禎眼睛瞪得好大，震驚得一塌糊塗，十天之內？那豈不是要血洗長安城？

「這兩天，我們波斯又進來了數千名勇士，我們的武力可說是所向無敵了！榮王大可放心，皇位已離他不遠！哈哈哈！駙馬爺請到我那喝點波斯好酒，助興助興吧！」胡人將領心情良好的說道。

伍項麒滿意的笑著，點點頭，和胡人將領轉身離開。

太子和皓禎抬著飯桶出來，見危機解除，兩人鬆了口氣。皓禎對太子低語：

「十萬大軍？這座山裡居然藏了十萬大軍？」

太子不寒而慄，低語：

「恐怕這大軍營早已進行很多年，山裡一定有地道和地窖藏兵！這明明就是想一舉攻下長安！如果我們沒發現這座山，後果不堪設想！幸好木鳶找到那張圖！」

「十天之內攻長安？」吟霜低語：「如果沒有奇蹟，長安不保！」

「奇蹟？說不定我們就是奇蹟！」皓禎低聲氣憤的接口。

❖

寄南和靈兒離開了太子以後，兩人摸摸索索，利用士兵吃飯的空檔，到處找倉庫。寄南衡量地勢和兵力，說道：

「我們往山頭去找，這座山很奇怪，有很多山頭。根據我的判斷，倉庫可能在山頭，這麼多士兵，不見得個個忠心，倉庫是重要基地，如果在山下，守衛會很多，我沒發現守衛多的地方，難道一吃飯，大家都不守倉庫了？」

「對！」靈兒說：「我們就往上面去找！」

寄南塞了兩把匕首給靈兒：

「發現倉庫，必須幹掉守倉庫的人，妳那流星錘沒用，用這個割喉！」

「我們只是來刺探軍情的吧？」靈兒小聲說：「如果把守衛殺了，他們馬上就會發現軍隊被發現了！我們這幾個人，怎麼打得過這個大軍隊，最好別殺人！我用口技把他們引開就行了，你千萬不要動武！」

「妳還會口技？」寄南越來越覺得靈兒「深不可測」了。「妳忘了？我們上山時，已經殺了多少人？他們遲早會發現有人潛入！冷烈就斃了一群暗器射手！」

說著，兩人果然在東邊一個山頭，發現了倉庫，守倉庫的只有四個人，正在玩骰子。靈兒埋伏在樹叢裡，發出一陣蛇鳴，眼鏡蛇、蟒蛇、青竹絲、金環蛇、百步蛇、紫晶蛇、響尾蛇……各種毒蛇聲，滋滋滋滋……嘶嘶嘶嘶……此起彼落。

「毒蛇！毒蛇！」一個守衛喊道。「好多毒蛇來了！」

「胡人把毒蛇都引到倉庫來了！快逃快逃！那些蛇上次咬死了十幾個人！」

四個守衛拿著刀，東張西望，靈兒再一陣「滋滋滋」，四人頓時鳥獸散。

寄南彎身拾起了一把剛才守衛們在驚慌中遺落在地的刀。

靈兒正在得意，忽然聽得寄南一聲輕呼：

「小心！」

靈兒猛回頭，只見一桿長槍，槍尖直指後背而來！靈兒大驚，正要側身閃避，長槍來勢極速極猛，如電光石火，靈兒哪裡來得及閃？但見寄南一個箭步，欺身而上，一掌將靈兒推出三步之外，同時手中之刀，搭上槍桿，順勢沿著槍桿往下削去，其勢竟比那長槍還要快上幾分！

寄南這一推一削，一氣呵成，迅雷不及掩耳，令那使槍之人大驚！

這招名為「單刀破槍」，兵器乃一寸長、一寸強！刀與長槍纏鬥時如欲佔上風，此招乃殺招。

轉瞬間，刀鋒沿槍桿而下，眼看就要削到握著槍的手指。那使槍之人驚慌應變，立馬鬆手撒槍後退，長槍砰然落地。寄南哪容得他逃？欺身而上，刀尖直指對方咽喉要害。那人無路可逃，佇立不動，面如死灰，冷汗直流。

靈兒在旁，見寄南身手矯健、武藝高強，滿心歡喜。寄南細看那人，棕髮碧眼，是一西域之人。還沒來得及反應，突然聽得一聲大喝：

「閃開！」只見林中又奔出一人，身長八尺，碧眼虬髯，手執長刀，向寄南奔來。也是棕髮碧眼的西域人。那人手中所執之長刀，似昔年春秋末期之吳鉤，只是刀身細長得多。

「大食彎刀！」寄南心中一凜。

那落槍之人，此時已退至一旁，看樣子這兩人是一組的。

兩人眼神交會，各自持刀而上，兩刀相交，但聽得鐺然一響，寄南手中之刀，已然斷為兩截！

大食彎刀，又稱大馬士革刀，亦稱鑌鐵，乃取自印度之烏茲鋼材再配合鑄造技術打造出來的利刃，斬鐵如泥、鋒利非凡。

寄南大驚，抽身急退，一旁觀戰的靈兒也大驚失色，心急如焚。

西域人那容得下寄南喘息，縱身而上，手中之刀橫掃，刀身幻化成一片白光，直指寄南之胸。但見寄南一式「千斤墜」使出，身軀一沉，險險的避過刀鋒，接著擰腰、左足立定、右足後踢，使出「雁落黃沙」，一腳踹在那人的小腹之上，令他連退三步，同時右手拔出背上長劍，一聲清嘯，玄冥劍已然出鞘！

兩人相隔七步，再度彼此互相凝視。

對方先動，這次大食彎刀，化成一道白光，直奔寄南咽喉而來。寄南先是一招「閉門推月」，守住上三路，接著一招「白蛇吐信」劍尖直指那人胸膛。此時，那落槍之人，已經拾起長槍，對寄南攻來，頓時間，寄南前後受敵。靈兒一看不得了，在地上抓了一把沙子，就對那持槍的西域人臉上灑去，那人哎喲一聲，眼睛再也睜不開。同時，寄南劍風一緊，招式變為「大羅漢天」，但見玄冥劍身化為一面黑網，將白光罩於其中。只聽得鏗鏘之聲，不絕於耳，黑光白光交會之處，火花四射！

突然白光化為一道長虹，脫手飛去，插入樹幹之中，刀身兀自晃動不已。寄南的玄冥長劍，劍尖立即從對方喉頭劃過，再反身直刺還在揉眼睛的西域人胸腔，迅速的擊斃了兩個敵人。

「好險！」靈兒說，四面張望，沒有看到別的敵人，卻看到前面岩石中有縫，她拖著一個西域人的腳，就往石頭縫裡塞去，嘴裡說道：

「還好這鋸齒山有牙齒縫，我們趕快把這兩個屍體塞進齒縫裡去吧！」

寄南見靈兒拖得吃力，急忙上前，兩人合力，把屍體塞進石頭縫藏好，又用地上的沙石掩蓋了血跡。寄南對靈兒說：

「謝謝妳那招『飛沙迷目』，不然，我這王爺的小命，恐怕不保！現在，趕快去看看這倉庫藏著什麼吧？」

靈兒驚魂未定，被寄南誇獎，不禁有點小得意。兩人就這樣，一路順著勘查下去，發現了好幾個倉庫，最後，兩人東張西望的從一個木蓋的糧倉出來。寄南對靈兒竊竊私語：

「果然還是皓禎厲害，知道有軍營，必然有軍火庫和糧倉！剛剛在東邊找到足以將長安城夷為平地的火藥庫，現在這西邊的糧倉也找到了。」

「我們老百姓好多地方鬧飢荒，這裡居然有那麼多糧倉，真是太不公平，太沒有天理！

我恨不得把它們一把火給燒了！」靈兒憤慨不已。

「要燒也不是這個時候燒，晚點和皓禎商量，看如何把這些糧食奪回給老百姓！怪不得伍震榮他們拚命貪污，原來是要養這麼多大軍！」

「你又想讓天元通寶的人來搶嗎？我們進個山都危機重重！」

「所以才說要從長計議嘛！不過妳的口技實在有用，抵得好多大軍！」

突然，太子從後拍拍寄南的肩膀，寄南閃電般反應，將太子來個後肩摔。太子身手敏捷，一躍起身沒有被摔著，和寄南過了兩、三招。寄南認出太子，收了手：

「哎喲！是你呀！你幹嘛嚇我，差點就出了狠招！」

「你也真是的，見人就開打，小心暴露身分！」太子拍拍手上灰塵。

「小心，有人來了！」皓禎警覺低語，把吟霜推到身後保護著。

兩個士兵行色匆匆走來，寄南即刻扶著太子演戲。寄南說道：

「大頭啊！慢點走，我帶你去找醫務大夫。」

「你們是哪一營的？在這幹嘛？這麼晚了怎麼還在這亂晃？」一個士兵問。

「我們是伙房的，都是伙夫兵，兄弟的腿給燙傷了，正要去找軍中大夫！」皓禎說。

「你們是伙房的？」士兵嚥著口水：「伙房還有飯菜嗎？」

「哎呀！別想飯菜了，趕快通報將軍，山下出事了，守門的人都死光了，快去！連胡人都中了暗器，全部死了！」其中一個士兵說。

果然，殺死的人還是被發現了。寄南想著。靈兒卻迅速擋住兩個士兵去路，驚訝的喊：「山下的人出事了？」慌張的說出一串胡語，然後又說：「那怎麼得了，兩位兄弟才回山上來，一定餓壞了，你們快去伙房吃飯！」對寄南、太子眨眼暗示：「小弟我腳快，立馬去通報大將軍！」

兩個士兵猶疑著。皓禎對靈兒裝腔作勢：

「去去去！快用你的飛毛腿去通報，別誤大事了！」轉身客氣的對兩士兵：「我那小弟手腳俐落，一定會如實通報。兩位大哥，我帶你們去伙房找吃的！」熱情說道：「伙房裡還有燉肉呢！」

饑餓的士兵笑道：

「好吧！急著回山，我們真累壞了！走！」

太子對士兵搭訕：

「兩位老哥辛苦了，平日都你倆下山嗎？山下出這狀況，還有人知道嗎？」

「一般就我倆到處巡山，山下就胡人負責把守，今天想說去給他們遞點山果，到那才發現都死了，不知道誰幹的！」

太子對皓禎、寄南使使眼色。兩人到了暗處立刻拔刀，將兩士兵殺死。

吟霜默契的東張西望把守四周，確認無人發現，皓禎等人就一起拖著兩士兵的屍體到岩石後面的齒縫裡隱藏起來，幸好這鋸齒山的齒縫還真不少。接著，靈兒不知從哪兒弄了一籃的酒水，奔來歸隊。寄南拉著她，走向把守在帳篷外的士兵套交情。靈兒用胡語嘰哩呱拉一通後說道：

「老哥，喝點酒，休息一下。」

士兵欣喜又有點遲疑。寄南倒了一杯給士兵：

「喝一點沒事的！」試探的說：「這帳子是哪個大將軍住的？好像把守的挺嚴密。」

「你們新來的啊？最近來的新兵真多！這裡是副統帥的帳子，也就是李氏皇朝的駙馬爺，你們沒事就快走開吧！」看看酒杯，嚥著口水。

靈兒說了串胡語：

「原來是副統帥的帳子，那可是軍事重地，我們快走吧！別打擾這些弟兄了！」說完靈兒正想拉著寄南走，但士兵貪杯，反而舉起酒杯喝盡。靈兒笑說：「好喝吧大哥？要是大哥們喜歡，我以後常常來給你們送酒水。」

接著三四名士兵也圍著寄南、靈兒喝著酒。

太子和皓禎趁機，拉著吟霜，悄悄的潛入帳篷內翻箱搜尋。太子低語：

「寄南說，伍震榮在這的火藥庫和糧倉儲備驚人，最致命的攻擊應該是我們立刻毀壞他們的補給，但是寄南也說得有理，那麼多的糧食應該還給百姓人民。唉！真是顧此失彼，難下決斷；難也！難也！」

「你有沒有聽到伍項麒說的話，十天之內開戰的準備，可見他們隨時都有可能出兵，鋸齒山深不可測，可能還有地道、山洞之類。你記得那戰略圖，他們預備四面進攻，那麼東邊的『駱駝山』有沒有兵力呢？我們現在當務之急，就是要趕緊找出他們的兵力分配圖，也好讓我們比照兩份圖，有應戰的準備！」皓禎低語。

兩人深感事件危急，繼續在帳內東翻西找。吟霜也幫忙翻著被褥和衣物。

帳篷外，伍項麒醉醺醺的，被一波斯女郎攙扶著往帳篷走來。守衛見伍項麒，慌亂將酒杯交還靈兒，咳咳兩聲：

「你們快走，副統帥回來了！」

靈兒故意提高聲音：

「啊？副統帥回來了！快侍候副統帥！」

靈兒又一陣胡語嘰哩呱拉，拉著寄南往帳篷後面躲避，從帳篷的窗戶偷窺篷內的太子、皓禎和不會武功的吟霜，擔憂著。帳篷內的太子、皓禎一聽靈兒的暗示聲音，兩人彼此互視不放棄，更加快速的翻找。吟霜在大花瓶裡抱出一大堆卷軸，一卷卷的翻找。

帳篷外，伍項麒已來到帳門口。他雖醉了但力圖站穩，推開美人：

「好了！妳回大將軍那兒去吧！酒和女人，都會誤事！走！」

「統帥，讓我侍候你回房我就走。」波斯美人說道。

美人說完，伍項麒醉醺醺差點要跌倒，被美人扶著回到帳篷內，坐進臥榻裡。

皓禎、太子吟霜三人千鈞一髮間，躲於屏風後方。幸好吟霜眼明手快，已把紙卷塞回花瓶。伍項麒甩頭想醒醒腦，又推美人：

「好了！妳可以走了！出去！出去！」

美人無奈退出帳篷，伍項麒搖搖晃晃起身，突然翻過地板上的一塊波斯地毯。地毯的反面，赫然貼著一張畫有山水人頭標記的兵力分配圖。伍項麒繼續搖晃喝醉的身子，拔出長劍揮舞著，用劍尖指點著地上的地圖：

「哈哈哈！李啟望！你們的氣數已盡，看我龍伍軍如何拿下你們的江山！哈哈哈！」他醉得不支倒地，幾乎立刻就睡著了。

太子和皓禎兩人相對一笑。兩人急忙去撕下地毯後的布製地圖，太子捲著地圖，皓禎趕緊把地毯鋪好。靈兒和寄南繼續在外把風。

吟霜緊張的在一邊看著，忽然，營帳後面的帘子裡，走出另外一個醉醺醺的波斯女子，看到三人，張口就叫，吟霜一急，手裡握著的那張帕子，對著波斯女子張大的嘴巴就塞了進去。波斯女子瞪大眼睛，搖搖晃晃的，接著就倒地。

「好險！」皓禎瞪著吟霜：「妳這是哪一招？」

「昏睡液！」吟霜驚怔的說：「我灑在帕子裡，一直握在手心，就怕遭遇敵人，我不會武功，這『昏睡液』可以應變！」

「怎麼後面還有小香閨？」太子驚看皓禎：「我們翻箱倒櫃也沒發現！」

吟霜看著地上的波斯女子，驚魂未定的問：

「我們把這個女子怎麼辦？」

「妳這昏睡液可以支持多久？」寄南拉著靈兒衝進帳篷問：「總不會死了吧？」

「沒有！會昏睡五個時辰！」

「夠了。」靈兒低喊，把伍項麒手裡還緊攥著的酒瓶拿過來，對著波斯女子的身子，灑了一身的酒，再把吟霜的手帕抽出來，還給吟霜。剩下的酒灌進了波斯女子的嘴裡，一邊說：「等她醒來，大概什麼都記不得，就算記得，也沒人相信她說的醉話！我們快離開這兒，不然，第三個波斯女子又跑出來了！」

太子飛快的低聲說道：

「趕快去會合魯超、鄧勇他們，交換我們的情報，然後先趕回長安見父皇！靈兒會胡語，還會口技，和寄南就留在這兒當內應！你們行嗎？」

「行行行！」寄南一疊連聲回答：「有話快說！」

「寄南！」皓禎嚴肅的說：「你們兩個一定要隨機應變，千萬不能出事，我們回去就調兵遣將，可能三天內就打過來，我會派人在那鷹嘴山頭的對面，用琉璃鏡給你們打信號，只要看到信號，你們就把他們的火藥庫炸掉！」

「這個好！」靈兒眼睛發光的說：「你們快回去！快去！快去！」

❖

太子、皓禎、吟霜等人飛騎趕回長安的將軍府。然後，太子和皓禎偕同袁柏凱，立刻進宮見皇上，在御書房裡，兩人展開從波斯地毯上撕下的地圖，和另外兩張手繪的戰略圖。皇上一看，震驚得差點從坐榻上摔下來，緊急起身細看，不敢相信的說道：

「難怪你們要朕摒退左右。這就是榮王的兵力圖和作戰圖，他們伍家在鋸齒山，真的養了十萬大軍？」

「還不止，駱駝山還有兩萬人馬！進攻時會讓人誤以為東邊才是主攻戰場，其實大軍都在西邊！就怕父皇不肯相信，所以兒臣和皓禎、寄南，跋山涉水經歷各種危險，才親眼目睹了他們浩大的軍事規模。伍震榮這是要篡位，其心可誅！」太子說。

「據臣推斷榮王已養兵數年之久，又勾結突厥波斯叛將，武力火藥實力驚人，而且十天內就要發兵攻打長安皇城，臣懇請陛下，應立即出兵剿滅叛臣賊子！」皓禎說。

「朕一再容忍，不願發生內戰，榮王居然這樣背叛朕！」皇上痛心疾首：「他是朕登基後第一個封王、第一個給予『丹書鐵券』的大臣啊！」

「伍震榮既對父皇不仁，父皇何須對他有義？他們迫害忠良，掃除父皇身邊的重要臣子，就是要架空父皇的權力！」太子激動的說：「父皇請為我朝當機立斷！寄南和靈兒現在還潛伏在敵營，準備為我們做內應！」

「什麼？寄南還在敵營裡？」皇上驚跳起來，急問：「柏凱！你能調動多少兵力？」

「回陛下！因事出緊急，左驍衛有三萬人馬。我朝距離鋸齒山最近的是白雲嶺軍營，可動用左右神威軍五萬兵力，但皓禎說榮王已有十萬大軍，我們就用八萬大軍去應戰！因為宮中的羽林軍不能動！」柏凱說道。

「為何羽林軍和不能動？」皇上問道。

「因為伍項魁是『羽林左監』，伍震榮整天出入皇宮，命令羽林軍已經是常事，羽林軍等於是伍家的軍隊！」太子說。

「非但不能動用羽林軍，一旦開戰，還要防備羽林軍造反！中央十六衛除了爹的左驍衛，都要全力保護皇宮和長安！」皓禎說：「我們用三天來調兵遣將，在最後一天夜裡，把羽林軍悄悄撤退，換上左右衛！左右衛的崔浩上將軍和陸雲上將軍忠心耿耿，可以信任！」

「所請照准！這個討賊之戰，不能打草驚蛇，必須採取突襲式的圍剿行動，最好集中在山上一舉殲滅『龍伍軍』。為了統一，朝廷軍隊都用『神威軍』名號！」皇上終於斷然下令。

「柏凱明白！絕對不能打擾到百姓，而且要速戰速決！」袁柏凱振奮說道。

「朕命袁大將軍為最高統帥，皓禎為副統帥，李遠霖大將軍去攻駱駝山，李德輝將軍帶上東宮十衛中的五衛去支援你們！劉震、張畹兩將軍，帶著十四衛專門守住皇宮和長安！崔浩和陸雲兩位上將軍，帶著左右衛立即替換羽林軍！」皇上看向太子：「啟望！朕知道你滿腔熱血、憂國憂民，這時候也該是讓你上戰場歷練了。朕准你追隨袁大將軍一起出兵，剿滅伍震榮！」

「謝父皇！」太子信心無比：「這樣安排萬無一失，兒臣立刻去調兵遣將！」

「慢著！」皇上坐下，攤開空白的詔書：「朕要立刻給你們御筆詔書，讓你們憑詔書去調兵遣將！崔浩、李遠霖……幾位忠心的將軍，立刻召喚進宮，讓朕面授機宜！」

皓禎和柏凱同聲說道：

「臣領旨！」

皇上看著太子，似乎有幾千幾萬個不放心，眼睛掃向曹安，曹安立刻會意，走進了後面的密室，然後，從密室中拿出一件銀色編織的細絲衣服來。

「這是一件鎖子甲。」皇上把鎖子甲鄭重的交給太子。「它是貼身的鎧甲，刀槍不入，宮裡只有這一件，你要上戰場，無論如何，都要貼身穿著，外面再穿普通的鎧甲，以免受傷。」

「父皇！」太子驚愕而感動的捧著那件鎖子甲，知道是件防身寶物，不敢接受。「這件是父皇防身用的，兒臣怎敢……」

「啟望！」皇上打斷了他，充滿不捨的看著他：「是你要上戰場，不是朕！如果你不穿上這個，就不許參加這次的行動！」

太子不敢不從，只得謝恩接受了，心裡，是滿滿的感動。

❖

從皇宮出來，太子等人立刻到了將軍府，魯超、鄧勇帶著衛士，把書房保護得密不透風。太子一步上前，對柏凱、皓禎說道：

「這個討賊之戰不像皇上說的那麼簡單，我們不能直接進入山裡，那鋸齒山是他們的地盤，裡面有各種機關，可能還有各種密道，我們進去會被他們甕中捉鱉！我們也不能帶輜重，因為要祕密行軍，不能被對方發現！但是，我們有『神槳騎兵隊』，專門對付他們的陌刀隊，我們的軍隊陣式操練純熟，例如『一字長蛇陣』，和『八卦陣』！我們一定要把他們的大軍，引到山外面的平原上來打！」

「一字長蛇陣和八卦陣是什麼？」吟霜好奇的問，自從她用了昏睡液那招，皓禎已經把她當成女軍師了！反正，對於吟霜，他是愛和崇拜都分不清的。

「這是擺出陣式來打！」皓禎解釋：「攻打『一字長蛇陣』的頭或尾，另一端轉過來對敵，就形成『雙龍搶珠陣』。如果中間蛇腹向前，就形成『天地人三才陣』。四角打直，每邊並開一門，即成『四象封門陣』，各角對穿，變成『五虎嘯天陣』，然後變化排列成龍虎豹鶴猴蛇六型，成『六出飛花陣』。接著騎兵之部拉成線如斗柄，步卒之部排成凹字形如斗底，就成『北斗七星陣』。斗底化凹封口成圓，再形成八角八門、八個出口，以騎兵橫亙於底部而鎖之，就是『八門金鎖陣』。再按九宮排列，每格步騎弓弩混成，九宮互相策應穿插，便是『九瑤星官陣』。最後形成十個天干序列，變成『十面埋伏陣』。」

「哦？」吟霜聽得目瞪口呆：「那麼，這個『一字長蛇陣』，就等於十個陣式，變化無窮，難以抵擋了！那麼，八卦陣呢？」

「八卦陣，」太子接口解釋：「八卦陣也可以稱為『五行陣』，按照八卦的次第列為陣式，八八可變成六十四卦，常使對方軍隊陷入迷離莫測之中。五行指木、火、土、金、水。加之五行又代表青、赤、黃、白、黑五種顏色，這五色盔甲，可以代表五種武器如：刀、槍、弓、槊、戟；也可以代表五種兵種如：步、騎、盾、矛、弩；也可以混合編組聯合使用，能夠獨立作戰，無堅不摧。」

吟霜聽得眉飛色舞，拚命點頭，柏凱皺眉說：

「只是，我們要怎樣把他們從山裡引出來呢？」

「這點我已經想到，幸好巴倫回到長安了！我準備今晚就連夜把巴倫將軍訓練好的那批精兵，送進山裡去，幹掉一些他們的人，換上他們的軍服。等到我們和寄南、靈兒的約定時辰一到，這些精兵就在山裡製造混亂，讓伍家軍變生肘腋、自亂陣腳，把他們通通嚇得跑出來！」皓禎說。

「巴倫將軍有多少精兵？最擅長的是什麼？」吟霜忽然插口問道。

「那隊精兵只有五百人，可是幾乎十八般武藝都會！最擅長短兵相接，肉搏戰也是勇不可當！」皓禎說，驚奇的看吟霜：「難道，妳還有戰略不成？」

「可不是！」吟霜興奮的說：「那天我在鋸齒山，就發現他們的一個弱點，我們可以大大利用，只怕沒人能混進去做！既然這隊精兵，可以混進敵營，我可以立刻做很多『仙人散』，這藥比『昏睡液』還有用，只要放幾顆在敵方的食物裡，半個時辰後，他們都會昏睡倒地，十個時辰才會醒來！巴倫那些精兵，全部混進伙夫營裡，不管他們是什麼兵，通通在他們的食物裡撒下『仙人散』，到時候，個個都倒了！」

皓禎瞪大眼睛看著吟霜，柏凱已擊掌說道：

「這太好了！這叫做『不戰而屈人之兵』呀，奇人奇計！吟霜也不讓鬚眉呀！巴倫將軍來得正是時候，天元通寶的兄弟還是用上了！」點頭說：「我們要半夜行軍，先堵死後山的出路，然後在前山等候他們！但是，他們可以從山頂或山谷冒出來，我那祕密訓練的『神槼騎兵隊』就有用了！那晴光甲十分笨重，所以他們作戰時，無法靈活用盾牌！脖子更是致命傷！」

「吟霜！」皓禎深思的看吟霜：「既然妳有這麼好的『昏睡液』，又有『仙人散』，為什麼妳還要用那個『氣功止痛藥』？」

「這是不同的。」吟霜說：「昏睡液和仙人散都是讓人安靜睡覺的藥，完全不能止痛，如果在用了仙人散的人身上縫傷口，會把他痛得死去活來，甚至送命。」

「哦！」袁柏凱驚奇的接口：「吟霜懂的東西，實在太多了！」

「我還需要幾個大帳篷。」吟霜說：「再給我一百個學徒和大夫，這樣的大戰，一定會有人受傷，我只能在後面幫受傷的兄弟醫治。希望那些學徒，能夠立刻到將軍府，跟我溝通一下。另外，我這兒有張藥單，最好馬上派人，把長安城裡這些藥都買全！還有藥壺、藥罐、藥爐，通通買來，再準備大批棉布針線和羊腸線。」

「好極！吟霜要的醫藥用品和大夫，我負責！為了寄南和靈兒還潛伏在山裡，我們三天後子時就出發！天亮就發動攻擊。」太子說。

「巴倫的五百人會混在敵營，為了區別免得誤傷，大家注意，巴倫的部隊，明光甲的右肩上，都有一塊紅色的寶石！迎著陽光，非常容易看到！混在十萬大軍裡，他們不會注意，不過，主要的巴倫部隊，都是伙夫兵，千萬不要誤殺了！」皓禎再提醒。

「就這樣，大家立刻去調兵遣將，大軍集合在長安城外竹寒山東麓，三日後出戰！這一戰是本朝生死之戰，一定要全力以赴！」太子說。

「全力以赴，一戰成功！」皓禎豪氣的說道。

「全力以赴，一戰成功！」眾人全部喊道，個個眼神堅定，意志堅定。

❖

轉眼間，兩天過去了，太子皓禎等人，個個忙碌。這晚，太子忙到很晚才回府。佩兒還沒睡，太子難得那麼有興致，背著佩兒，在廳中歡樂的玩笑著，奔跑著，丫頭們都微笑著旁觀。太子開心說道：

「佩兒越來越重囉，爹今晚當你的馬，讓你盡興的騎，好不好？」

「不好！我要騎真馬！爹是爹，不是馬！」佩兒笑著說。

「那麼，爹就背著你跑，好嗎？騎馬打仗，騎馬打仗，騎馬打個大勝仗！」

「爹！跑快一點！駕！再快一點！」佩兒笑得嘻嘻哈哈。

太子妃走過來攔阻：

「您這是幹嘛？把他寵得不像話了！白羽，抱他下去吧！」

白羽抱走了佩兒，太子依依不捨的看著佩兒的背影。太子妃一個眼色示意，丫頭、僕人們全部退了出去，房裡剩下太子、太子妃、青蘿、鄧勇和幾個貼心衛士。

青蘿見室內安全了，就一步上前，對著太子跪下，懇求說：

「太子，我知道您明晚就要去打一場硬仗，請您把我也帶去！我不會妨礙您，吟霜不是也去了嗎？我就跟她在一起，當她的助手！」

「不行！」太子堅定的說：「妳還是待在府裡，守著太子妃和佩兒比較要緊！」

太子妃也過來了，緊緊握著太子的手。

「臣妾知道早晚有這一天，但是，請您為了我，為了佩兒，也為了青蘿，好好的保護自己！您知道，您還不止是我們的，您還是本朝江山社稷的！」

太子也回握太子妃的手，笑著說：

「妳們幹嘛？一場小仗而已，我去去就回來！我才捨不得妳們，捨不得佩兒，捨不得父皇，捨不得天元通寶的兄弟，捨不得本朝的百姓！大家都給我笑嘻嘻的！鄧勇！拿酒來，我們為勝利喝一杯！」

鄧勇拿了酒來，太子、太子妃、青蘿、鄧勇和幾個貼身勇士，全部碰杯，眾人豪爽而笑，一飲而盡。

❖

這晚，皓禎和吟霜也忙到很晚，皓禎忙著去撤換羽林軍，柏凱親自去調動神威軍，吟霜連天收集藥材，做了許多「仙人散」，交給了巴倫軍隊的斥候小隊。她又買了棉布，帶著香綺、常媽剪布條，忙著製造無數「急救藥囊」。到了深夜，兩人才聚在一起，站在梅花樹下，吟霜依偎在皓禎懷裡，說：

「這次不是像以前的行動，而是十萬大軍對付八萬大軍的戰爭，我想起來就很害怕，請你不要太拚命，好不好？」

「妳別害怕。這場戰爭是提前發動，我們打他一個措手不及，勝算很大！說不定一戰就定勝敗！這伍震榮父子，我早就要讓他們為妳爹，為靈兒的爹，為許許多多本朝的老百姓和忠臣，讓他們償命！我現在都興奮得不想睡呢！」

「我們是在為民除害，是不是？」

「是！我一直在想，他們要那麼多火藥幹什麼？」

「鋸齒山離開長安這麼近，他們會不會挖一條地道，直通皇宮，到時候，把火藥全部運送到皇宮下面，點火一炸，令整個皇宮都灰飛湮滅！」吟霜猜測的說。

皓禎驚心動魄的把吟霜一攬：

「妳實在聰明，分析得很對！就算不是皇宮，只要通到長安，造成的傷害都無法彌補！所以炸掉火藥庫是首要目標，就看寄南和靈兒了！這場仗太重要，只能成功，不能失敗！」

「反正我跟著你一起去，我們就去打一場漂漂亮亮的仗吧！」

皓禎握著她的手，心悅誠服的說：

「是！執子之手、與子同袍，皓禎遵命！」

❖

這晚的寄南、靈兒還混在眾多龍伍軍的軍人中，在夜色裡偷偷摸摸到了火藥庫前。寄南對靈兒低語：

「引線我都弄好了，現在就等皓禎他們的信號，到時候就炸飛他們！只是火藥庫有三個，我們兩個人不夠，只好妳負責這個，我負責一個，第三個要晚一步！」

「好！我到屋頂去躲著，你也小心！火藥爆炸前，一定要先逃！千萬不要沒炸到敵人，先炸到了自己！」

「笨！從來就不會說點吉利話！」寄南想敲她的頭。

就在這時，有三個龍伍軍走向寄南和靈兒。寄南反應迅速的一拳打過去，刀子握在手上，劈向另一人。豈知對方功夫了得，一閃而過，迅速的過了幾招。靈兒用流星錘，擊向其中一人，竟然被對方一把握住了手腕。寄南低吼：

「敢碰靈兒，我要你的命！」

「天元通寶！」對方忽然說道。

雙方立即收兵，寄南、靈兒驚喜的看著來人。假龍伍軍低聲說道：

「見過賽王爺和靈兒姑娘！我們是巴倫將軍手下，已經混進來五百人，大部分在各個伙夫隊伍裡，因為吟霜夫人有妙計，要給他們的食物下藥，讓他們當『仙人』，可以睡上十個時辰！我們是奉大將軍命令，來找你們的！」

「太好了！」靈兒大喜：「這一下，三個火藥庫可以同時爆炸了！趕快，我帶你們去火藥庫，到時候，只要看到皓禎的光點暗號，一起引爆！」

「還有……」寄南指示：「魯超和鄧勇說，他們的戰馬，分散在六個馬廄裡。馬匹眾多，你們分一些人，先去偷一些火藥，等到火藥庫爆炸時，用火球陣丟進馬廄，嚇跑那些戰馬，讓他們的騎兵沒馬可用！」

「領命！」天元通寶兄弟亢奮的答道。

寄南就低低告訴他們馬廄的位置。

長安城裡的太子、皓禎等人，這晚各自帶了不同的武器，為了統一起見，所有皇家軍隊一概用神威軍旗幟，穿鐵灰和紅色鎧甲，頭盔上豎著紅色盔纓，拿著各式盾牌。只有「八卦陣」穿著不同色系的盔甲。

三天後，漢陽獲得消息：伍震榮、伍項麒、伍項魁全部不在長安，大家心裡有數。所有的調兵遣將，也都在這三天內完成。

三天已過，子夜時分，大隊人馬就踏著夜色，浩浩蕩蕩出發。

92

袁柏凱、太子、皓禎、寄南等人身穿威伍的鎧甲戰袍，舉著「神威軍」軍旗，率領著八萬神威軍來到鋸齒山。雖然是連夜行軍，個個精神抖擻，即使有鎧甲有武器，卻靜默無聲，士卒一律銜枚，戰馬都罩著口罩，一路行來，連一聲馬嘶都沒有，軍威壯大而齊整。吟霜穿著布衣軍裝，沒穿鎧甲，免得治療工作不便，跟在太子、皓禎身後一起騎馬前進。到了山腳下，天還沒亮，整個鋸齒山靜悄悄，居然沒有發現大軍已經壓境。袁柏凱在那長弧形的沿山地帶，輕聲指揮「神槊騎兵隊」作戰布陣方式，然後帶著「一字長蛇陣」，布署在前山山口外的草原上，並把隊伍分散，讓太子、皓禎去守住後山出口。

太子、皓禎、吟霜在一個山坳處和魯超、鄧勇會合。魯超興奮的報告：

「竇王爺傳出好消息，巴倫將軍的五百精兵，已經成功的混進了伍家軍裡！三個火藥庫也埋好了引線，現在就等我方的信號！」

「太好了！」太子興奮：「趕快去幫吟霜紮起醫療帳篷，大戰馬上會開始，有傷兵立刻帶去她那兒！」

「你們安心的去打仗，我會在後方出力，我去醫療營了！」吟霜跟著魯超，奔向醫療帳篷紮營處。

「妳也不要太累，那種『止痛藥』少用！」皓禎在她身後叮囑。

「是！吟霜遵命！」吟霜在日出的曙色中跑走了。

「我們軍隊都布署好了，山下前後出口也都堵死，事不宜遲，快給寄南、靈兒打暗號，我們立刻進攻！」皓禎命令道。

鄧勇帶著一小隊人馬，跑到制高點，拿出琉璃鏡對著日出的光芒反射。光點折向伍震榮軍營裡。

此時的靈兒和寄南，正趴在火藥庫旁邊的一個屋頂上，庫房門口的士兵完全沒有查覺屋頂異狀。靈兒抬頭一望，終於等到對面發出了光點。靈兒欣喜低語：

「皓禎和太子來了！寄南！我們趕緊點燃引線！」

寄南身手矯捷的從屋頂悄無聲息鑽入火藥庫，然後點燃一個早已備好的長線引信。回到隔壁屋頂，拉著靈兒就跳落地，閃電般幹掉了兩個守衛，飛跑著離開火藥庫。寄南邊跑邊回頭看，笑著說：

「現在要過大年！放大砲了！」

❖

在伍項麒的軍營裡，項麒對伍震榮急急說道：

「剛剛接到飛鴿傳書，說是長安城裡突然大調兵，連皇宮裡的羽林軍都換成了左右衛，城外的守城兵突然增加，好像連東宮太子的十衛都出動了！」

伍震榮大驚，驀然跳起身子：

「為什麼會這樣？難道他們有了我們鋸齒山的風聲？我就知道上次到鋸齒山來探路的那些人不安好心！那些胡人還說只是打獵的人！」

「爹！你趕快去長安城裡，先穩住皇宮的情形再說！」項魁急急的說。

「對！爹，你先回皇宮，把盧皇后的盧全、盧準和他們的軍隊，火速調回長安應變！」

伍項麒接口：「我們的『龍伍軍』恐怕要立刻集合……」

伍項麒還來不及說完，忽然一陣轟然巨響，天搖地動，接著，另外兩個火藥庫也接著爆炸，震得帳篷頃刻崩塌。項魁驚聲尖叫，從塌陷的帳篷中逃出，喊道：

「逃命呀！火藥庫爆炸了！」

伍震榮武功高強，一躍而起，跳出了崩塌的帳篷，一把拉住項魁怒罵：

「這個沒出息又怕死的東西！項麒！我們趕快整頓人馬，準備迎戰！這明明就是太子幫聯合了那窩囊皇帝來直搗我們的大本營！我們有十萬訓練有素的人馬，還怕他那些養尊處優的烏合之眾嗎？可恨我那地道只要再兩天就可完成，他們居然搶先一步，炸掉了我的火藥庫！」

伍震榮就帶著項麒、項魁衝到營地。只看到一片混亂，眾多龍伍軍奔跑呼叫著：

「快逃命呀！三個火藥庫同時爆炸，這座山馬上要崩塌了！」一個假龍伍軍喊著。

「我家還有老父老母，死在這個鋸齒山裡太不值得！逃命呀！」另一個假龍伍軍呼應著。

許多龍伍軍趕緊從前山、後山、岩縫、山谷的各種出口逃命！只見山頭冒出熊熊火焰，無數巨石，被炸得飛落滾下，壓死不少龍伍軍。同時，又一陣砰砰砰的連續響聲，火球從空中掠過，只聽到戰馬長嘶，馬兒受驚、四面狂奔出柵，馬蹄下踐踏了不少龍伍軍。各隊所屬兵勇們呼喊著，奔跑著，亡命的奔向山前、山後的出山口，有的往山上跑去，驚動了毒蛇陣，又被毒蛇咬得哀嚎倒地。眼前一片混亂，呼叫聲此起彼落：

「哎喲！哎喲！炸死人了！山崩了！大家逃命呀……」

伍震榮大聲一吼：

「都給我站住！鎧甲穿上！武器帶上，我們要出征了！」

龍伍軍依舊混亂著，七嘴八舌的喊：

「這山都保不住了，還要打仗嗎？還是逃命要緊！不打了！不打了！」

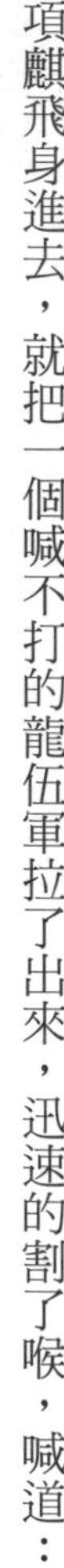

項麒飛身進去，就把一個喊不打的龍伍軍拉了出來，迅速的割了喉，喊道：

「還有誰說不打？站出來！」

眾龍伍軍立刻啞口無言，震懾的站住不敢再跑。

伍震榮聲色俱厲的吼著：

「穿上鎧甲，帶著陌刀，舉著我們的龍伍軍旗！衝出去殺他們一個片甲不留！」

伍震榮話沒說完，只見一排龍伍軍，忽然東一個西一個的倒地。伍震榮大驚問：

「還沒作戰就先裝死？把倒地的都給斃了！」

伍項麒上前察看，驚愕的說：

「他們都睡著了！」

「睡著了？」伍震榮暴跳如雷：「這個時候睡著了？一定連夜荒唐，殺殺殺，睡著的都給我殺掉，看他們還敢睡著嗎……」

伍震榮話沒說完，又有兩個龍伍軍，倒地睡著了。

同時，山外，戰鼓雷鳴，然後響起如雷貫耳的齊聲大吼：

「伍震榮，是條蟲！伍項麒，是隻蛹！伍項魁，是狗熊！落伍軍！落伍軍！伍家有支落伍軍，趕快出來見閻王！」

伍震榮大怒，喊道：

「居然把本王的『龍伍軍』喊成『落伍軍』，還給本王亂編綽號！」對龍伍軍大喊：「組成『繁星陣』，殺出去！」

龍伍軍就忙忙亂亂的組成「繁星陣」。這「繁星陣」是伍震榮精心設計的陣法，本來應該聚集在一起，見了敵軍，就四散如繁星，見一個，殺一個，每個軍人都有削鐵如泥的匕首。是短兵相接、近戰肉搏最好的陣式。進可攻，退可守。可是，這支倉卒成軍的「繁星陣」還在穿鎧甲，拿武器，顯得十分狼狽，最奇怪的是，還有的軍人，莫名其妙就倒地了。伍震榮也顧不得軍威不振，帶著「繁星陣」就衝出山口。到了外面一看，袁柏凱的「一字長蛇陣」拿著盾牌，舞著長槍，宛若一條巨龍，幾乎包圍了整個山口，金戈耀日、肅靜無譁，軍威壯盛、氣勢如虹。不禁大驚，袁柏凱一見龍伍軍衝出，就大喊著說：

「一字長蛇陣，轉成『風捲殘雲陣』！」

頓時間，神威軍穿插變換成無數股像颶風般的小隊，對著狼狽的龍伍軍捲了過來。

❖

太子和皓禎守在後山出口。皓禎大聲的吩咐：

「大家不要急，我們以逸待勞，他們的火藥庫炸了，一定會從這山口出來，只要見到龍伍軍，大家就給我殺！但是，要注意右肩上的紅色光點，那是自己人，不要殺錯人！重要！重要！」

一隊龍伍軍聲勢浩大的喊著「殺」，拿著陌刀衝了出來。太子身先士卒，勇猛無比，喊道：「衝啊！殺啊！把那些旗子給我砍斷！」

兩軍交鋒，戰旗烈烈、戰鼓咚咚；人嘯馬嘶，刀光劍影、殺聲震天，血濺大地；殺得日月無光。神威軍砍殺無數龍伍軍，皓禎喊道：

「太子！我們把他們引到草原上，這兒施展不開！」

「我正有此意！」太子嚷道。

皓禎和太子就帶隊返身奔逃。龍伍軍以為得勝，追殺過來。

伍項麒和伍項魁已穿上明光鎧甲，手拿陌刀騎在馬上，帶領著龍伍軍與太子、皓禎等大軍團對峙。皓禎大喊：「伍項麒！你伍家作惡多端，養兵謀反，辜負皇上恩典，你們謀逆大罪已定，快快棄械投降，回朝領罪！」

太子接口怒斥：

「虧你還是父皇欽點的駙馬爺，竟然如此大逆不道，你讓樂蓉公主如何面對父皇？」

伍項麒輕蔑的笑道：

「哈哈哈！樂蓉只不過是區區婦道人家，如何比得上天下至尊的皇位。李氏王朝民不聊生，也該是我伍家重振聲威的時候了！」

「不用再跟逆賊廢話了！把他們全部殲滅就是！」皓禎大喊：「殺啊！」

兩軍繼續交戰，神威軍志在必得、戰志高昂，個個如出柙猛虎。龍伍軍是背水一戰，困獸猶鬥、身無退路。雙方一番惡戰，數度拉鋸，戰得天昏地暗，難分難解，互有傷亡。皓禎的醫療軍，迅速把受傷的神威軍，護送到後方的醫療帳篷裡去。吟霜在帳篷裡，帶著醫務兵，忙不迭的為受傷的兄弟治傷。戰場上，太子舉著昆吾劍，認清目標，直攻伍項魁的陌刀，兩人開打廝殺，伍項魁打得捉襟見肘。太子邊打邊罵：

「就憑你這草包還想奪天下，還不就擒！」

「鹿死誰手還不知道呢！」伍項魁艱難的應付。伍項魁眼看打不過，騎馬回頭就跑。皓禎喊著：「太子！伍項魁的人頭，要留給靈兒來砍！」

「知道了！但是靈兒在哪兒？」太子大聲回應。

只聽到一聲大喝，靈兒和寄南穿著一身神威軍的鎧甲出現。靈兒嚷道：

「太子！皓禎！我們趕到了！」

「總不能穿著叛軍的軍服來打仗吧？」寄南說：「為了這身鎧甲，耽誤了半天！怎麼？要砍伍項魁的頭了？那怎麼能少掉我和靈兒！」

伍項魁一聽，頓感不妙，自知昔日造孽太多，也許斃命就在今朝，慌急間，立刻策馬回頭，亡命奔逃。靈兒和寄南緊跟著追殺過去。無數龍伍軍攔截過來，皓禎和太子很有默契的殺出重圍。於是，太子等人的目標對準了伍項魁。伍項魁帶著大隊的龍伍軍向前奔跑，寄南、靈兒帶著大隊的神威軍追捕。

忽然，地下出現一個大洞，寄南、靈兒和若干神威軍都摔落下去。陷阱地上全部插著尖銳竹籤。寄南在緊急時，以長劍點地，將靈兒一抱，躍出陷阱。伍項魁大笑：

「跟著我跑，我就把你們全部活埋！看看你們的兄弟，都死在陷阱裡了！你們以為這平原上，我們就沒有布署嗎？」

「你這個奸詐小人！有種就站住別動！」靈兒大罵。

「幹嘛？妳還想投懷送抱不成？」

「閉口！」寄南手裡拿了一根竹籤，對著項魁擲去。

竹籤正中項魁的大腿。項魁大驚，拔出竹籤。

「敢暗算你老子，我殺了你！」項魁就對寄南衝來，兩人大戰。

寄南三下兩下便打得項魁無招架之力，對龍伍軍喊道：

「龍伍軍！把這兩個不男不女的傢伙給本將軍殺了！」

龍伍軍上前，神威軍也上前，雙方捉對廝殺、混戰成一團。

忽然，項魁被後面的人一拉，扭住了手，一把利刃抵住了他的喉嚨，將他拉下馬來。原來皓禎和太子已經包抄過來，擒住項魁的正是皓禎。皓禎說道：「冤有頭債有主，伍項魁，多次放了你，只為今天殺了你！」就大喊道：「靈兒！還不動手！」

靈兒拿了官兵的一把長劍，對著項魁肚子一劍刺去。項魁中劍，大驚喊道：

「裘靈兒女俠，饒命！饒命！看在妳是大夫人份上，饒命呀！」

寄南手執玄冥劍，也一劍刺向項魁胸前，怒罵：

「貪生怕死的無賴，死到臨頭，還要侮辱靈兒，這劍我為我岳父裘彪而刺！」

皓禎放下項魁的身子，項魁倒地，皓禎乾坤雙劍同時刺下去，恨恨說道：

「死刑對你太便宜！殺白勝齡，囚禁靈兒，侮辱吟霜……這兩劍我為吟霜而刺！」

太子執崑吾劍在手，補上最後一劍，喊道：「這劍，我為祝之同全家十口，小白菜、大理寺中死難的兄弟，無數被你濫殺的百姓而刺！」

項魁在眾人聯合刺殺下，終於斃命。

靈兒仰頭向天，大喊：「爹！第一個『血債血還』做到了！我們再去抓第二個！」

皓禎翻身上馬，帶著神威軍策馬向前跑，一面回頭吩咐道：

「魯超！快把陷阱中受傷的兄弟，先送到吟霜那兒去！」

❖

鋸齒山下，打得驚天動地，皇宮中也開始草木皆兵。樂蓉公主行色匆匆進宮，直奔皇后寢宮，在宮女通報聲中衝進門，走向皇后，急喊：

「母后！母后！怎麼皇宮裡面……」看看莫尚宮，欲言又止。

「莫尚宮是我們自己人，但說無妨！」皇后說：「什麼事如此慌張？」

樂蓉著急的說道：「連夜之間，羽林軍都換人了！長安城裡也在調動軍隊！這是怎麼回事？妳有沒有聽到榮王說起？項麒對我一個字都沒說！現在，伍家人全部不在長安，聽說父皇的神威軍已經和榮王打起來了！」

「榮王也沒跟我提起！」皇后大驚：「難道榮王起兵了！所以妳父皇趕緊應戰？」

「情況不妙！榮王爹爹行動沒有那麼快！父皇反應也不會這麼快！到底是什麼原因突然調動軍隊？我覺得太奇怪了！」樂蓉不安的說道。

「打起來也好！這場仗總歸要打的！」皇后深思的說。

「母后，妳必須要有個心理準備！也許妳馬上就要登上皇位了！」樂蓉說。

「莫尚宮！」皇后疑惑的說：「出去打聽打聽！尤其那東宮太子，現在在做什麼？再打聽打聽，現在進駐皇宮的，是誰的人馬？還有，榮王本人，現在在哪兒？」

「是！奴婢這就去打聽！」莫尚宮匆匆下去。

樂蓉面色嚴肅起來，「母后！在這種渾沌不明的情況下，不管情形是怎樣，接下來我們都要演戲，什麼都裝作不知道，萬一追究起謀逆罪，我們得咬定那是伍家的事，跟我們母女一點關係都沒有！直等到母后坐穩那龍椅為止！」

93

鋸齒山下，對立的兩軍，陣式已亂，變成兩軍混戰。伍項麒正在和柏凱手下的將領作戰，雙方還有眾多人馬在後搖旗吶喊。袁柏凱勇猛無比，手執一桿長槊、策馬橫槊，殺入敵方陣營猛追伍震榮，槊尖到處，血光點點，刺死了眾多敵軍。此時，寄南、靈兒、太子、鄧勇拖著項魁的屍體趕到，把屍體丟到項麒面前。

「伍項麒！」太子大喊：「趕快投降吧！不要像這個伍家人一樣，變成一具屍體！投降了，或者你還有活路！」

項麒一看屍體，怒發如狂，喊道：

「李啟望！我要殺了你給項魁報仇！」

項麒就向太子殺去，太子勇猛無比，沉著應戰。同時，靈兒和寄南也默契的兩人一組，策馬和敵人周旋，殺得難分難解。皓禎向對方喊話：

「伍家軍聽著，伍項魁已經伏法，你們跟著伍震榮叛變，個個都是死罪！本帥體諒你們或有苦衷，只要棄械投降，饒你們不死！否則，人人都會像伍項魁一樣！」大喊：「有沒有人要投降？」

對方見項魁屍體，軍心動搖，有的不再搖旗吶喊，大家交頭接耳。

就在這時，只見伍震榮擺脫了柏凱，帶著軍隊，快馬奔來，大笑道：

「哈哈！我那小兒伍項魁只是一個草包，死了少掉我多少麻煩！」就很有氣勢，大聲喊道：「龍伍軍！拿出我們的真本領來！打給他們看！記住你們都有家人在我手裡！誰敢投降，全家死絕！打呀！殺呀！」

伍震榮這樣一喊，龍伍軍大震，全部拿著陌刀武器，如中蠱般嘶喊著，對著神威軍直衝而來。

太子一見伍震榮，指著伍震榮大罵：

「伍震榮，你豺狼成性、殘害忠良，還包藏禍心，窺竊神器。人神之所同棄，天地之所不容！今面臨我堂堂正正、討賊之師，還不快快下馬就縛！」

柏凱已經帶著大軍追到，跟著大罵：

「伍震榮，你這個老賊、大奸大惡、罪不容誅！你世受皇恩，竟然敢謀逆反叛、陰謀竊國！今天，就是你授首之日！」說完，帶著神威軍奮勇迎戰。雙方兵戎相接處，一片刀光劍影，血濺沙場。

一陣馬蹄聲傳來，皓禎和太子一回頭，只見斗笠大隊飛馳而至。

「天助我也！木鳶趕到！」皓禎就對斗笠怪客說道：「擒賊擒王！」

斗笠怪客就大聲喊道：

「天元通寶！捉住那個伍震榮！」

只見五百多個假冒的龍伍軍銳不可當，齊齊衝向伍震榮。同時，斗笠大隊、皓禎、太子、寄南、靈兒全部出動，撲向伍震榮。伍震榮大駭，拿著刀不由分說，砍死了很多真的龍伍軍，大罵：

「龍伍軍，你們反了！居然叛變！」

眼見斗笠大隊出現，更驚的恐懼襲上心頭，大喊：

「你們這些農民妖怪隊伍，不許接近本王！」

伍震榮就持刀，一陣亂砍，抓到一個空檔，飛騎逃走，邊跑邊喊：

「保護本王的龍伍軍，打勝了封王、封地，全家團圓！務必把那些戴斗笠的人打死！打死一個給百兩黃金！」

於是，又一群真的龍伍軍，跟著伍震榮跑，一邊和皓禎、寄南等人大打，更有一群龍伍軍，纏著斗笠大隊打，眾人便又追又打的向前奔去。太子喊道：

「我們追！務必要除掉這個大奸大惡的伍震榮！」

皓禎回頭喊：

「爹！你最好活捉那個伍項麒，我去追殺那個伍震榮！」

「伍項麒交給我，皓禎儘管去殺掉那伍家老賊！」袁柏凱中氣十足的喊道。

伍震榮一見大勢不妙，心想，只有打出最後一張王牌了。於是策馬回身大喊：「出動陌刀隊！」

身後的龍伍軍將領，聞令後立刻揮動令旗。龍伍軍讓開正面，伍震榮處心積慮、策畫多年、手中的王牌，精銳中的精銳——陌刀隊——如虎出柙的出動了！

這陌刀隊之所以厲害，是因為持陌刀的精兵，均能開兩石強弓，膂力自是驚人。身著明光甲，可禦飛矢；所持陌刀，是精鐵打造，刀身長四尺，比起一般刀矛制式兵器，長出一尺，如此可以制敵先機。刀背厚重，便於劈砍；刀刃於鍛造時加錫，質硬而剛、鋒利非凡。全刀長九尺，刀柄五尺，便於雙手持握。一刀在手，上下翻飛、耀如閃電、動若游龍，凡所近之物，人馬俱碎！

這陌刀隊排成陣式隊形，每排五十人，「如牆而進」，每十人間，留有通道缺口，以化減遇敵時的衝擊力。一個陌刀兵若倒下，其後的陌刀兵立刻向前遞補，所以能維持其陣式的完整。陌刀陣緩緩前進，凡是碰上陌刀的，刀飛矛斷、身首異處。和陌刀隊所遭遇的神威軍，處處揚起片片血霧，神威軍大片大片的倒下！

伍震榮見此情勢，仰天狂笑道：

「哈哈，這是老夫壓箱底的寶貝！且讓你們見識一下這陌刀的厲害！」

正在聚精會神觀戰的皓禎，立刻發現了這一點。他立馬向太子遙指陌刀陣，急說道：「太子，陌刀太犀利了！神威軍的刀矛，跟本搆不著陌刀兵。請太子下令，立即出動神槊騎兵，以壓制陌刀！」

太子面色凝重，立刻右臂高舉，驀地往下一劃，大喊：

「神威軍退，出動神槊騎兵！」剛喊完，身後十數面鑼，立刻大響，但見那神威軍各部，立刻旋踵，後衛變為前隊，迅速的讓出正面，井然有序的撤了下去。

陌刀隊突然間失去了敵人，有點茫然，但仍繼續前進。龍伍軍緊跟在後，一派耀武揚威的態勢！

突然間，但覺腳下之地隱隱震動，連那腳邊塵土，也被震得飛揚起來！只見龍伍軍的士兵，驚慌失措的指著兩側，大喊：「騎兵！騎兵！」

伍震榮定睛一看，兩旁山坡上，居高臨下，不知何時已布滿了神槊騎兵。

伍震榮再度仰天大笑：

「來得好！我這陌刀隊，就是用來專門侍侯騎兵的。」接著右手一揮，喊道：「變陣！」

喊罷，身後的戰鼓，隨即咚咚響起。

但見那陌刀隊，聞得鼓聲，隨即一分為二，面對兩側左右之騎兵。同時從龍伍軍中，快速跑出兩隊長矛兵，列於陌刀陣之前，單膝跪地、長矛斜舉。這是為了要驚嚇騎兵的馬，以減緩騎兵的衝擊力。

神槊騎兵這邊的將領見了，沉著的一揮手，說道：「列弩陣！」緊接著，鼓聲咚咚、令旗飛舞，但見上百輛弩車，從騎兵隊中衝出，各自在每邊的陌刀陣隊前，迅速排成二列橫隊，開始架設弩機弩箭。

這第一列橫隊，架設的弩機名為「朱雀蹶張弩」，每兩人操作一弩，每張弩弓有二十石的強度，可射二百步遠；使用雙鋑三尺追風箭。第二列橫隊的弩機名為「鳳凰蹶張弩」，每四人操作一弩，兩人張弓、一人上箭、一人描準發射。每張弩弓有四十石的強度，可射四百步遠。使用三鋑四尺穿雲破甲箭，可在三百步內貫穿五層熟牛皮。每架弩機一次可射三箭，中間一枝為響箭，在飛行時會發出破空之聲，以喪敵膽。

這兩列弩機交錯配置排列，以求發揮最大克敵效果。不到一盞茶的時間，架設上箭完成，隨即放箭。

但見寒光點點、箭雨蔽空、箭去如風，箭落處，開出一朵朵的血花！那長矛兵被射得七零八落，早已潰不成軍、一片哀號；就連陌刀兵，也被射倒了不少。

陌刀兵尚在驚惶失措之時，第二波箭雨又至。陌刀陣內，開出了更多的紅花！

弩陣連射五波箭雨，迅速退下。

神槊騎兵這邊的將領，這時長槊平舉，大喊：「殺！」，身後的令旗兵，都是全軍千萬人中選出，膂力特強；手持兩丈高的令旗，穩固端坐馬上，緊隨主帥之後，衝向陌刀陣。對面的神槊騎兵，跟隨著令旗而行動，同時對陌刀陣發起衝鋒。

山風獵獵，令旗飄飄，金戈鐵馬風瀟瀟。

但見那神槊騎兵的陣形，初看如大海一線，再看如波濤洶湧，馬鳴聲如穿雲裂帛，馬蹄聲令地動山搖，那股衝擊力和震撼力令陌刀兵們大驚失色、心中發虛！

神槊騎兵的布陣，排成數十個功擊波，每波之間，相隔五十馬步，每波之內列陣三排，每排的寬度，可依敵方的陣式調整。排與排之間，相距十馬步，兩個呼吸的時間。

人嘯馬嘶，煙塵滾滾，金戈耀日，氣撼山河。

轉瞬間，第一波神槊騎兵已然衝到陌刀陣前。

這第一波的神槊騎兵，都是百裡挑一、身經百戰的用槊高手；接敵時，槊尖平舉，直指敵人咽喉、雙眼死盯著敵人的雙眼，那股殺氣，足以令敵人膽寒！

眼見槊尖直指自己的咽喉要害，陌刀兵本能的用陌刀將槊尖擋開，同時刀鋒順勢搭上槊桿，欲將其削斷。

不對！槊桿包鐵，削它不斷。不公平！陌刀兵的心裡，閃過一絲寒意。

原來，這又是袁柏凱的心思！他知道陌刀鋒長四尺，所以他下令，所有神槊槊桿，皆包鐵四尺，加上槊尖二尺，一共六尺，來和陌刀纏鬥，可立於不敗之地。

陌刀兵到現在才明白其中的奧妙，但是已晚了。

槊桿削它不斷，神槊騎兵槊尖被擋開，順勢下壓槊尖，直刺陌刀兵右胸。只聽得噗的一聲，槊尖穿胸而過，冒出一朵血花。槊桿遇到阻力而彎曲，隨即彈直，神槊騎兵順勢一揮長槊，將屍體掃離槊尖。

接著，神槊騎兵將槊尖對準下一個目標的咽喉。

那被第一排神槊騎兵衝擊的漏網之魚，還沒能喘息過來，第二排的神槊騎兵，已然殺到眼前。但見槊尖一現、寒光閃閃，所到之處，血花迸出！只約兩盞茶的工夫，陌刀陣的縱深，已然去掉一半。

伍震榮看得傻了！這陌刀隊，是他籌畫了多少年、灌注了多少心血、搜括了多少的不義之財，才練成的一支勁旅，自以為海內無敵，沒想到這麼的不經打！他多年蓄積、毀於一旦，夫復何言?!

這時，更奇怪的事情發生了！

只見那些剩餘的陌刀兵，突然間一個個的倒下。

「吟霜的『仙人散』！哈哈，是吟霜的迷藥發作啦！」皓禎興奮的揮臂大喊。「好吟霜！好靈兒！好寄南！你們做得好，神威軍威武！」

伍震榮的看家之寶、壓箱底的精銳陌刀隊，就此全軍覆沒。

至此，大勢已去！伍震榮長嘆一聲：「罷了！」於是策馬而逃。

此情此景，儼然一首壯烈的詩：

「風獵獵，
旗飄飄，
神槊閃閃戰陌刀，
邪不勝正膽氣豪。
刀霍霍，
馬嘯嘯，
犁庭掃穴王師至，
金戈所指敵自消。
昆吾劍，
金錢鏢，

社稷江山堅如故，

梅花英雄威力高。」

皓禎看到伍震榮逃走，中氣十足的大喊：

「老賊，哪裡走？」帶著親衛，緊追在後。靈兒、寄南、漢陽，也跟著追了過來。

大家追著伍震榮，一路追殺到有岩石處。伍震榮功力全開，奮勇殺敵，但是敵人中有斗笠大隊假冒的龍伍軍，有真有假分不清，又殺死了幾個自己人。身居斗笠大隊裡的漢陽，武功超群，一個飛躍，手起刀落處，刀尖順勢下抽，在伍震榮左手臂上劃了一刀，立刻見血。太子精神大振：

「還是首領厲害！伍震榮！看我的！」

太子飛身上去，不料和也飛身上去的靈兒相撞，兩人都跌下馬來。

「風火球！妳不能慢一點嗎？」太子喊。

「抓伍震榮，一點也不能慢！」靈兒喊。

兩人再度上馬，只見伍震榮陷進斗笠大隊中苦戰，手上、身上都已負傷。

「快！我們去幫木鳶！」寄南喊。

「天元通寶！通通上，拿出本領來！」皓禎大喊。

一群天元通寶的龍伍軍，幫著漢陽，攻了上來。一群真的龍伍軍，不知從哪兒冒了出來，個個身手矯健，拚命纏打斗笠大隊。寄南大怒：

「這個該死的伍震榮，故意把我們引到這兒來，原來這兒有埋伏！」

伍震榮轉身，在冒出的龍伍軍大將保護下，策馬而逃。

太子、皓禎、漢陽、寄南、靈兒等人，各自率領本部兵馬，緊追於後。忽聞戰鼓震天價響、頓時從山腰中，橫裡殺出一支人馬，擋住去路。

太子等人勒住馬韁，定眼細看這支人馬，不禁一驚。

這支人馬，士氣雄霸、兵強馬壯、肅靜無譁，一看就知道是支訓練有素的部隊！

原來，這是伍震榮的另外一支奇兵，布置在此多時，專為替伍震榮斷後路之用。

皓禎不禁怒罵：

「詭計多端的老匹夫，竟然還有這招！你以為這樣就能逃之夭夭嗎？做你的春秋大夢！」

伍震榮此時回馬收韁，大笑道：

「哈哈哈，兵者詭道也！這支部隊，是本王研六韜三略之精華、窮鬼谷黃石之奧妙；上應天象、下參兵機，所設的一個陣式，此陣高深莫測、變化無窮，進得來出不去，你們可要小心了。」說罷下令：「布陣！」

但見令旗翻飛、鼓聲震耳、人走天干、馬踏地支，按五行八卦方位，傾刻間，這支兵馬，井然有序，布成了一個陣式。

伍震榮在馬上得意的放聲大笑：

「小輩們，可認得此陣？陣名為何？本王倒要考考你們！」

只見漢陽催馬獨自向前數步，揚聲應道：

「這有何難?!此陣有柄有杓，陣名《北斗》，是也不是？」

這「北斗陣」，又名「北斗七星陣」，是上參北斗天象，馬步聯軍相輔而成，需七成步卒、三成騎兵來布陣。斗杓部分是步兵，呈凹字形，前方開口，誘敵兵入陣。斗柄部分是騎兵，外圍策應、入凹字陣內衝殺，靈活非凡。

伍震榮心中一驚，但仍狂笑道：

「既然識得此陣的厲害，你們可敢來破陣嗎？」

太子、皓禎、漢陽、寄南等人，看這北斗陣，斗杓部分，縱橫各約千步，陣分五層，疏密相間，中有盾牌兵、步弓手、短矛槍兵、刀槍劍戟、無一不備；軍容壯盛、陣勢排列奧妙，別有一股肅殺之氣！漢陽皓禎相對一看，都感到背脊發涼，知道此陣凶險至極。

「有何不敢？且看本太子率軍親自破陣！」只聽到太子大聲應道。

皓禎大急，說道：

「太子，這萬萬不可！你身分不同、是全軍之魂、重中之重，怎能輕易親自衝鋒陷陣呢！

如果萬一有什麼閃失，叫我等如何自處？如何向皇上交代？」

「皓禎，別攔我。從來這天下，是要靠自己來打的！父皇要傳給我的江山，被這伍賊給弄得烏煙障氣、污穢不堪。我當親手勦滅此賊，以安父皇之心！這是國事，也是家事。這陣，必須我親自來破；上慰父皇之念、下拯黎民百姓之苦！現在大功即將告成，逆賊已窮途末路、即將授首。請你們幫助我，破此陣、滅此賊！好兄弟們，來吧！讓我們一起破陣，以擒元凶！」太子說罷，摧動跨下的颯露紫坐騎，手執昆吾劍，一馬當先，直衝北斗陣而去。

這番話，說得情理兼顧、大義凜然！皓禎、漢陽、寄南大驚；別無他法，也攔不住太子，緊隨著太子之後，衝陣而去！

靈兒也是一驚，緊隨寄南之後，策馬入陣。

皓禎乾坤雙劍出手，高呼：

「全軍壓上，保護太子，隨太了一起破陣！」

戰場上最高貴的品德，就是勇敢！太子已經用行動證明，他是一個夠資格的皇朝繼承人！神威軍的這批人馬，被太子的身先士卒所深深感動，個個胸中熱血沸騰、奮不顧身。

但見神威軍的步卒、騎兵，如狂風暴雨般，直衝北斗陣而去！

太子手中的昆吾劍，化成無數道白虹，左劈右掃、前砍後刺，勇不可擋，如入無人之境。白虹所到之處，揚起片片血霧。

皓禎和寄南緊緊跟隨在太子馬後，護定太子的左右兩側。皓禎手中的雙劍，上下翻飛，迅如游龍、矯如飛鴻，連刺數名敵將翻身落馬。更把陣中的敵兵，橫掃倒下了一大片。

寄南手中的玄冥劍，劍出如風，劍氣直衝敵兵敵將，勾挑砍刺、點迴架掃，當者披靡。凡與寄南相戰相持者，數招之內，就被玄冥劍的劍氣和劍刃所傷斃，死傷無算。

這三人，形成一個鐵三角，在陣內如入無人之境，橫掃千軍。

天元通寶的隊伍，也緊跟在三人之後，保護太子。

靈兒手中的一雙流星錘，如飛燕、似黃鶯，雙錘瞻之在前、忽焉在後，揮舞的滴水不漏。凡是被流星錘纏上的兵器，都脫手破空而去，變成赤手空拳；凡是被流星錘砸到的人馬，都掩面而逃——因為她專門攻擊敵人的咽喉要害。

漢陽眼觀全局、催動各軍，指揮若定，見縫插針；看到陣形有弱點處，立刻強攻。

這樣的氣勢、這般的武藝，這等的善戰；其疾如風、侵略如火，攻勢既快且猛，使得整個北斗陣，為之動搖！

❖

在太子的攻堅鐵三角和漢陽的靈活指揮運用兵力之下，北斗陣的縱深，如冰雪見到太陽般融化、消失！陣中的兵馬，死傷不計其數，已經殘破不堪。

漢陽看這形勢，知道破陣在即，振臂高呼道：

「將士們、弟兄們，逆賊之陣，已經支持不住了！破賊就在今日、立功就在此時，殺啊！」

漢陽話剛說完，忽然看到龍伍軍迅速的重組，除掉死傷的軍人，剩下的大約只有五千人左右，卻又組成一支「北斗陣」，在那「杓」中，站著一個身高八尺的西域人，大聲喊著：

「太子何在？本將軍來取太子首級！」

太子一聽，哪裡忍得住，飛身就從馬背上躍進「杓」中。皓禎、寄南、漢陽同時大喊：

「太子！當心有詐！」

一面喊著，三人都飛躍進那個「杓」中去保護太子，果然，那個西域人是餌，在「杓」底，竟然蹲伏了一支手持短劍的軍隊，看到太子進來，全部起身，持劍去刺殺太子。皓禎手中雙劍翻飛，刺殺不少敵軍，眼看太子被短劍圍攻，雙劍不夠用，環腳一踢，踢倒無數短劍兵，同時，小腿也中了敵人短劍一刺，鎧甲竟然破裂，血濺戰場。寄南大喊：

「那是西域『血刃』！我們的鎧甲防不了……」

寄南一面喊，一面用玄冥劍砍斷不少西域「血刃」，太子手中的昆吾劍，也是玄鐵練成，又砍斷不少「血刃」。漢陽拳腳齊下，虎虎生風，一面作戰，一面大喊：

「神威軍，趕快組成八卦陣！太子，請進八卦陣！」

八卦陣迅速組成，卻無法攻進敵營。此時，數把「血刃」對著太子刺去，寄南眼見無法全部擋住，一面揮舞手中的玄冥劍，一面和身抱住太子，只聽到嗤啦一聲，肩上鎧甲已破，鮮血濺出。太子見皓禎和寄南都已負傷，大吼一聲：

「伍震榮，本太子要把你碎屍萬段！」

太子一面喊，一面奮不顧身，擺脫了寄南的保護，如有萬夫不敵之勇，豁出去大殺敵軍，寄南、皓禎也負傷作戰，加上漢陽出神入化的武功，竟然把這支埋伏的「血刃」部隊，全部殲滅。但是，太子作戰時，中門大開，鎧甲上扎著好幾把「血刃」，他帶著血刃，向伍震榮昂首走去，大叫：

「伍震榮，你傷我兄弟！賠命來！」

一面叫，手中昆吾劍沒停，所過之處，竟然又砍翻了不少「新北斗陣」中的兵勇。伍震榮看著太子一身扎著「血刃」，還向自己步步進逼，大駭不已，一面騎馬逃走，一面大吼：

「弩弓隊！射殺太子李啟望！賞黃金一百兩！」

突然間，岩石後面冒出許多胡人弩弓手，所有弓已上弩準備發射，通通對準太子。

靈兒一看，大叫警告：

「胡人弩弓手百發百中，能穿透鎧甲，保護太子！」

「盾牌八卦陣！將太子護住！」皓禎負傷大喊。

只見萬箭齊發，射向太子。皓禎雙劍齊飛，又去保護太子。漢陽再也不顧禮數，飛身過來，拎住太子鎧甲上的皮帶，就把滿身血刃的太子，拎進了由盾牌組成的八卦陣，急急忙忙的問太子：

「太子，身上這麼多把血刃，是否受傷？」

寄南眼看太子進了八卦陣，也不顧自己的肩傷，就對著伍震榮飛身而上。

寄南跳到伍震榮馬上，就一刀往伍震榮背上刺去。玄冥劍正中伍震榮肩頭，伍震榮鮮血直冒。不料幾個龍伍軍大將手中陌刀對著寄南砍去。皓禎、靈兒、太子、斗笠大隊都在盾牌陣中尖叫。太子大喊：

「寄南！快下馬！」

「寄南！小心後面的陌刀！」皓禎等人大叫。

三把陌刀對著馬背上的寄南砍去，刀疾如風，寄南的上、中、下三路全被封住，手中的玄冥劍，要對付三方面的攻擊，顯得左支右絀、險象環生，手腕虎口，被震得發麻！手中之劍，被陌刀砍得火星四濺。

太子眼看寄南躲不開，心急如焚，拔下胸前鎧甲上的幾把血刃，就跳出盾牌陣，飛身上去抱住寄南，把他拉下馬背。

兩人滾落在地上，數把陌刀對著兩人砍下。兩人抱著滾開，閃躲陌刀。皓禎飛身而下，護著太子，陌刀又對著皓禎背上砍來，眼見皓禎逃不掉，太子竟然一翻身遮住皓禎，幫皓禎擋了這一刀。皓禎大驚喊：

「太子！」

「不怕！」太子在皓禎耳邊說：「我有鎖子甲護身！那些血刃都傷不了我！」但是，陌刀力道之大，太子已受內傷，卻隱忍不說。

「太子！」寄南驚呼：「你還保護我們？快回八卦陣去！」

「別管我！去殺了那個伍震榮！」太子大喊，一面喊，就又飛身去抓伍震榮。

皓禎已經一躍而起，緊隨著太子之後，大喊：

「太子，快回八卦盾牌陣！不要冒險啊！」

「你們都是我的好兄弟！為我負傷苦戰，我怎能躲在八卦陣裡？」太子喊道。

太子喊著，竟然飛身而上，硬生生把伍震榮拉下了馬，伍震榮大驚，滾落在地，拚命擺脫太子，被昆吾劍連刺了兩劍，嚇得他連翻帶滾，滾得老遠，嘴裡大喊：

「弩弓手！射死他！」

弩弓手又對著太子，萬箭齊發。盾牌隊立刻擁上擋箭，漢陽帶著斗笠大隊，再飛身來保護太子，太子眼見其中一箭正對寄南咽喉而來，間不容髮，寄南絕對逃不過。太子大驚，本能的伸出右手去抓箭，完全忘了手上沒有鎖子甲可保護。結果因背傷連累，手無法使力，箭沒抓到，卻被箭深深射進掌背！另有兩箭，射在太子胸前，但被身上穿的鎖子甲所擋住，掉落於地。

「魯超！」皓禎急喊：「快馬去把吟霜帶來，讓她把所有解毒的藥都帶來！只怕這箭有毒！」

漢陽見太子受傷，心中大怒，策馬回身，和斗笠大隊衝進弩弓手隊伍中，一陣奮不顧身的廝殺，劍身橫掃、刀鋒砍劈，槍刺穿心，招招都是殺招。刀光劍影所到之處，血染黃沙，哀號慘叫之聲四起，打死了一大片弩弓手，同時，李德輝帶著大軍，運用螳螂捕蟬黃雀在後之策，從後包圍了弩弓手，一陣衝殺，把弩弓手全體殲滅。

後面在廝殺中，前面眾人都圍著太子，伍震榮負傷，亡命奔逃。靈兒痛喊：

「太子！你趕快躺下！」

「啟望！啟望！」寄南痛喊著。

只見太子傲然挺立，伸手把右手背上的箭一口氣拔了出來，丟在地上，大喊著：

「木鳶，追那個伍震榮，他已被我的昆吾劍所傷，千萬不要讓他逃掉！」

漢陽剛剛殲滅了弓弩隊，聽到太子的喊聲，猛的策馬回身。漢陽馬術精湛，人馬一體、奔躍如飛、如嫦娥奔月、似夸父追日，縱馬來追伍震榮，轉眼呼吸之間，已追到伍震榮身後三步之遙。漢陽挺身一躍，就躍上伍震榮的馬背，抓住伍震榮，立馬點其穴道，閃電般回到太子身邊，把渾身是血的伍震榮摔到太子面前。漢陽喊道：

「太子！逆賊伍震榮帶到！」

「哈哈！伍震榮！」太子的手流血不止卻大笑：「你這叛賊還要靠胡人幫忙？你除了靠女人、靠胡人，還有幾分本事？」

伍震榮全身負傷，也傲然的挺立，說道：

「能把你這個李啟望打死，李氏江山也等於滅了！」

忽然，冷烈不知從何處飛身而來，站在伍震榮身前，冰冷的說道：

「伍震榮！逆賊叛將，快給太子跪下！」兩顆如意珠，打在伍震榮膝蓋上，伍震榮頓時給太子跪下了。

太子依舊挺立大笑：

「哈哈哈哈！你這一跪，萬事全休！你的春秋大夢，全部灰飛煙滅！你看看你的落伍軍，已經全軍覆沒，你輸了！哈哈哈哈！」

太子喊完，人已支持不住，身子搖搖欲墜，眾人全部去攙扶。漢陽急喊：

「太子！你要為江山社稷挺住！」

眾人各喊各的：

「啟望！太子！啟望！太子……」

冷烈在這一片混亂中，高聲對眾人說道：

「這伍震榮和我還有舊帳未了，我先帶去，後會有期！」

冷烈就在眾人忙著太子傷勢之時，重新點了伍震榮的穴道，一陣風般將伍震榮撈上馬背，疾馳而去。

太子倒在皓禎懷裡。皓禎跪坐於地，擁著太子。寄南跪在太子身前。

太子看看皓禎，又看看寄南，微笑問：

「我們這場仗，打得真過癮，打勝了吧？」

「打勝了！大獲全勝！」皓禎忍著淚說道。

「啟望！你撐著！吟霜馬上就來了！」寄南忍著淚喊。

柏凱快馬奔來，滾鞍下馬，對太子一跪：

「柏凱援救來遲，太子恕罪！落伍軍已經投降，伍項麒也已擄獲，我們就在鋸齒山下，一戰而勝！」

「哈哈！太好了！」太子大笑著，看看皓禎又看看寄南：「皓禎、寄南，你們讓我沒有虛度此生！照顧……我的佩兒……和太子妃！」又輕聲加了一句：「還有青蘿！」

太子說完，頭一歪，閉眼在皓禎懷裡。魯超帶著吟霜趕到，吟霜急呼：

「把太子的鎧甲脫掉！鎖子甲也脫掉！」

鄧勇奔來，和皓禎、寄南七手八腳脫掉太子的鎧甲和鎖子甲。皓禎大喊：

「啟望！吟霜來了！你撐著！撐著！吟霜！吟霜！快救太子！」

吟霜看太子中箭的手，只見整隻顏色已變成烏黑，脫口驚呼：

「血骷髏！中了此毒，沒人能活！皓禎，我……我……救不了……」

「救他！」皓禎急喊：「他為我挨陌刀，為寄南擋毒箭，勇猛刺傷伍震榮！他是太子呀！是我朝唯一的太子呀！我們都可犧牲，太子不行……吟霜……」

「是是是！」吟霜哭著，悽然的喊著：「我試！我試……」

吟霜一面喊，一面就跪到太子面前，伸出雙手，要去握住太子的雙手。

皓禎眼前，瞬間閃過吟霜當初為他治蠱毒的畫面，知道她要犧牲自己來試著救太子。大慟之下，連反應的機會都沒有，就放下太子，撲上去一把抓住吟霜的雙手，痛哭著喊：

「妳想把太子的毒，度到妳身上來嗎？如果妳死了，太子能活嗎？」

「我不知道……我不知道……」吟霜哭著說：「他是我朝唯一的太子，我死不足惜……我可以試試……但是沒把握呀……」

「吟霜！吟霜……」皓禎心碎的喊著，把吟霜緊擁在懷裡說：「我捨不得妳，我不能……」驀然又鬆手說：「去試！去試……不然來不及了……」皓禎如萬箭鑽心，用雙手蒙住臉痛哭。

吟霜就又去握太子的手，還沒接觸到太子，靈兒撲過來，從吟霜身後死命抱住吟霜，哭著喊道：

「吟霜，太子哥已經走了！妳別把毒弄到自己身上來，沒用了！」

同時，寄南也把吟霜的手撥開，哭著喊：

「吟霜，太子……他他他已經冷了、僵了！」說完，仰天狂叫：「啟望！你為什麼要救我？為什麼要為我受傷？啟望！我們還有好多事要一起做，你走了誰來繼承天下？」痛哭失聲。

「啟望！不許死！不能死！」皓禎也哭喊著：「我們還要一起打造桃花源，一起維持忠孝仁義，一起共享最美好的時代……」

鄧勇跪地哭喊：

「為什麼死的不是卑職？太子回來呀！」

眾人全部跪下，個個淚流滿面，哭聲震天。柏凱臉色慘白，回頭看著後面的大隊人馬。柏凱含淚對神威軍宣布：

「太子，壯烈犧牲了！」

大隊士兵，頓時哭的哭，喊的喊，一片呼喚「太子」聲。

皓禎終於含淚起身，帶著傷站直身子，悲切而壯烈的喊道：

「太子神勇，為國犧牲，英魂永在！」

大隊士兵全體肅立，用長槍觸地，鏗鏘有聲，行軍禮，聲勢驚人的同聲喊道：

「太子神勇，為國犧牲，英魂永在！太子神勇，為國犧牲，英魂永在！太子神勇，為國犧牲，英魂永在……」

雖然大勝，此時此刻，卻有流不完的英雄淚，有唱不成聲的英雄歌：

「風何悽悽，
天何慘慘！
血濺關山，
英雄魂斷！
此願已了，
此生無憾！
兄弟同心，
沙場征戰！
路漫漫其修遠兮，
與子同袍共患難！
風瀟瀟兮易水寒，
壯士一去兮不復還！」

94

神祕山洞裡，潺潺的水聲，淙淙流過山洞深處，回聲反射在洞壁上，格外襯托出洞裡幽靜和死寂，幾盞火把在山壁上搖曳閃爍著，更顯得山洞的空靈。

已脫掉鎧甲負傷的伍震榮，頭髮散亂，灰頭土臉，雙手和雙腳被鐵環鎖在洞壁上，形成一個「大」字型。伍震榮從昏迷中悠悠醒來，慢慢睜眼後驚恐的四處張望：

「這是哪裡？難道我已經死了？」神思迷糊，雙手掙扎著：「這是地獄？」驚慌喊：「項麒！項魁！你們在哪裡？快來救爹呀！快來救你們的爹呀！」

伍震榮驚慌之餘，定睛一看，只見冷烈漠然的坐在對面一張石凳上，五隻手指頭不停把玩翻轉他的暗器。伍震榮突然看到一臉漠然的冷烈，悽厲的喊：

「你是閻羅王派來的索命使者嗎？你想要什麼？」懇求：「本王全部給你，放了我一命吧！本王有金山、銀山，全部都可以奉送給你！饒我一命吧！饒我一死……」

還不等伍震榮說完話，冷烈不看伍震榮一眼，就手裡一甩，一把暗器向伍震榮飛去。伍震榮身上、手上、腿部中了冷烈好幾個專屬飛鏢。飛鏢上刻有「冷」字。伍震榮刺痛哀嚎：

「哎呀！好痛！好痛！使者請饒命！饒命呀！」

第二波飛鏢再次射出，伍震榮身上到處插著飛鏢，但都不在致命之處，滿身鮮血直流，狼狽哀嚎：

「唉！不要射了！不要射了！閻羅王要審案是不是？我招！我招！」痛得老淚縱橫：「是我幹的，我榮王全認了！不要傷害我，不要再折磨我了！求求你！放過我！放過我！不是我幹的我也認了，行嗎？」

冷烈走近伍震榮，面對狼狽的伍震榮，冷笑：

「哼！伍震榮！你也有今天！算你還有自知之明，知道自己該死到地獄門，不過……」把插在伍震榮肚子上的飛鏢，用力再刺進更深處，伍震榮痛喊哀叫。

「閻羅王不急著見你。有一家子的血債，等著你清償！」

冷烈說完，山洞的暗處，突然傳出一陣女性響亮的笑聲。一個女人走進火光照耀處，正是長髮飄飛的九鳳！她依舊美麗，卻面色蒼白，有如鬼魅出現在伍震榮眼前。九鳳不勝唏噓：

「伍震榮啊伍震榮！我終於等到你了！看你這麼多年來叱咤風雲，威風八面的，哈哈哈！怎麼今天落魄成這樣了！哈哈哈！」

伍震榮認不出九鳳，驚問：

「妳是誰？也是索命使者？還是厲鬼？要讓我死，就快動手，不用再耍手段了！早死早超生！」

「是誰說厲鬼不可怕，人最可怕？」九鳳說：「你連人都不怕，怎會怕厲鬼？托你之福，總算讓我瞭解什麼是比厲鬼更可怕的人！那個人就是你！但是，你這個不怕厲鬼的人，我今天會讓你明白，寧可見到厲鬼也不要見到被你刺殺的故人！」

「九鳳？」伍震榮大驚：「妳是九鳳？妳不是被我刺了兩劍，死掉了嗎？妳是鬼？妳是要來向我索命的九鳳！」

「這麼說你對我這鬼魂倒是念念不忘？我怎麼被你親手屠殺，你都歷歷在目，記得清清楚楚？那好！我也不廢話！」喊著：「冷烈！他害你娘終身痛苦，被往事纏繞無法自拔，你把他那隻揮劍的右手廢掉！」

冷烈冷笑，玩弄手中暗器：

「那簡單！給他肘關節幾顆如意珠吧！」冷烈說完立刻對伍震榮的右肘關節，連續射出五顆如意珠，去勢強勁、珠聲破空，正中伍震榮右肘肘彎部的曲池、天井大穴，珠珠排列有致，像花瓣般圍繞一圈。伍震榮痛得大喊：

「啊啊啊啊……」哀號聲在整個山洞中迴響。

❖

同時，太子的屍體蓋著皇家軍旗，被放置在皇宮大殿上。蘭馨跪倒在太子屍體前痛哭，喊著：

「啟望哥哥！你醒醒啊！我不相信你就這樣走了！啟望哥哥！」

皇上撫頭痛哭，悲傷萬分。身旁曹安也流著淚手足無措，不知如何勸慰皇上。

「啟望，早知你會葬身鋸齒山，朕實在不該讓你去的！你正在英年，多少大事等著你去做，朕的心願，等著你去發揚光大，你這一走，朕肝腸寸斷啊！不是給了你鎖子甲嗎？怎麼不能防身啊？」皇上哭著說。

皓禎、寄南、漢陽、柏凱等人站在太子身後，默默拭淚。皓禎和寄南的傷口，已經被吟霜縫好治療過，仍然行動不便，兩人蒼白的臉色，不是因為身上的痛楚，是因為再也無法挽回的事實，太子之死！

「啟望是因為救我，徒手去抓毒箭，才犧牲的！」寄南語不成聲的說。

「不是，啟望是因為救我，背上挨了陌刀重擊，才無力抓毒箭的！」皓禎哽咽著說。

「好啟望，好兒子，一直都把兄弟看得比自己都重要……這是他的命！可是，啟望這樣走了，讓朕情何以堪啊？」

皇后和樂蓉知道大勢已去，臉色蒼白的看著跪在殿上的伍項麒。

眾大臣悲傷的跪坐在殿上兩側，個個紅了眼眶。

皇上稍稍平靜，拭淚不已，憤怒拍桌說道：

「伍項麒！你們伍家處心積慮，就是想要得到今天這種惡果嗎？朝廷上還有多少人是你們的同謀？說！」

「說了……就怕你這皇位也坐不安穩，也許今天在場的各位大臣，都是我們伍家的走狗！哈哈哈！」伍項麒豁出去說道。

皇上氣得走向伍項麒面前：

「你這可惡的亂臣，到現在一點悔意也沒有！你想死，朕有一萬種方式折磨你到死！凌遲、車裂、腰斬、剝皮……你選哪一樣？」

樂蓉奔出跪倒皇上面前，落淚求情：

「父皇！項麒雖然有罪，但也是我的駙馬，他是被迫的，伍震榮掌握朝廷的一切，他是伍家長子，能不聽伍震榮指使嗎？罪魁禍首是伍震榮，不是項麒，請您原諒他吧！」

「伍項麒讓胡人射殺太子！罪惡滔天！罪無可赦！應該五馬分屍！」寄南含淚怒吼。

「他把皇上的龍武軍改成伍家的伍，自稱『副統帥』，打著伍家旗幟在鋸齒山挖地道練兵，預備炸掉整個皇宮！這種人居然是本朝駙馬，更別說聯合胡人謀逆，殺害太子！他死有餘辜！樂蓉公主難道對所有事情皆不知情？應該一起連坐，以謀逆大罪判處死刑！」皓禎悲憤的說。

「放肆！」皇后突然冒出來，厲聲喊道：「竇寄南、袁皓禎，別以為你們平定了叛臣，就可以在這耀武揚威！這場謀逆之罪，到底誰是主謀還需要調查，請皇上不要聽信片面之詞！伍項麒幹了什麼勾當，一切與樂蓉無關，誰都不許含血噴人！」

「皇后倒是撇得真乾淨啊！」伍項麒冷笑：「天天罵皇上是個昏君，說太子是個庸才，扶不起的阿斗！一天到晚詛咒太子早日昇天，不得好死，這下好了，哈哈！如妳所願，太子真的……不得好死了！」

「啟望屍首未寒，你還如此詛咒他！朕也讓你不得好死！」皇上氣得發抖，大喊：「寄南！把你的劍給我！」

寄南拔劍出鞘，雙手捧給皇上，皇上一接。寄南痛定思痛的說：

「皇上，我們一路忍著，就是要把伍項麒的人頭，交給皇上處置！啟望在天上看著呢！閻王在地下等著呢！」

「哈哈哈哈！」項麒大笑：「皇上，你會用劍嗎？你敢刺我嗎……」

項麒話沒說完，皇上用力一劍刺在伍項麒的胸口，玄冥劍何等厲害，立即穿胸而過、血濺殿堂！眾人震驚。皇上拔劍，再一劍由肩頭劈下去，幾乎把項麒劈成兩半。項麒倒地，一陣抽搐，就斷氣身亡。

「項麒！項麒！」樂蓉大喊大叫：「父皇！您怎麼可以親手殺了我的駙馬，他是我的夫君啊！父皇……」撲在項麒屍體上痛哭。

皇上痛心疾首喊道：

「將伍項麒的屍首拉到午門……五馬分屍！」

「不要！不要！不要！父皇！」樂蓉哭喊：「留他全屍吧！是您把我許配給他的，怎麼忍心又殺了他？您要女兒以後怎樣活下去？」又去抱住皇上的腿痛哭：「父皇！項麒有再多的不是，也是您看走了眼！」

「是！父皇看走了眼，才會害死了我的太子！」皇上含淚對衛士說道：「把屍體拉下去，曝屍三日，留他全屍！」拔腳甩開樂蓉：「這是朕給妳的恩典！」

若干衛士跑來，帶走伍項麒的屍體。

皇上盛怒命令道：

「袁柏凱將軍、皓禎、寄南、李遠霖將軍、李德輝將軍，你們兵分多路，將伍氏一族，城裡城外，通通抄家滅族！立刻行動！」大喊：「漢陽！」

「臣在！」漢陽應著。

「你立刻查明長安以外，無論咸陽、扶風、渭城、鳳翔、洛陽……等地，各地伍家餘孽，到底有多少？全部一網打盡！」

「是！臣領旨！」

皓禎、寄南、柏凱和兩將軍也振奮回答：

「臣領旨！」

「抄家滅族？」樂蓉驚嚇大喊：「父皇！您連女兒也要殺嗎？」

皇上痛心的看著樂蓉說道：

「看在妳是公主的份上，饒了妳！」轉眼看皇后，痛楚而酸澀的說道：「皇后！妳也可以安心了，再也沒有太子來和妳作對，反對妳賣官、造行宮、蓋別府、害得百姓受苦……妳們母女，都下去吧！」

皇后眼看皇上手刃項麒，驚心動魄，一句話也不敢再說，帶著樂蓉離去。

❖

太子府裡，太子妃抱著佩兒，哭得傷心至極。皓禎、寄南都傷心的站在一旁。

「佩兒！你還這麼小，就失去了爹，以後我們母子，要怎生是好？」

屋裡所有的人都悲戚不已。鄧勇向太子妃一跪，狠狠給了自己兩耳光，說道：

「鄧勇向太子妃請罪，沒有好好保護太子！鄧勇自請處分，願坐黑牢，鞭刑、杖刑！」

「鄧勇，你起來！」太子妃拭淚：「不怪你，我知道你已經盡力了！太子一生仁慈，何時用過鞭刑、杖刑對待衛士？」

寄南走到太子妃面前，落淚說道：

「太子妃！太子為救我而亡，儘管挨了陌刀，又中了箭，卻挺立不倒，支持到最後，他雖然去了，精神不死！」

皓禎也走過來說道：

「太子妃，太子對我們說的最後一句話，是『照顧我的佩兒和太子妃！』從此，佩兒是我們大家的孩子！我們會用生命來照顧他，保護他！他還說了一句，『還有青蘿』！」

太子妃聽了，更是淚落如雨。眾人全部落淚。青蘿眼眶通紅，低語：

「青蘿餘生，都要為這四字而活著！」

「娘！你們為什麼哭？」佩兒不解的問：「爹說過，勇敢的人不哭！」

青蘿走來，雖然眼睛紅著，卻努力不讓眼淚掉下來，說道：

「太子妃，皇太孫說得太好！勇敢的人不哭！我們大家都不勇敢，也不堅強，太子卻是勇敢而堅強的人。我們唯一能為太子做的事，是讓我們大家都堅強勇敢起來，把皇太孫培植成像太子那樣的人！青蘿我……終生會為了這事而侍候皇太孫，報答太子知遇之恩！」

太子妃不禁抱著青蘿，也抱著佩兒，拭淚說道：

「是！青蘿，妳指點了我們大家一條明路，不管未來如何，我們能為太子做的事，就是把佩兒教好，讓他做個頂天立地的人！白羽、楓紅、藍翎，大家都過來，我們抱在一起，彼此溫暖彼此吧！」

幾個女子都過來，大家擁抱在一起，個個想堅強，卻個個掉淚。

皓禎、寄南、鄧勇站在一旁看著，眼眶裡也泛著淚。

❖

幾天之後，皓禎、寄南的傷勢在吟霜治療之下，幾乎痊癒，和漢陽、吟霜、靈兒、蘭馨並列駕著馬兒，心情沉重的走過與太子曾經一起去過的地方。大家下馬走到一棵大樹之下，緬懷起太子的種種。

「這片草原是我們和太子經常騎馬的地方……」皓禎一眼望去，無限感傷：「現在景物依舊，卻人事已非！」

「壯志未酬身先死，常使英雄淚滿襟！也許是天妒英才，這麼優秀的將才，未來繼承大統的明君，卻這樣離開我們了，這是我們百姓最大的損失……」吟霜說。

寄南突然瘋狂對草原大喊：

「啟望哥，你放心走吧！現在我的命是為你活著，你沒有完成的夢想，我們拚了命也會替你完成！啟望哥，你死得壯烈！我竇寄南永遠以你為榮！」

「啟望哥是為父皇，為朝廷犧牲的，現在伍家也滅亡了，他應該會含笑九泉的。寄南，你不要再自責了！我們都要振作起來，繼續為父皇打天下！」蘭馨說。

「蘭馨說得沒錯！我們要化悲憤為力量！」漢陽冷靜理智的說道：「太子會永遠活在我們的心中，我們要為逝去的太子鞏固李氏江山，讓太陽星永遠閃耀在每一處的山河和大地之上。」

「何止是寄南自責，我們的任務就是要保護好太陽星，結果……」靈兒自責的說：「我什麼也沒有辦到，居然讓太子犧牲了！太子，你在天之靈一定要保佑我們找到伍震榮，我一定要親手將他碎屍萬段！」

正當靈兒說得咬牙切齒之際，一個飛鏢從漢陽和皓禎的眼前飛過，直挺挺的射在樹幹上。飛鏢上刻著「冷」字。

「是冷烈？」漢陽從樹上拔起飛鏢，一眼看到冷字，趕緊打開飛鏢繫著紙條。

「冷烈？那天，他不是把伍震榮給擄走了嗎？」皓禎訝異問道。

漢陽唸著紙條的文字：

「伍震榮待宰，速到仙岩洞！——冷烈。」

「原來他也要宰伍震榮！」寄南大喜：「那我們還等什麼？快走！」

靈兒輕打自己耳光，一躍上馬：

「我這張嘴，真是說什麼應什麼！我立馬去殺了那魔王！」策馬大喊：「駕！」

眾人飛騎而去。

❖

伍震榮仍是大字型被綁在石壁上，已被折磨得不成人形，殘喘不堪，聲音微弱的求饒：「九鳳！饒了我！」

「饒了你？那些被你迫害毒殺的百姓能饒過你嗎？安南王府一家幾十口的冤魂，會饒過你嗎？就連被你拋棄，差點死在你劍下那個冷烈，你問他會不會饒過你！」九鳳陰沉的說道。

伍震榮艱難的抬起頭，看向九鳳：

「冷烈？當年拋下懸崖的不是女兒嗎？難道妳騙了我？那孩子沒死？」

「你拋下的孩子，命大福大確實沒死！」冷烈聲音有如寒冰：「冷烈來自冷姓血脈，一個沒有一丁點熱血的家族，性子剛烈，我每天活著，都慶幸我娘讓我姓冷！」再用銳器對伍震榮膝蓋骨一刺。伍震榮痛喊：

「唉唉唉！痛死了！痛死了！我終於明白了！原來你才是九鳳的兒子？也是我的親生兒子，求求你不要再刺了，天下無不是的父母，饒了我！饒了我！」

「你這惡魔還敢稱之為人父？『賤女所生，怎配是我的骨肉？』這話你還記得嗎？冷烈就是賤女所生的兒子！」九鳳憤怒的說：「在你拋下無辜嬰兒，在你狠心刺死我的時候，你可曾想過你是為人父母者？」冷笑：「哼哼！我安南王府的九鳳，注定命不該絕，今天就要親手解決你！冷烈會好好的侍候你到死！」

此時，皓禎、寄南、漢陽、吟霜、靈兒、蘭馨一起衝入山洞，眾人都聽到九鳳的話語。

靈兒尤其震驚，衝向九鳳喊道：

「妳是安南王府的九鳳？妳是我的親娘？原來妳沒有死？妳還活著？」抱向九鳳跪下痛哭：「娘！我是妳女兒，那個被伍震榮拋下懸崖的女兒！」

九鳳看到靈兒悲喜交加，趕緊跪向靈兒，哭著訴說：

「錯了！錯了！我何德何能是小姐的親娘！婢女不敢！婢女對不起小姐！懸崖一別二十多載，尋尋覓覓，今天終於可以光明正大的和小姐見面了！」對靈兒磕頭：「婢女九鳳叩見小姐！」

靈兒傻眼愣住了。吟霜、皓禎、寄南、漢陽、蘭馨等人都吃驚喊道：

「小姐？」

「難道靈兒不是妳的親生女兒？」吟霜問九鳳：「難道靈兒是安南王府的女兒？」

「正是如此！」九鳳回答：「在伍震榮處死之前，我先把靈兒的身世說清楚……」

於是，九鳳說了下面的故事，那是丙戌年十月十九日戌時。

❖

安南王府已經亂成一團，在夫人房中，夫人臨盆，嬰兒呱呱落地。外面一片喊殺聲。月娥、九鳳、雙喜三個侍女圍著夫人接生，房內充滿緊張。伍震榮的聲音傳來：

「安南王的首級已經在此！大家殺呀！一個活口都不要留下！」

夫人躺在床上，九鳳和月娥包起嬰兒。雙喜害怕的對夫人說道：

「夫人，是個小姐！外面已經殺成一團了！」

夫人滿頭冷汗，衰弱卻堅決的說道：

「月娥、九鳳、雙喜，妳們都是我的親信，等於我的家人，王爺去了，我也不能獨活！這個女兒，就交給妳們了！趕緊想辦法帶她逃出去！如果能夠看著她長大，告訴她，她的爹娘是如何慘死在伍震榮手下！」

夫人說完，從枕頭下拿出預藏的匕首，對著脖子用力劃過去。

鮮血飛濺，三個女僕驚叫。

「夫人！夫人！」三人撲上去看，個個哭了。

「夫人斷氣了，我們帶著小小姐快逃！」月娥說：「可是，逃到哪兒去呢？外面官兵見了人就殺！我們已經無路可逃了！」

九鳳抱著嬰兒，抓了幾塊接生時的染血衣物，緊急說道：

「跟我去柴房！就說我剛剛生的，那伍震榮早就玷污了我，也知道我懷了身孕，我來應付伍震榮！或者可以保住小小姐一命！」

三人抱著嬰兒，打開一點門縫，往外溜去。

❖

眾人聽完九鳳的敘述，個個震撼，靈兒已經呆了，淚流滿面。九鳳說道：

「靈兒小姐！妳的父親安南王爺大名康遠鵬，因軍功封王，妳姓康！不姓袁！」

「這麼說，我爹不是伍震榮，是安南王爺康遠鵬！原來我姓康，我娘在我出生時就抹了脖子！」靈兒無法置信的說著。

九鳳依舊跪著，痛哭道：

「後來在柴房，袁大將軍饒了我們一命，為了不引人注意，我們三人分頭逃命，我當時懷了六個多月的身孕，幸好衣服寬鬆，都沒人發現我有身孕。我抱著小小姐遮住腹部，跑到懸崖，伍震榮追到懸崖，先把小小姐丟下懸崖，再刺了我兩劍。他以為我死了，我卻被一個武功高強的老者救活，三個月後，生下了冷烈。老者收留了我和冷烈，也教會冷烈武功和所有暗器的絕頂功夫。」

「這麼說，冷烈多次出面相救，是為了追蹤伍震榮？」

「沒錯！」冷烈說：「當我功夫練成之後，恩師就讓我下山，一邊受到母命，尋找安南王府遺失的小小姐，一邊伺機刺殺伍震榮。」

吟霜把九鳳從地上拉了起來，眼中充滿了淚，震撼的對靈兒說道：

「丙戌年十月十九日，靈兒，妳跟我是同年同月同日生啊！」吟霜喊道：「我也是那個晚上出生的，被放在杏花溪隨水飄流而去！可是，我們竟然相識，情同姊妹！這是命運特別幫我們安排的嗎？」又看著九鳳說道：「九鳳，妳帶來的真相，給靈兒的安慰太大了！靈兒一直痛苦自己是伍震榮的女兒，恨到曾經想親手結束自己！」

「這種感覺我深深體會！」冷烈說道。

「還有我！」蘭馨陰沉接口。

「靈兒！」寄南悲喜交加的對靈兒說道：「真相大白，妳變成『小小姐』了！妳再也不是『小小的』了！」

「冷烈！你又如何查出靈兒就是安南王府的小小姐？」漢陽不解的問。

「伍震榮屠殺安南王府那天，躲在樹林裡目睹的不止裘彪。我師父親眼看到裘彪爬下懸崖救走了靈兒，他才救走了我娘！我娘曾經為一個雜技班的老闆裘彪送東西吃。所以，我有一天在東市，看到裘家班的台柱靈兒在表演，當時心中非常震撼，也猜出了靈兒就是安南王府最後的命脈！」

「後來我們知道裘家班被屠殺的慘案……」九鳳激憤的說：「小姐！現在是妳為安南王府和裘家班數十條人命報仇的時候了，妳不是發誓要血債血還嗎？」把長刀交給靈兒：「我把伍震榮留到現在，就是等妳來開鍘！」

蘭馨也拿起旁邊的刀劍：

「恭喜靈兒，身世大白，終於和這大魔頭撇清關係！我真替靈兒叫好！現在我也要為啟望哥哥報仇！我要將伍震榮千刀萬剮！」

伍震榮瘋狂的大笑：

「哈哈哈！原來安南王府還有漏網之魚。我怎麼生了一堆逆子，蘭馨、冷烈，你們身上流的是我榮王的血啊！你們這樣親手弒父，不怕天打雷劈！」

「本公主如果是你的種，才叫孽種！我是本朝公主，我要為民除害！」

「早就告訴你，我姓冷！我出生的使命，就是親手結束你！」

「伍震榮！你死到臨頭居然還是如此狂妄！可悲我朝居然任你為非作歹，喪盡天良！今日不送你上黃泉路，才會對不起天下百姓！對不起天地！」漢陽正色說。

寄南拔出玄冥劍看天：

「啟望！我們一起替天行道，殺死惡魔！」

皓禎也拔出乾坤雙劍，大聲說道：

「啟望！正義雖然會遲到，卻一定會到！」

冷烈、皓禎、寄南、漢陽、靈兒、蘭馨，全部舉劍，指向伍震榮。只有吟霜不敢動手，選擇轉頭不看。

「替天行道，殺死惡魔！」皓禎大喊。

「我會變成厲鬼……」伍震榮狂叫。

「厲鬼不可怕！」九鳳大笑：「你這個人才可怕，我終於懂了！各位英雄兒女，還不動手？」

眾人同聲大喊，聲音響徹山洞：

「**正義雖然會遲到，卻一定會到！**」

七柄劍分別從七個方向，刺進伍震榮的身子。

伍震榮嘴裡噴出一口血，身子痙攣了一下，頭一垂，再也沒有發出聲音。作惡多端的大魔頭，終於死在七柄正義之劍下。

靈兒見到伍震榮死去，衝出山洞，仰天大喊：

「我天上的兩位爹爹！娘！我終於幫你們報仇了！終於血債血還了！」

95

皇后在室內像困獸般走來走去。樂蓉坐在臥榻前地毯上，恨恨的靠在臥榻上。

「沒想到父皇那麼狠心，居然親手殺了項麒，還讓他曝屍三日！現在伍家每戶都抄家滅族……母后，我們母女是不是再也沒有抬頭的日子了？」

皇后走到臥榻前坐下，還抱著希望，說道：

「還沒完！震榮還不知下落，他是個打不死的鐵人！等他帶兵回來，說不定一舉平天下！」

「鋸齒山十萬大軍都投降了，哪兒還有兵可帶？」樂蓉看皇后：「母后，妳知道鋸齒山有藏兵的事嗎？項麒從來沒跟我說過！」

「本宮當然知道養兵的事，但是不知道距離長安這麼近！」皇后一怔，說道：「震榮保密到家，生怕消息走漏！」扼腕的嘆息：「就差這麼一步！不過，那最重要的太子還是死了！剩下的皓禎和寄南，本宮一定要讓他們死得更慘！」

「當初伍項偉奉命去殺巴倫，從此整隊人馬都失蹤了！聽說這次鋸齒山就有巴倫，項麒也太不小心！」樂蓉說。

「巴倫？本宮還記得此事！」皇后深思著。

莫尚宮衝進房內，喊道：

「皇后！聽說榮王的頭，已經被少將軍和竇王爺送進皇宮了！」

皇后聞言大驚，臉色慘變：

「什麼？」看向樂蓉：「趕快把我們準備的那密道奪宮圖拿來！」

❖

皇宮大殿上，皇上緊急上朝，文武百官幾乎都列席，跪坐兩側。蘭馨也破例在坐，跪坐在漢陽身邊。皓禎、寄南拿著錦木盒裝伍震榮的人頭，肅穆的從中間走道，走向坐在殿上的皇上。衛士高聲有力的喊道：

「逆賊伍震榮的首級到！」

皓禎、寄南走到皇上面前，單膝下跪，雙手高舉木盒過頭。

「陛下！」皓禎肅穆的說：「這是伍震榮的人頭！伍氏一族已滅，叛賊之首伍震榮伏法！終於可以告慰太子在天之靈！」

神情哀傷的皇上精神為之一振，喊道：

「伍震榮的人頭！皓禎！寄南！給朕親眼看看！」

皓禎和寄南面對皇上，打開盒子，讓皇上驗明。皇上悲傷至極的說道：

「啟望！這個人頭讓你送了命！朕寧願你還能和朕促膝談心，一起騎馬，暢談治國之道！這個人頭卻讓你一去不回……」厲聲喊道：「來人呀！把伍震榮的人頭，高掛在城門上示眾，直到它化成飛灰！」

「是！」衛士一擁而入，拿去人頭。

寄南見皇上落淚，不禁也落淚，見皇上面容憔悴，誠摯說道：

「陛下！亂臣賊子都已伏法，太子求仁得仁，請陛下為了本朝社稷，節哀順變！」

漢陽、柏凱、世廷、眾臣皆匍匐於地，誠摯喊道：

「請陛下節哀順變！節哀順變！」

皇上勉強提起精神，拭去眼淚，說道：

「伍氏謀逆一案，終於可以平息了。為了百姓社稷的安寧，也請各大臣回歸本位，體民所苦，知民所痛！讓百姓生活安康幸福，才是我兒啟望的心念！」

眾臣匍匐於地，齊聲喊道：

「臣遵旨！」

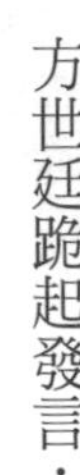

方世廷跪起發言：

「啟稟皇上，太子英年早逝，正是國殤之痛，臣以為應該召告天下，百姓同悲，以國恤之禮為太子送行。」

眾臣全體再磕頭，齊聲說道：

「請皇上節哀！以國恤之禮送行太子！」

這時，皇后帶著一卷圖，突然眼露凶光，衝入大殿，喊道：

「且慢！這太子幫到底是英雄還是叛黨，不能因為他們殺了伍家就下定論！鋸齒山雖然是伍家養兵謀逆，但是，太子幫何曾沒有養兵謀逆？我這兒有證據，證明太子、袁皓禎、竇寄南去年就在唐興養兵！訓練士兵的將軍名叫巴倫！」

眾人大驚！皓禎立刻跳起身子，激動而坦白的說道：

「陛下！巴倫將軍確實為太子和我們訓練過士兵，目的就是要抵制伍家的叛亂，一共也不過訓練了五百人，這次鋸齒山之役，他們也勇猛潛入敵營，成為內應，才讓我們能夠一舉得勝！皓禎正想為巴倫將軍請求陛下論功行賞！」

寄南更是義憤填膺的喊道：

「皇后怎知巴倫將軍在唐興的事？那次，巴倫險遭刺殺，去刺殺他的人名叫伍項偉，正是伍家人！幸好我們得到消息，殺了那伍家人，皇后居然知道這伍家的內幕，難道皇后竟是伍家謀逆者在宮中的內應？」

寄南話才說完，皇后衝了過來，就給了寄南一巴掌，喊道：

「放肆！小心你的腦袋！」

寄南完全未想到皇后會衝來打他，挨了響亮的一巴掌，頓時怒發如狂，厲聲大喊：

「皇后！妳是一國之母，居然在這大殿之上出手打人，這是欲蓋彌彰吧？」

蘭馨更是跳了出來，大聲喊道：

「母后！妳再要興風作浪！就別怪我掀開妳的老底！」

皇后更怒，衝過去想給蘭馨一巴掌，漢陽欺身而上，一手擋下，就把蘭馨擋在身後。

皇上再也忍不住，大怒喊道：

「謀逆！謀逆！謀逆！這個謀逆，那個謀逆！朕的王朝就是一個讓你們個個想推翻的朝廷嗎？身為皇后，妳說這話可要有真憑實據！」

皇后冷眼注視皇上，緩緩打開手中的卷軸，展開在皇上面前。密道圖立即呈現在所有人眼前，精密而詳盡，大臣們譁然。皇后斬釘截鐵的說道：

「這就是太子擬定的密道奪宮圖。太子早有弒君計畫，以皇宮祕道引兵，再衝入皇上的寢宮，企圖奪取皇上的天下。皇上聖明，這算不算真憑實據？」

皇上驚愕無言。寄南大吼大叫，衝向皇后：

「皇后鬼扯！這圖是假的！妳如何誣衊我竇寄南無妨！太子都已經為保衛朝廷犧牲了，不許妳冤枉他！」氣得去推皇后。

皇后的衛士，立即向前保護皇后，用力拉開寄南。寄南一氣，一記「黑虎偷心」，對著皇后的衛士胸口就是一拳。眾衛士全部擁上，和寄南開打。皓禎忍不住也加入寄南，和衛士們大戰。

眾臣大驚！紛紛從地上爬起身躲避。皇上站起身，身子搖搖欲墜：

「反了！反了！你們心中還有王法嗎？……住手！統統住手，不可打寄南、皓禎……」

皇上話還沒有說完，就昏倒在地。

方世廷跑向皇上大喊：

「皇上！曹安！快宣太醫！快宣太醫！」

朝臣大驚！曹安驚慌喊道：

「是是是！宣太醫！宣太醫！」

皇后趁亂追擊，大喊：

「來人呀！將袁皓禎和竇寄南抓入大理寺大牢候審！誰敢違抗，格殺勿論！」

「皇后且慢，皇上沒有下旨……」袁柏凱急喊。

皇后又從衣服裡，拿出一面「尚方御牌」，高高舉著。

「皇上的尚方御牌在此！你們還不跪下！」

眾臣突然見到尚方御牌，又是個個一愣，倉促下跪。皇后對衛士大喊：

「快動手！逮捕袁皓禎！竇寄南！」

眾多衛士一擁而入。漢陽急忙對皇后說道：

「既然皇后說這些都是證據，請將證據交給臣來查辦！」

「不必了！此案本宮已決定交給大理寺卿陳大人來審理！」皇后大聲的說道：「你只是大理寺丞，無法審此大案！」

眾多衛士便把皓禎和寄南制伏，兩人掙扎著，拳打腳踢，奈何衛士眾多，無能為力，在柏凱、世廷、漢陽和一干大臣的目睹下，被拖下了大殿。

❖

皇后逮捕了寄南和皓禎，立刻在御書房召見右宰相方世廷。世廷行禮說道：

「皇后突然召見世廷，不知有何吩咐？」

「方宰相是伍震榮的知己吧？」皇后單刀直入的問。

「知己談不上，曾是過從甚密的同朝宰相而已。」世廷謹慎的選擇用詞。

「方宰相也別撇清，朝廷上誰不知道，方宰相和伍震榮是知交。現在伍震榮因謀逆而死，方宰相能夠逃掉被調查的命運，要拜皇上突然生病暈倒的福氣。不過，太子去世，皇上又病倒，本宮被皇上器重，曾給予尚方御牌，只好一切代勞了。」

「皇后有何指示，不妨明言。」世廷小心翼翼的說。

「首先，要給方宰相一個好消息，本宮和皇上都一直很欣賞漢陽，所以已經決定把蘭馨公主賜婚給漢陽！等到太子事件塵埃落定，就舉行婚禮！」

「皇后！」世廷大驚失色：「只怕犬子配不上蘭馨公主！當初蘭馨選駙馬時，也不曾看上過漢陽，此事恐怕要請皇后三思！」

「三思什麼？」皇后不悅的說：「這樣的恩典，你還不謝恩？難道你們宰相府，因為蘭馨是二嫁，而看不起蘭馨嗎？」

「下官怎會看不起蘭馨公主，只怕漢陽無法討公主歡心！此事懇請皇后和皇上仔細考量，不要誤了公主的終身！」世廷惶恐的說道。

「蘭馨已經知道賜婚的事，皇上問過她，她也同意了！漢陽常常帶蘭馨去騎馬，相信也是兩情相悅，此事已定，不必再談！」皇后強勢的說。

「皇后……」世廷還要抗拒，才開口就被皇后打斷：

「現在談另外一件事，就是皓禎、寄南兩人協助太子謀逆的事！伍震榮已經死了，本宮倒是真心想重用方宰相，宰相心裡有數，以後是榮華富貴，還是和伍震榮連坐，都在方宰相一念之間！」

「皇后殿下！」世廷驚看皇后：「太子屍骨未寒，這謀逆案來得太快，會不會過於草率？」

「那就要看你如何審理了！」皇后咄咄逼人的說：「漢陽年輕，和皓禎、寄南走得太近，避嫌不得接觸本案！這案子，就交給方宰相和陳大人一起審理，直接向本宮回報！他們兩個，依本宮看是罪證確鑿，你們趕緊問出口供，早日定案！」

世廷驚看皇后，啞口無言。

❖

方世廷回到宰相府，心事重重，滿臉沉重，在客廳來回踱步，對采文煩惱的罵著：

「憑什麼讓我的獨生子去撿袁皓禎不要的老婆！這讓我們方家的臉要往哪裡擺！真是欺人太甚！欺人太甚了！」

「剛剛經過鋸齒山大戰，朝廷不是正在紛亂中嗎？」采文困惑著問：「太子還沒入土，皇后就急著宣布賜婚？」想想，又說道：「蘭馨配漢陽，不也是我們之前心心念念，渴望得到的良緣嗎？你何必生這麼大的氣？罵皓禎又有什麼用？」

漢陽急急踏入家門，一進門就問：

「爹，聽說皇后召見你？」

世廷突然看到漢陽，更加生氣：

「你這不孝的兒子，不是離家出走了嗎？一聽到賜婚又滾回來了？回來也好，快把所有我朝的律例去翻個遍，想辦法引經據典，依法依理的推掉皇上的賜婚！」

漢陽急在心裡，語氣不佳的說：

「這時候就要我拿出朝廷律例引經據典？平時辦伍家的案子，爹怎麼都不讓我引經據典？」

「伍家人都死了！說那些有什麼用？」世廷大聲說：「現在皇后明擺的要給你難堪，你不趕快想辦法推掉這婚事，還有心思跟我計較？我的心事，你何曾瞭解過？」

采文急忙勸阻雙方：

「你們父子就不能好好說話了嗎？漢陽，賜婚的事你怎麼想？」

漢陽突然堅定的說道：

「命中注定，是誰的人就是誰的人，當初選駙馬，我抱住蘭馨，已經一見鍾情了！這是上蒼的安排，爹何必如此食古不化？」

世廷氣壞了，瞪著漢陽：

「一見鍾情？那你怎麼敗給了皓禎？這麼說，你是同意這門婚事的了？」

「當初輸得有點冤，但我對蘭馨的心意從未改變，也不在乎蘭馨與皓禎的過去！」

「世廷！漢陽不在乎，你何必在乎？」采文震撼的說：「蘭馨……就像漢陽說的，大概是命中注定要嫁進方家，咱們就順應天意吧！」

世廷越想越氣，說道：

「忠臣不事二主，烈女不事二夫！跟袁皓禎做過夫妻的女子，你們還想讓她過門來？如果當初袁皓禎好好的對待公主，蘭馨何須再嫁？這殘局要讓我們方家來收拾，這讓我怎麼能嚥下這口氣！你們母子倆倒是一鼻孔出氣！簡直是氣死我！這個袁皓禎，上輩子跟我有仇嗎？哼！」

方世廷氣得拂袖而去。采文聽到世廷最後一段話，心中劇痛，有苦難言。

漢陽在世廷身後吼著、追著、喊著：

「我回來不是為了蘭馨，是為了皓禎和寄南，那案子應該交給我來辦！」

方世廷早就不見身影了。

❖

皓禎和寄南，被皇后逮捕，就給推進了地獄。在大理寺大牢的刑房裡，兩人上身赤裸，下身穿著囚服，雙手被吊著綁在屋頂垂下的鐵鍊上，身上已經鞭痕累累。陳大人惡狠狠的質問：

「你還不老實招供！你們和太子是何時計畫謀逆的？」

皓禎雖然狼狽卻瀟灑的回答：

「這是個好問題，不如陳大人去天庭問問太子？」

「對！」寄南附和：「再去地府問問伍震榮，是誰在鋸齒山養兵，是誰在挖地道，是誰弄了可以炸飛長安城的火藥？他和皇后是何時計畫謀逆的？」

陳大人抓了鞭子就猛抽著他們的上身：

「你們死到臨頭還在貧嘴！」陳大人自己力氣不夠，再把鞭子交給衙役：「繼續打，打到他們招！」

衙役對著皓禎和寄南猛烈的抽著鞭子。兩人咬牙忍痛，雖被痛打卻不曾叫饒。

方世廷跨進了刑房。陳大人見到世廷，禮貌卻強勢的說：

「宰相爺！您怎麼親自來了？這兩位公子交給下官就可以！」

「陳大人！本官奉懿旨必須親自審問！」世廷見兩人身上血痕斑斑，有點心驚膽顫。陳大人禮貌的應著：

「是是是！宰相爺慢慢審，下官陪著您！」說完退到一邊。

方世廷就走到皓禎面前，注視皓禎，嚴肅的說：

「袁皓禎，太子謀反，你有沒有參與？老實說！」

皓禎就抬起頭來，朗聲說道：

「我就說實話，伍震榮謀反，我參與了！皇后謀反，我也參與了！太子謀反，我當然參與了！連皇上謀反，我都跟著參與了！你方宰相謀反，和陳大人謀反，我都參與了！所有的謀反，我一個個參與，全部參與了！」

「皓禎，你這樣說就不對了！」寄南喊道：「不能把本王爺的功勞也搶去！各種謀反，是你一半我一半好不好？」

世廷看看兩人，怒道：

「你們這是向本官顯示你們的瀟灑？還是你們的威武？現在你們兩個死到臨頭，還不知收斂，一定要本官把你們定罪才甘心嗎？難道參與謀反，也算英雄嗎？」

「我從來沒有認為自己是英雄，我做我該做的事，殺我該殺的人！被封為驍勇少將軍，保護我朝江山社稷，保皇殺敵是我的使命！在鋸齒山或是本朝任何地方，如果有人因我而喪命，一定是罪大惡極之人！」皓禎侃侃而談。

「說得好！」寄南喝彩：「今天竇某能與少將軍一起被囚，聽著少將軍的高論，即使被冤死也是無憾！」

世廷瞪著皓禎和寄南，不禁對這兩人的視死如歸也心生佩服。陳大人忍不住上前：

「宰相爺！這兩個人犯，能說善道！您這樣問案，太客氣了！還是交給本官來處理吧！本官有把握，讓他們招出所有的罪狀！」

陳大人說完，就對衙役喊道：

「重重的打！打到他們肯說真話為止！」

鞭子又一鞭鞭抽在兩人身上，鞭鞭見血，陳大人再喊：

「準備鹽水！」

「陳大人！屈打成招不是上策！」世廷提醒：「畢竟他們兩個也是皇上器重的臣子！」

「宰相爺此話錯也！」陳大人說：「太子還是皇上的兒子，照樣謀反！」喊道：「潑鹽水！」

兩盆鹽水澆在兩人傷口上。兩人痛楚到發抖，卻咬牙忍耐著。皓禎痛到狂笑：

「哈哈哈哈！這鹽的用意，我總算明白了！」

寄南也狂笑著：「兄弟！有鞭子一起挨，有鹽水一起潑，有閻王一起見，只是……可憐了那兩個傻傻的好女子！」

世廷心有不忍，看了兩人一眼，就掉頭出門去。

❖

與此同時，將軍府裡，漢陽匆匆趕到，和袁家眾人、靈兒都集合在大廳中，個個都臉色蒼白，惶急無比。靈兒氣呼呼的滿屋子繞：

「哪有這種事？還以為皇上會在朝廷上論功行賞，個個升官，結果突然就來個大轉彎，居然把皓禎和寄南給下獄了！」

吟霜急得快哭了。

「皇后分明是在為伍震榮報仇！我有很壞很壞的預感，爹！娘！怎麼辦？我覺得這情況，比他們面對伍震榮的十萬大軍還嚴重！我們必須趕緊去救他們啊！」

「唉！除非皇上馬上能清醒！」柏凱嘆氣：「怎麼會給皇后『尚方御牌』呢？」

「那御牌可能是皇后從皇上那兒偷去的，誰知道是真是假？密道圖就肯定是假的，皇后早有預謀要陷害太子黨！」漢陽說道。

大家一聽，更加愁雲慘霧。靈兒問：「漢陽，你總可以從你爹那探聽消息吧？」

「我爹是奉了懿旨，和陳大人一起辦案，可……他根本不許我插手！」漢陽無奈。

雪如看著漢陽，著急說道：

「你到底是大理寺丞，總有辦法進到大理寺，不管怎樣，皓禎和寄南現在情況怎樣，你總可以幫我們打聽一下？」

「是是是！我一定會去大理寺！」漢陽說：「我趕來就是要告訴大家，先穩住情緒，案子在大理寺，我非管不可！如此明顯的冤獄，我更不能坐視！」

皓祥著急的喊道：

「連鋸齒山那樣凶險的大戰都打勝了，難道就敗在皇宮裡一個女子手中嗎？漢陽大人，我看不如劫獄！我要去救出我哥哥！」

「皓祥！你別亂說！」翩翩急道：「好不容易死裡逃生，怎麼能去幹犯法的事！你要嚇死娘嗎？還是大家商量商量，有沒有方法，要不，先給他們送點吃的、喝的進去！聽說那地牢又濕又冷！不挨鞭子都要生病的，何況……」

「二娘說得是，漢陽！那兒不是人過的地方，你趕快想辦法吧！」吟霜落淚了。

「還有一條路，我們去找蘭馨！」漢陽深思的說：「她一定比我們還生氣！對付皇后，她有她的辦法！」

眾人眼睛一亮！經過共同擊斃伍震榮，大家都成了同仇敵愾的兄弟姊妹，怎會忘了蘭馨？於是，靈兒和吟霜，帶著醫藥包，在漢陽安排下，大家在皇家馬場相見。吟霜著急心痛的說：「公主！請您快想辦法吧！皓禎、寄南現在一定被用重刑了，不知道會不會有生命危險？」

「公主！之前妳都有辦法拿到特赦令，讓皇上刀下留人！這次一定也能有辦法，救下皓禎和寄南對不對？」靈兒慌亂的問。

「說實話，這次的情況和上次不一樣，我母后失去了伍震榮，她恨死皓禎和寄南，現在更急迫的想搶下李氏江山，妨礙她的人，恐怕都沒好下場，我不是很有把握……」

吟霜和靈兒兩人擔憂得緊握雙手。

「除非……」蘭馨想著：「我直接去找我父皇說清楚！我把母后和伍震榮淫穢的骯髒事全部抖出來！讓他廢了母后……可是，父皇好像還沒清醒過來呢！」

「公主萬萬不可！」漢陽阻止：「就算皇上清醒了，妳現在去說這些，恐怕會讓皇上的病更加嚴重，臉上無光，惱羞成怒！這樣對事情更加不利，就怕公主說的話，反而引來反效果！何況，現在皇上的身體是最重要的事！」

「直接去大牢吧！我相信大理寺不敢不賣公主的面子，我們先去大牢看看皓禎和寄南的情況，只要見到他們，起碼知道他們現在是不是安然無恙！我們帶著外傷的藥，多少能有點幫助！」吟霜說。

「對對對！我們先去大牢！我們有大理寺丞，還有本朝公主，誰能攔阻我們？」靈兒振振有詞：「我們去探監總可以吧？」

蘭馨首肯，大家不敢耽誤，就直奔大理寺而去。

❖

在大理寺刑房裡的皓禎和寄南，被吊著手，打得更加悽慘！世廷在一旁觀看。皓禎滿身傷痕，嘴角流血，想到方世廷可能是自己的親爹，更是痛心無比，泛著淚光對方世廷說道：

「方大人！就算伍家對你有恩，人在人情在，人走茶涼，你何苦為伍震榮那種千古罪人，讓雙手再沾滿血腥，折磨自己？你看過的血腥場面還不夠多嗎？」

「現在是大理寺卿陳大人和本官聯合辦案！你居然想策反朝廷命官，當心本官讓你罪加一等。不如把你們謀反的經過，完完整整的交待清楚，免得再受皮肉之苦！」方世廷說道。

「快說！」陳大人凶狠，衙役不停抽打兩人。寄南散亂了頭髮，被打得有氣無力：「我已經說了幾百次，各種謀反，我通通有份！參加了太多次，怎麼記得細節？」鼓起力氣挑釁：「怎樣？你殺我呀！有種你放了皓禎！殺我呀！」

衛士衝進刑房報告：「報告宰相大人！陳大人！蘭馨公主和漢陽大人求見！」

世廷暗怒，自言自語：

「漢陽這不孝子，居然聯手蘭馨公主來對付本官了？皇后賜婚，本官都還沒答應呢！」就說道：「陳大人，你繼續審案！」心想：「我就出去會會公主，直接讓她死了嫁給漢陽的心！」方世廷走出大牢門口。吟霜、靈兒、蘭馨、漢陽都迎上前去。

「宰相大人！大理寺抓走了皓禎和寄南，本公主想探監！」蘭馨著急的說。

世廷無視公主，怒視漢陽：

「漢陽，你身為大理寺丞，難道不懂朝廷重犯不得探監的規矩嗎？」怒氣沖沖說：「我可還沒答應婚事，你就急著和這個準備再嫁的公主，同心協力來對付你爹了嗎？」

「爹！請你口下留情！」漢陽在乎蘭馨的感覺，急喊。

蘭馨聽了臉色大變。吟霜心裡只有皓禎，一跪落地，哀求道：

「宰相大人請饒了皓禎和寄南！」情急生智說道：「大人！吟霜是來投案的，所有謀反都是民女幹的！我是狐仙，是我蠱惑大家謀逆的，大人押錯人了！押我吧！我是白狐呀！」

靈兒聽吟霜如此說，也跪下了。

「不不不！是我！是我！我為了替我們雜技班報仇，我慫恿太子假謀反！才能殺了真謀反的伍震榮！」

「是誰謀反方大人心裡早就有數！」蘭馨霸氣的挺身而出：「方大人身為朝中命官，怎能殘害忠良，快放了皓禎和寄南！」

「爹！人死不能復生，請你不要一錯再錯！」漢陽痛喊：「快放人吧！你這樣做，讓身為大理寺丞的我，無地自容啊！」

「本官在處理謀逆大案，在官場我不是你爹！是一國宰相！」世廷怒吼：「你們這些閒雜人等，不要妨礙公務，通通出去！」大喊：「來人啊！把他們趕出大理寺！」

方世廷說完，轉身再進入大牢。眾多衙役粗魯的把吟霜、靈兒、蘭馨趕了出去，但對漢陽卻有怯意。吟霜與衙役拉扯喊著：「大人！宰相大人！您不能趕我們出去啊！我們是來投案的，我才是謀逆的主謀呀！大人！」

漢陽忍無可忍，對眾人喊了一句：「你們等在這兒！大理寺畢竟是本官的衙門，我闖進去看看！」

漢陽說完，就厲聲對眾衙役大喊：「你們退下！」

衙役讓開，漢陽就直奔大牢而去。

96

衙役還在鞭打著皓禎與寄南，兩人已經被打得奄奄一息，慘不忍睹。

忽然漢陽風一般的衝進了刑房。陳大人驚喊：

「漢陽，你又來了？」

漢陽衝到寄南和皓禎面前，對衙役大吼。

「住手！住手！」

衙役住手退後。漢陽看著皓禎和寄南滿身的鞭痕和傷勢，驚痛至極。皓禎忍著痛楚，看著漢陽說道：

「漢陽！你終於出現了！鋸齒山大戰，仙岩洞刺殺大魔頭，還有以前的揮淚送英雄！此生太值得！我身上的傷沒關係，你千萬不要告訴吟霜，讓她擔心！萬一我不能活著走出這個大牢，請幫我照顧她！」

寄南也急道：

「還有靈兒！如果你能收她在身邊，培植她成為一個女神捕，她一定會很開心！告訴她，她不笨不笨一點都不笨，是我欺負她……」

漢陽揮著袖子，激動的喊道：

「你們不要像交待後事一樣跟我說話！你們要對吟霜說的，要對靈兒說的，你們親自對她們說！我不是來聽兩位遺言的！」

漢陽就衝到衙役處，奪下鞭子，對兩個刑求的衙役胡亂抽去。漢陽似乎打得毫無章法，亂揮一通，卻鞭鞭抽在衙役臉上身上。世廷驚喊：

「漢陽！你瘋了嗎？快放下鞭子！」

漢陽丟下鞭子，衝到世廷面前，沉痛的吼道：

「爹！你打碎了我對你的尊敬，打碎了我們父子感情！你要真相是嗎？真相是我在謀反，你信嗎？現在有一群人來自首，明天，可能有幾百幾千人來自首！你還要另一個真相嗎？你因為皇后突然賜婚蘭馨，丟了你宰相的臉，你這是公報私仇！打皓禎、寄南出氣！你還要真相嗎……」

「住口！你這個不孝子！」世廷大驚喊道。

漢陽對世廷恨恨說道：

「你沒有『不孝子』！因為你失去我了！我不是你兒子了！」

漢陽喊完，就回頭對陳大人怒道：

「陳大人！請你立刻把他們鬆綁！否則我馬上進宮，把皇上請過來這兒參觀一下你們的傑作，皇上對少將軍和竇王爺的寵愛，你不會不清楚吧？」

「把皇上請來？」陳大人大驚失色，急忙看著方世廷：「方大人，您看這？」

「漢陽！你這是在威脅誰呢？我和陳大人是奉懿旨辦事，你膽敢在此干擾審案，還不退下！」世廷瞪著漢陽說。

「我身為大理寺丞，決不允許對未定罪的人犯嚴刑逼供，屈打成招！方大人、陳大人是不相信本官說到做到嗎？還不快把他們鬆綁！」

「你……你這個逆子！」世廷氣結，想出手打漢陽，漢陽正視著父親，毫不畏懼。世廷打不下去，氣得手一揮示意衙役鬆綁。

衙役上前，鬆開兩人吊著的雙手。皓禎和寄南立刻癱倒在地。

漢陽對陳大人命令的說道：

「少將軍的夫人白吟霜還在外面候著，她的醫術高明，人盡皆知，我去請她們進來給兩位治傷！兩位大人，可以先行休息，放心！我絕不會擅自釋放嫌犯，給兩位大人添麻煩！」

漢陽說完便大步流星的出去。世廷對衙役吼道：

「你們都看緊了，出了任何差池，就別想保住小命！」

世廷拂袖而去，膽小怕事的陳大人急忙跟了上去。

於是，吟霜、靈兒和蘭馨都進了刑房，在漢陽的大吼下，衙役拿來兩條毯子，讓皓禎和寄南趴在兩張毯子上。吟霜趕緊上前診視，見兩人遍體鱗傷，拚命忍淚，知道時辰寶貴，不敢耽誤，立刻仔細的為皓禎上藥，在傷口上方輕輕吹著，幫他止痛。皓禎看到吟霜，咬牙忍痛，笑著說道：

「吟霜，妳別被那些傷口騙了，不過是鞭子嘛！不痛的！」

「是是！」吟霜說：「你別說話，讓我幫你上藥！」就一面吹氣，一面上藥。

靈兒為寄南上藥，再小心，寄南還是忍不住的叫疼，腦門冒汗。

「啊……啊……好靈兒，妳輕點行嗎？」

靈兒心疼卻嘴硬：

「我看皓禎的傷不比你少，人家怎麼沒你這麼吵！」

「吟霜是妙手神醫，又溫柔，又輕巧，哪像妳，粗手粗腳，又凶悍，又用勁！」

「你還嫌棄我！」靈兒故意用勁的把藥膏抹上傷口。寄南疼得大叫：

「啊……謀殺親夫啊！」

靈兒一怔臉紅，大家被寄南逗笑了。靈兒說：

「你胡說什麼呀！」

「寄南這是苦中作樂，他忍著痛還逗大家開心，他多不容易啊！」蘭馨說。

「哎！知我者蘭馨公主也！」寄南說。

「皓禎！你疼就叫出來，別盡忍著，我知道鞭子抽的傷口有多疼！他們還潑鹽水，真是太殘忍了……」吟霜忍不住掉下淚，滴在皓禎的背上，皓禎看不到但察覺了。

「別哭，吟霜，我不疼，在這麼惡劣的環境裡，能夠有妳的陪伴，還有大家的苦中作樂，所有的疼痛都化為感動了！」

大家聽了吟霜、皓禎兩人的話語，都醉了。靈兒嘟著嘴說：

「寄南！你就不能像皓禎這樣說幾句感人肺腑的話給我聽聽！就會嫌棄我！」

「行！只要我能出去了，咱倆鑽進被窩，我給妳說上幾天幾夜！」寄南說。

「你們一定能平安出去！」漢陽和蘭馨異口同聲的說。

兩人都意外的看著彼此，有點不好意思。皓禎驚覺，不勝感慨，衝口而出：

「公主跟漢陽真是好默契！」

漢陽跟蘭馨又互看，微笑起來。寄南說道：

「有你們的雙重保證，我的傷口好像不太疼了！」

「漢陽！」吟霜擔心的說：「我們這樣幫皓禎、寄南上藥，明天會不會陳大人過來，又是一頓鞭刑？」

「不會的！在他們離開大牢之前，我不會讓任何人再碰他們一根寒毛！」漢陽堅決說。

「我們會盡快把皓禎、寄南弄出去！」蘭馨說：「待會兒我就會去看父皇，只要他清醒了，你們就得救了！」

「真的嗎？那就好！」吟霜打開瓷瓶倒出藥丸：「這個藥丸，能止痛，還能安神，之前皓祥也服過，很有用的，但藥性苦，我需要水讓他們服下去。」

「我去！」蘭馨和漢陽再度默契的說道。

漢陽率先出去了。

「我沒聽錯吧！寄南，什麼時候，咱們也默契一回！」靈兒說。

「哈哈哈！成！啊……疼！」寄南又笑又喊痛。

大家就這麼苦中作樂著。漢陽拿了一葫蘆瓢的水過來。

「兩位將就著喝吧！」

吟霜一面餵藥，一面對身邊的蘭馨低低說道：

「蘭馨！請妳想辦法把這些衙役通通弄出刑房，我要用我的方法幫他們兩個治傷！這樣擦藥效力太慢！這個藥膏裡我摻了薄荷葉汁，所以擦上去有清涼感，能幫他們止疼、止癢，但涼性會慢慢消失，疼痛感就回來了！」

蘭馨點點頭，忽然跳起身子，對衙役痛罵：

「你們知道這樣虐待別人，要付出多少代價嗎？我有經驗，只要你們還有一點天良，惡夢會永遠追著你們，後悔會永遠纏著你們！痛的不止是被害人，也是加害人！你們這些狗東西，懂嗎？懂嗎？」

漢陽、皓禎、吟霜、靈兒、寄南都被蘭馨的話震撼了。蘭馨趕著衙役：

「你們這些劊子手！給本公主滾出去！」

衙役們被蘭馨這樣突如其來的舉動嚇得不知道該走該留。漢陽喊：

「還愣著幹嘛？萬一公主下令把你們關起來，我也只能照辦啊！快滾！」

衙役們急忙離開了。吟霜趕緊說：

「漢陽！請你幫我守在外頭，氣功治療中最忌突然中斷，萬一受到打擾，對我跟病人都是傷害。」

「沒問題！我和漢陽守在外頭，杜絕所有的干擾，妳慢慢為他們治療吧！」

兩人出去。吟霜看到人都走了，靈兒幫忙，她趕緊用白布巾蓋住兩人背部的傷口。吟霜就忙著將雙手放在蓋著的布巾上，輪流為兩人用氣功治傷。

吟霜額上不斷冒出汗珠。寄南、皓禎逐漸減輕了痛楚。靈兒拿著帕子，不停的為吟霜拭汗。

刑房內正忙著治傷，刑房外，衙役帶著陳大人、方世廷快步的走向刑房門口，漢陽，蘭馨立即警覺的一攔。世廷喊道：

「漢陽，裡面發生了什麼事，快讓我們進去！」

「方大人別緊張，他們好好的在裡面治傷。我跟漢陽出來透透氣，這大牢裡的寒氣逼人，陰森又潮濕，我快透不過氣了！」蘭馨說。

「公主不會把人放走了吧？微臣擔不起這責任啊！」陳大人狐疑的問。

蘭馨冷哼，諷刺的說道：

「本公主知道陳大人向來沒有肩膀，趨炎附勢，貪生怕死，我怎麼會私自把人給放了，讓陳大人項上人頭不保呢！本公主只是留給這兩對苦命鴛鴦一點時辰，說說體己話。陳大人、方大人可以通融片刻嗎？」

陳大人不敢多言。方世廷知道蘭馨指桑罵槐，氣得火冒三丈，只能對著漢陽出氣：

「你大鬧監牢，是要我把你也關起來嗎？你這一幕，是衝著我來的？」

「這一切，漢陽都只有一個理由！為了正義！」漢陽悲痛的看向世廷：「希望宰相大人，也能有一顆悲天憫人和正義之心！」就熱誠的說道：「**愛在人，謂之仁，義在我，謂之義！爹！忠孝仁義，忠孝仁義啊！**」

世廷大震，被漢陽這幾句話，著實震撼了。

❖

刑房中，皓禎已在歇息。吟霜臉色蒼白為寄南運氣治傷，靈兒繼續為吟霜拭汗。吟霜累得快要虛脫，皓禎看著心疼又不捨。

刑房外，世廷仰天狂笑，感嘆：

「哈哈哈！想我方世廷一生，年輕時為仕途奮鬥換得家庭溫飽，中年為朝廷奉獻換得有子承衣缽，沒想到老來卻讓唯一的兒子，來教訓我不懂忠孝仁義！哼！罵得好，就讓我這不懂得忠孝仁義的爹，親手把這個逆子打死！」

世廷出手就要打漢陽，漢陽不動如山的站著，準備受打。

蘭馨突然擋在漢陽前面，世廷即時收住了手。蘭馨就對世廷說道：

「方大人！蘭馨知道你對我有很多意見，大人與其把氣出在漢陽身上讓我看了難受，何不和蘭馨徹底把心結打開！漢陽，借你的書房用用！」

世廷一愣。蘭馨自己就轉身走了，世廷只好跟去。

漢陽啼笑皆非，欣賞的注視著蘭馨的離開。

到了漢陽在大理寺的書房，世廷背負著雙手，在室內走來走去，鬱怒著。蘭馨用一對明亮的眼睛，坦率的看著世廷。朗聲說道：

「本公主知道宰相大人對父皇把我賜婚給漢陽的事，耿耿於懷！也知道皓禎是受了這事的牽累，才被打得這麼慘！」

世廷不悅，也直率的回答：

「既然公主知道，不如去對皇上說您拒絕這門婚事，讓公主和漢陽都能解脫，我方家也不必為難！」

「宰相一定要這樣做？哪怕犧牲了漢陽的幸福也不在乎？」蘭馨問。

「本官看不出來漢陽跟公主的聯婚，會帶給漢陽什麼幸福？」

「那麼，宰相也看不出來，不聯婚，會帶給漢陽不幸？」

「什麼不幸？怎會不幸？」世廷鬱怒的問。

「第一，父皇會震怒，一定影響宰相的仕途！第二、漢陽會失望，一定影響父子的感情。第三，漢陽終身不娶，方家從此絕後！」

「什麼叫漢陽終身不娶？何以見得除了公主，漢陽就不能娶別的女子？」世廷大驚，憤憤的看著蘭馨。

蘭馨直視著世廷，很有把握的說道：

「宰相要不要跟蘭馨賭一賭？如果宰相不瞭解漢陽，那麼，本公主很瞭解，他在朝廷上，只忠於一個姓氏！他在私人感情上，也只忠於一份感情！即使本公主再嫁別家，他還是不會另娶！**心唯一，謂之忠！**」

世廷瞪著蘭馨，確實被她的話，深深震住了。

❖

這晚，在宰相府，漢陽背著一個包袱，從自己房間走進大廳，堅決的說道：

「娘！漢陽來跟妳告別！」

「什麼？告別？你要去哪裡？大理寺那兒能長住嗎？」采文大驚問。

世廷色厲內荏的喊：

「讓他走！他今天可神氣了！帶了公主、吟霜她們大鬧監牢，對我又吼又叫，簡直無視我這個爹的身分，也無視我這個爹的苦衷！讓我太失望了，我就當沒有他這個兒子，儘管走！」

漢陽怒看世廷，有力的說：

「我無視你的苦衷？你有什麼苦衷？這麼多年來，你知道我的苦衷嗎？你一點也不瞭解我！在刑房裡我就跟你說了，我不是你兒子！宰相大人，漢陽告辭！」

漢陽說完，背著包袱就向門外走。采文又驚又急的撲過來，抱住漢陽不放。

「有話好好跟你爹說呀！什麼叫你不是爹的兒子？你不是他的兒子，你是誰的兒子？為什麼你們父子一定要鬧成這樣？」

漢陽抬頭對采文，恨恨的說道：

「娘，爹已經變了一個人，他不是我爹了！他居然夥同陳大人，把皓禎和寄南關進大牢裡，刑求逼供，打得遍體鱗傷！」

采文更是驚痛，看著世廷，氣急敗壞喊道：

「什麼？那皓禎和寄南現在怎樣？傷得嚴重嗎？」

「已經快要去掉半條命了！」漢陽說：「鞭子抽還不夠，還潑鹽水，潑完再打，這樣的酷刑凌虐，跟伍震榮的暴行有什麼兩樣？皓禎和寄南，剛剛大戰鋸齒山，砍了伍震榮的腦袋，為本朝建立大功，卻被爹毒打……」

「住口！」世廷大怒，喊道：「你沒有資格來批評你爹，朝中之事也不是你這個初出茅廬的後生晚輩能理解的，不要以為皇上提拔了你為大理寺丞，你就了不起了，還早得很呢！我再告訴你，這個袁皓禎為了成就自己偉大的感情，現在害的咱們方家來幫他收爛攤子，蘭馨公主在我面前張牙舞爪的一頓訓斥，等她進了家門，我們還不知道有什麼麻煩！袁皓禎是始作俑者，你告訴我，我還能對他有好感嗎？」

漢陽忍住了不反駁。采文已經急到語無倫次：

「你……你不喜歡他，就這樣對待他嗎？你根本沒有理由不喜歡他，沒有資格不喜歡他！」采文所有的壓抑，全部忍無可忍的爆發了：「他他他……他是你的恩人，他是讓你能夠生存下去的人，他是讓你一路做到宰相的人！而你，卻這樣對待皓禎……你……你才是不仁不義的人啊！」

世廷又氣又莫名其妙的喊：

「妳滿嘴胡說些什麼？他怎麼會是我的恩人？妳語無倫次，亂七八糟！皓禎是皇后下令抓起來的！我是奉懿旨辦事！這些朝廷裡的事情，哪是妳婦道人家能懂的！」

采文衝上前去，抓住世廷的衣袖，一陣亂搖，失控的喊道：

「我是婦道人家，做錯了一堆事！當年為了讓你請大夫治病，讓你能夠活下來，讓你吃飽飯，讓你考科舉……你要感激的不是伍震榮，是……是……是皓禎！早知你會和伍震榮勾結在一起，現在，還要處心積慮殺皓禎，我錯了！我錯了……」就劈劈啪啪的左右開弓，打著自己的耳光，眼淚奪眶而出：「我真應該去死……我真應該去死……」突然對門柱撞上去：「我不如一頭撞死！」

漢陽大驚失色，閃電般衝上前去，一把抱住采文，阻止了她撞柱。

「娘！妳這是幹嘛？妳說什麼呢？我一句也不懂！」

世廷驚愕至極，瞪著采文喊道：

「妳為了袁皓禎要一頭撞死，妳糊塗了吧！」

采文終於崩潰的大喊：

「世廷！皓禎他……他是你的兒子！他是我們的兒子，我們那個生下來就被抱走的兒子！」大喊：「我們方家的骨肉！你討厭的、你折磨的、你鞭打的是你親生的兒子……親生的兒子呀！」

世廷瞪大了雙眼，說不出話。漢陽震驚的問：

「娘！妳在說什麼？皓禎……是我方家的孩子？」

「漢陽！那是你弟弟！是跟你一個娘胎的親生弟弟……」采文哭道：「因為你的祖母，我的婆婆，世廷的娘作主，我失去了那個兒子！」采文開始哭著述說一段過去……

❖

婆婆拉著大腹便便的采文，在鄉間曠野的石屋外，哭泣的哀求著：

「采文！這是我們唯一的辦法，我們有了漢陽，方家已經有後了！我也收了牙婆的錢，不能後悔，妳答應娘，就把這第二胎讓出去吧！我們就當這個孩子投胎來方家報恩的！」

「娘！別的事我都可以依妳，這事，我做不到啊！」采文哭著說。

「那妳要看著世廷病死嗎？要看著漢陽餓死嗎？全家的希望，都在妳肚子裡這個兒子身上！人家是出了高價來買呀！」婆婆含淚說道。

「如果我生的是女兒呢？」采文問。

「如果是女兒，他們當然不要，付的訂金就給咱們！他們希望妳吃得好一點，讓孩子健康！如果是兒子，他們會再給咱們很多錢，足以讓我們度過所有難關！娘求妳了！求妳了！

為了世廷和漢陽的命，妳答應娘吧！」

采文趴在石屋的牆上，痛哭搥牆：

「那我希望我生的是女兒！我要生女兒！老天啊，請給我一個女兒吧……」

❖

采文說完這段經過，哭著繼續說：

「結果，我偏偏生了一個兒子，就這樣被牙婆抱走了……」

方世廷震驚得瞪大眼珠看著采文，大吼：

「妳簡直胡說八道！胡說八道！妳瘋了！」

「我沒有瘋！皓禎上回入監的時候，我去看過他！也告訴過他！」

世廷氣壞了，咆哮道：

「妳是不是袁家的故事聽多了，聽糊塗了也來編造一個！我絕對不相信！我只有漢陽一個兒子，我們的老二不是出生就夭折了？娘怎麼會騙我呢！」

「那孩子沒有夭折，那孩子是皓禎！」采文哭喊。

「娘！何以見得皓禎是我們方家的？妳有什麼證據？」漢陽震動已極的問。

「因為牙婆還活著，她來找過我！告訴我她親眼看著皓禎被抱進袁家！他真的是我們的孩子！他長得和我弟弟很像，漢陽，他和你也很像啊！」

漢陽怔著，忽然想起在亭子裡看地圖，兩人都有「過目不忘」本領的事，想起皓禎一直是「木鳶」最欣賞的人，許多默契都在他面前展開，想起每次「木鳶」的短箋，只有皓禎可以立刻解出來。想起兩人一起畫洛陽和長安的地圖，有相同的見解……越想越驚，越想越有真實感。

世廷震驚、無法置信的瞪著采文。

「妳們婆媳兩人竟然聯手做出這種荒謬的事，還說是為了我的前途？為了我的仕途……我是賣子求榮的人嗎？」

采文哭得痛澈心扉：

「賣了兒子，我也後悔了一輩子！是我對不起皓禎……現在他就在眼前，你怎麼可以不認？還要治他於罪？還要鞭打折磨他，你於心何忍？讓他認祖歸宗吧！讓他回到我們身邊吧！我發誓，他是我們的兒子！一個讓人驕傲的兒子！牙婆我把她安置了，如果你不信，我馬上把她接來作證！」

方世廷又驚又怒又痛，跌落在坐墊上，雙眼發直。

「原來我的功名和生命，是妳賣兒子得來的！」看著采文，難以置信：「袁皓禎……他真的是我兒子嗎？」

采文痛哭流涕，拚命點頭。

「千真萬確！從我知道皓禎是我的兒子，我沒有一夜能安睡，無時無刻的想讓他回到我身邊，即使不能，最起碼聽他喊一聲娘！」

漢陽一直聽著，震撼無比，問道：

「娘！妳說去牢裡看過他？那麼，皓禎怎麼說？」

「他……他把我趕走了！」采文哭倒在地：「他不認我啊！他怎會要一個賣兒子的娘？現在……還多了一個要打死他的爹！」

漢陽眼前，又閃出采文追囚車的畫面，哭著狂喊的情景。再冒出皓禎陪靈兒、寄南回家，采文差點跌倒，皓禎飛躍過去扶住。和采文送雞湯，皓禎和采文雙雙燙傷的畫面，漢陽驚痛回憶，脫口痛喊：

「難怪最近提到皓禎，娘經常一把鼻涕一把眼淚，看到皓禎就像著魔一樣。」再一想：「我會和皓禎一見如故，原來我們是親兄弟！」大喊：「皓禎是我的親弟弟！沒錯！他的視死如歸，他的英雄氣概，他的俠骨柔情……他就是我的親弟弟！不管他要不要認我們，我要認他！我要認他！」

漢陽一喊，乍然驚醒了方世廷。

97

這夜，在大理寺的刑房裡，皓禎和寄南席地而坐，兩人的氣色都好多了。

忽然，陳大人帶著漢陽、世廷和采文一起進門。采文手裡還拿著兩套乾淨的衣服。寄南驚愕的說：

「宰相夫人！妳居然來了大牢？不會是懷念我這個在貴府吵吵鬧鬧的浪子吧？」

采文紅著眼眶，看著兩人，見到兩人身上的血污，心痛至極。

「你們……你們的傷……是不是很嚴重？」祈諒的看著皓禎，含淚的說：「聽說吟霜來幫你們治療過，是不是好些了呢？」

皓禎看到采文立刻警戒起來：

「我們都很好！夫人請回吧！」

漢陽見皓禎的冷淡態度，心中痛楚，走上前來，看著皓禎，誠懇至極的說道：

「我娘對你們一直很關心，知道你們安全了，就迫不及待的過來探望。」

皓禎接觸了漢陽的視線，更加不安。寄南見狀，機靈的笑道：

「哈哈哈！宰相夫人太給咱面子了，經過吟霜神醫的治療，還會有什麼問題呢？」寄南說著，就站起身子，活動了一下，勉強的走了兩步。

皓禎抗拒的看著世廷和采文，坐著不動，冷淡的說：

「宰相和夫人是來探監的嗎？我們用不著，如果是來審問的，就趕緊繼續審問吧！如果是要刑求，就乾脆刑求吧！」

「少將軍誤會了！」陳大人說道：「宰相和夫人，還有漢陽，是來接你們出獄的！方大人用了皇上的尚方御牌，排除了皇后的反對，力保你們出獄的！」

皓禎和寄南同時一驚：

「啊？宰相也有皇上的尚方御牌？」

世廷就對皓禎伸出手去，溫和的說：

「來！能行動嗎？你們可以出獄了。」

采文急著過來要攙扶皓禎，哀懇的說道：

「先回家裡好好吃一頓，我都準備好了！你們……都受苦了……」

皓禎看著采文，再看世廷，突然有點明白了，臉色一變，用手撐著地，自行站起身。寄南不明就裡，覺得奇怪。皓禎已經說：

「出獄？看樣子，這牢獄之災已經告一段落。那麼，寄南，我們趕快回將軍府！」

漢陽誠懇到近乎哀求的說：

「皓禎、寄南，先回宰相府吧！時候不早了，府裡已經準備了熱水，總要洗去監獄裡的塵埃，收拾乾淨再回將軍府吧！」

「也好！」寄南不知情的答道。

「不必！將軍府有的是熱水！」皓禎抗拒的說道，一臉怒意。

寄南一怔，更糊塗，閉嘴了。采文就怯怯的送上衣服，說：

「那麼……換上這兩套乾淨的衣服吧？總不能穿囚衣回去，是不是？」眼光始終祈諒的、哀懇的看著皓禎。皓禎幾乎是粗魯的，一把搶過了衣服，冷冷的說：

「你們『方家人』退後，距離我遠一點！」

寄南驚奇的看著這場面。世廷就痛楚的看看皓禎，說道：

「那你們換衣服吧！換好衣服，我們送你們回將軍府！」

「我們自己會走！不勞宰相、夫人費心！」皓禎粗聲的回絕。

世廷、采文、漢陽三人都臉色慘然。漢陽就去端了一盆乾淨的水來，說道：

「不回宰相府，臉也要洗洗，頭髮整理好，別讓將軍和夫人，看到你們這麼狼狽。」就親手絞了帕子，雙手送到皓禎面前，低語：「如果你對方漢陽有氣，就算接受木鳶的歉意，如何？」

皓禎一把搶過帕子，胡亂的擦著臉，再把帕子重重的摔進水盆裡，濺了漢陽一臉的水。漢陽臉上淋著水，也不擦拭，用祈諒的眼神，深深看著皓禎。

寄南困惑不已，卻因要出獄而興奮著，打著哈哈：「哈哈哈！宰相！夫人！皓禎這人就是彆扭，坐了幾天冤枉牢，現在氣不打一處來！想我竇寄南，能有宰相親自接出獄，榮幸啊榮幸！至於那些鞭子，也就不計較了！」

皓禎一步也不想停留的往外走，寄南趕緊跟上。方家人無奈的隨後走出。

❖

皓禎寄南出獄，將軍府完全不知道。畫梅軒裡，吟霜焦慮萬分的說道：「爹！娘！皓禎和寄南被打得全身是傷，我必須再進去，幫他們換藥和治療。但是，上次已經是漢陽和他爹翻臉才把我們帶進去的，現在不知道還有什麼辦法能進去？」

「現在真是一團亂！皇上病倒，皇后抓權，我們總不能才打贏了鋸齒山一戰，就再發動劫獄之戰，那就坐實太子、皓禎和寄南都是謀逆，必須先顧全大局！」柏凱說。

「大將軍！」靈兒急壞了：「別顧全什麼大局了！帶著神威軍、左驍衛大幹一場吧！連鋸齒山都打贏了，還怕那座監牢？我們就去劫大牢！要不然，他們還是死路一條啊！」

小樂衝進門，激動不已的喊：

「將軍！將軍！宰相方大人和夫人，還有漢陽大人，用轎子把咱家公子和竇王爺送回來了，人在大廳裡！」

「什麼？他們回來了？」袁家人全部震動著，不知道這個災難是如何解除的？

「我們趕快去大廳吧！」雪如喊著。

大家進了大廳，就看到方家三口站在客廳裡，個個形容憔悴，眼睛紅腫。皓禎和寄南穿著乾淨的衣裳，坐在墊子上，看來沒有再被打，不禁驚喜交集。吟霜衝向皓禎喊：

「皓禎！皓禎！我真不敢相信你們居然這麼快就出來了！身上的傷怎樣？」

皓禎忍著痛，握緊吟霜的手：

「被妳治療過了，還會怎樣？已經好了一半！」

靈兒翻著寄南的衣服，急切的嚷著：

「你這混蛋！快讓我看看，傷口癒合了沒有？」

「哎呀！」寄南窘迫的說：「這麼多雙眼睛看著，妳要脫我衣服，也等到私下無人時呀！」

靈兒一聽，就胡亂的打著寄南。

「滿嘴胡說八道，沒有一點正經的時候！」

「哎喲哎喲！」寄南叫痛：「皓禎說好了一半，那是安慰吟霜的話，妳這樣一打，肯定又流血了！怎麼這樣粗魯呢？」

柏凱看到皓禎和寄南回來，驚奇又意外，看到世廷和采文，更是意外。

「方大人！是皇后釋放了他們嗎？關於那些莫名其妙的罪名，難道都已經調查清楚了？為什麼刑求逼供，現在又突然深夜送回？這事太意外了！」柏凱說。

方世廷臉色凝重難開其口，吞吞吐吐。

「是……是……」

靈兒自以為聰明的說：

「一定是皇上清醒了，立刻就釋放了他們！皇后的奸計沒得逞！哈哈！」

「妳別插嘴，讓方大人說！」吟霜阻止靈兒。

「請將軍摒退左右，有要事必須相談！」世廷看看四周。

柏凱不解，卻交待著：

「魯超，把所有人都帶下去。關好房門，你在門口守著！」

「是！」魯超一揮手，將袁忠、秦媽、香綺都帶出大廳，嚴密的關上房門。

采文見房內只有家人了，就淚眼看著皓禎不語。皓禎和采文眼睛相對，采文的淚就落了下來，皓禎像觸電般跳起身子，抗拒警告的喊：

「方夫人，妳那一套故事在我家人面前，不許說！」

眾人被皓禎這樣的一吼，都怔住了。雪如說：

「皓禎不得無禮！」驚問：「夫人親自前來，一定有什麼要事？但說無妨！」

世廷眼中含淚，拉著采文。兩人對柏凱、雪如行禮，世廷說道：

「袁大將軍！夫人！謝謝你們幫我養大了皓禎，而且把他培養教育得這麼好！世廷感恩不盡！請受我們兩人一拜！」

兩人就對柏凱和雪如跪下了。雪如變色驚問：

「什麼？你說這話什麼意思？你們快起來，不要跪我！」

「是啊！方大人快起來說話！」柏凱拉著。

寄南和靈兒詫異的交換視線，吟霜就去看皓禎。皓禎突然暴怒說道：

「爹娘！送客吧！」對世廷和采文說道：「你們有什麼資格來將軍府大放厥詞、造謠生事！要不就再把我抓回大牢，快把我抓走！一刀砍死我！不准騷擾我的家人！」

采文哭倒在皓禎的腳下。

「皓禎！皓禎！求你不要這樣！難道你寧願死，都不願原諒我嗎？讓我們相認吧！皓禎！」

「我不會認你們！別跟我家人提妳那荒唐的故事！不管我從什麼地方來的，總之，我絕對不可能是你們的兒子！」皓禎怒喊著。

「怎麼皓禎會是方家的兒子？」柏凱糊塗了：「到底是怎麼回事？皓禎！你得讓方大人跟我們說清楚啊！」

「爹！不要聽他們的任何一句話！不要相信！」皓禎憤怒而痛苦。

「皓禎！你冷靜一下好嗎？相不相信等他們說完，讓大家自己判斷！」漢陽說。

在場的人都一臉狐疑，等待真相揭開。世廷老淚縱橫的說道：

「一切都是我的錯！一切都是我的錯！今天我們全家就是來與皓禎相認的！當年……是我們拋棄了皓禎……皓禎是我們方家的骨肉！」

「不！不是！不是！不是！」皓禎厲聲抗拒：「我說過多少遍了，你們為什麼還執迷不悟，我不是你們的兒子，就算我是將軍府抱來的，也絕不是你們方家的兒子。我再說一次，你們認錯人了，聽明白了嗎？」

吟霜抱著皓禎，試圖穩定他的情緒：

「皓禎，你身上還帶著傷，先不要激動啊。」

「你們大家都聽我說，不管親生與否，我只認一個爹一個娘，我是袁家的兒子！袁家的兒子！」皓禎堅定的說完，不顧眾人，逕自走出了大廳。

「皓禎！」大家喊著。

「爹娘！我去追他回來！」吟霜說，追著皓禎而去。

皓禎才跑到庭院，吟霜已經追了過來。皓禎一把摟住吟霜，緊緊的將她抱個滿懷，痛楚的說道：

「讓我好好抱著妳，吟霜！只有妳是真實的，他們都不是真實的，我如何去承受不真實的父母兄弟？」

吟霜感同身受，緊緊的抱著皓禎。

「你的感覺，我當初完全經歷過！所有的掙扎和抗拒我都懂！但是，我們無從逃避，只能面對！進去吧！說不定面對以後，你的感覺會不一樣！相信我！」

吟霜就拉著皓禎回到客廳坐下，皓禎依舊滿臉的痛苦和抗拒。

采文見皓禎返回，神色悽然，痛心疾首說道：

「皓禎！你真的是鐵了心都不認我這個娘是嗎？」堅定的喊：「血書！我有一封血書！交給了牙婆，希望有必要時，把我的血書帶給收養皓禎的人！」跪爬到雪如面前：「你們看過那血書嗎？」急切的說：「一封血書！血書！」

大家的眼光都看向雪如。雪如臉色沉重的問：

「什麼血書？我從來沒有見過血書！」突然一想，奔到門前，打開門對外喊：「魯超！你快馬加鞭，去把我大姊雪晴接來將軍府，讓她把二十一年前的血書帶來！重要！重要！快去！快回！」

「是！我立刻就去！」魯超跑向馬廄。

采文痛苦敘述那一天……

❖

那一天，丙戌年十月十九日辰時。

采文抱著嬰兒，坐在簡陋的書桌前。桌上攤著一張紙。采文用一把小刀，割破了右手食指。鮮血湧了出來。采文一手抱著嬰兒，一手開始用鮮血，寫著血書。

采文寫完，看著懷裡的嬰兒，淚水滾落，低低哭道：

「兒子！對不起，娘太窮了，娘太沒用了，娘不配有你，希望你到一個好人家，被爹娘寵著愛著……好好長大……好好長大……」

采文摺疊信箋，放進信封，淚不可止。

❖

采文說到這兒，看著皓禎，哽咽說道：

「上次在監牢裡，我曾經告訴你，馬車來接你了，我抱著你不肯放手，口口聲聲說我後悔了，不賣了！可是，你還是被抱走了，我追著馬車跑，追得摔倒了！那時，我才生下你幾個時辰而已，沒有體力，跑不動啊！然後……

❖

那一天，丙戌年十月十九日午時。

車夫一拉馬轠，馬車往前奔去，嬰兒啼哭聲驟然傳來。采文哭著大喊：

「等一下！等一下……讓我再餵他一口奶喝……我還有東西要給他，等一下……等一下……」

采文開始追著馬車跑，追著追著，腳下一個踉蹌，跌落在地。采文匍匐在地上痛哭，哭叫著：

「兒子！兒子……原諒我……原諒我……原諒我……」

牙婆回頭看，不忍采文在後面苦追，停下馬車。采文趕緊起身，跑著追來將血書交給牙婆。采文哭著說道：

「請把這血書交給收養孩子的人，如果將來孩子像妳說的，生活快樂幸福，這血書就永遠不必拿出來！如果不是，如果孩子有一天想知道生母是誰，把血書給他看！告訴他，他的娘對不起他！但是，他的娘愛他！千千萬萬個對不起！千千萬萬個捨不得！告訴他！告訴他……」

牙婆感動，收起了血書，馬車又開始前行。采文再度追著馬車跑，哭喊：

「兒子！兒子……我養不起你，我要救你爹，我要救你哥哥，原諒我……原諒我……原諒我……」

追上來的婆婆抱住采文，婆媳緊擁著哭泣。

不遠處的另一輛馬車裡，雪晴目睹了一切，跟著落淚。

❖

大廳裡，眾人聽完了采文的敘述，個個震動著，包括漢陽和世廷。只有抗拒的皓禎，依舊臉色蒼白，眼睛發直，動也不動。雪如拭淚看采文說：

「所以，妳就這樣失去了皓禎？」

采文點頭。此時，魯超帶來了雪晴，雪晴神色凝重的踏入客廳。皓禎見雪晴出現，心中各種滋味翻滾，五味雜陳！吟霜心痛的握緊了皓禎的手。

雪晴看到哭得很慘的采文和眼眶紅紅的雪如，心中就明白了。她從懷裡掏出一封年代久遠的血書，長嘆一聲，說道：

「唉！我本來想把它燒掉的，後來想，只要我不拿出來，就不會造成任何問題，人生無常，留著以備萬一也好！」

皓禎接過血書，看到那已經變色的斑斑血跡。采文顫抖著唸出上面的文字：

「母別子，子別母，白日無光哭聲苦，生兒就是離別時，從此心碎無法補……宋采文於丙戌年十月十九日辰時。」

皓禎聽采文一字不錯的唸出來，再也無法否認他跟方家的關係，覺得內心絞痛。吟霜握著皓禎的手，含淚說道：

「我們是同年同月同日生的，我們都有愛我們的爹娘，他們……在各種無奈中，放棄了我們，蒼天接手，讓我們的人生沒有遺憾！」

皓禎終於淚流滿面，身不由主的向采文跪下，采文趕緊跪在他對面。皓禎悲痛，語不成聲：

「我……我……我不知道該說什麼……」

采文哭紅了雙眼，伸手摸著皓禎的手：

「不用說什麼，不必說什麼！還好……還好……這些年，你在一個好家庭，你沒有受苦！倒是你的親爹，在不知情下傷害了你，他也痛不欲生啊！」

世廷跪向皓禎，此時才覺得痛楚莫名。

「兒子！我為人臣子，身不由己把你關人大牢，眼看陳大人刑求你，不曾出手相救，真是大錯特錯呀！」

漢陽也對皓禎一跪，說道：

「皓禎！原諒爹吧！他什麼都不知道！也原諒娘吧！別再讓娘傷心了，娘每天一早就對祖母上香，常常哭紅眼，現在我才明白！娘守著這個祕密，也守得好苦啊！你就認了我們吧！」

皓禎流著淚，凝視著采文，哽咽說道：

「這些年……妳，受苦了！」

「是！每天都苦，苦了這麼久，如果你肯叫我一聲娘，我想我就再沒遺憾了！」

皓禎同時對著雪如和采文，伸出雙手，一手抓住一個，痛哭大喊：

「娘！」

屋裡眾人感動得哭成一片。吟霜落淚，情不自禁的跪在皓禎身旁。皓禎就驕傲的對采文慎重介紹：

「妳見過的，吟霜！這是妳兒媳婦，為了她，我辜負了蘭馨公主！」

漢陽終於喘了口大氣，拭去眼角的淚，拍拍皓禎的肩膀，充滿感性的說道：

「放心！你辜負的，讓哥哥來幫你彌補吧！」

世廷帶著感動的淚眼說：

「是的！是的！就讓漢陽來給蘭馨公主一輩子的幸福吧！現在我終於知道，天意是什麼！蘭馨，她一直是屬於漢陽的！當初選駙馬，你就把她推進漢陽懷裡！她注定是方家的兒媳婦！」

皓禎就正視著世廷，嚴肅的說道：

「宰相大人，我看了血書，認了娘！我也認了我的哥哥漢陽。但是你這位宰相，一直是伍震榮的知己，幫著伍震榮做盡壞事！我不能認密謀篡位的人做我的爹！所以……我不能認你，我無法認你！」

「什麼？你不認我？」世廷大震，跳起身子。

「你現在又暗助皇后，要把李氏江山，變成盧氏天下！我不能認賊作父！」

「皓禎！請你相信我，我會說服爹的！」漢陽急喊。

皓禎直視世廷，堅持的說：

「他助紂為虐多年，滿手血腥，如何能夠洗淨一身的罪惡？我無法以他為榮，又怎麼能做為他的兒子？」

世廷凝視著正氣凜然的皓禎，突然跌坐在地，仰天長嘆，痛澈心扉的說道：

「皇天在上，我方世廷活到今日，自認忠孝仁義，不改初衷！此時此刻面對我最愛的家人竟如此悲涼！長子說他不是我兒子，次子根本不認我。你們這些英雄好漢，可曾知道要隱瞞自己的真面目，在伍震榮身邊當走狗的滋味嗎？七年了，不止七年，為了布局，前前後後十年了！我是伍震榮的知己，我是他的謀士，為他出謀畫策，做出喪盡天良的壞事！但……如不是這樣，我如何能保護木鳶，去成立『天元通寶』，去集合有熱血有忠心的好男兒，來拯救這岌岌可危的李氏江山……我為皇上的一片赤膽忠心，只能祈求老天讓皇上甦醒，再還我清白了……」

這番話震動了皓禎、柏凱等眾人，漢陽睜大了眼睛，驚跳起來，激動打斷：

「爹！你知道我是木鳶？」

世廷淚眼看漢陽，大聲道：

「我知道你是木鳶，我知道你會武功！你的師父也是我的知己啊！如果我不『忍辱偷生』，如何保護你的大業？這朝廷，沒有天元通寶，早就是伍震榮的了！」看著皓禎和寄南：「你們還記得伍震榮逼著皇上，要處死四王那天嗎……先是逼著皇上寫御筆詔書，喊著死刑，死刑！接著又喊著刖刑！刖刑！如果我當時不把『流放』坐實，四王就會死！因為他們的流放，才有『天元通寶』的援救！這些點點滴滴，我默默的做著，你們看到真相了嗎？」

「為什麼你不告訴我？我們是父子呀！你可以親自跟我說呀！」漢陽激動說。

「如何說？」世廷瞪著漢陽：「當我做了右宰相，伍震榮就送來二十個衛士做為禮物，我們家裡，處處都有伍震榮的人！你把我當敵人，總好過讓祕密洩露！」忽然怒道：「如今，伍震榮已死，皇上心中大患去除大半。你們不認我也罷！我樂得從此再無牽絆，無慮生死，專心對付盧皇后，不負皇上對我重託。但請你們好好孝敬你們的親娘，她年輕時為我犧牲奉獻，年老時還要擔驚受怕，實在太不值得了！」

「原來，宰相大人才是天元通寶的總指揮。但是，鋸齒山大勝之後，宰相為什麼還不讓我們知道真相呢？」吟霜如夢初醒的問。

「只殺伍家人就能救李氏江山嗎？」世廷說：「你們看看，皇上病倒才幾天工夫，盧璿、盧瑰、盧武、盧安、盧勇、盧平、洪儲克……這些盧家人，紛紛進宮，封官進爵，顯然盧皇后要總攬大權。我這個人，在皇后眼裡，還有一些作用，我必須利用伍震榮的殘餘勢力，來控制皇后，所以戲還要演下去，被兒子罵到狗血淋頭，也要忍下去！兒子不要認賊作父，我這惡人夫復何言？」

「寄南被宰相管束多時，卻沒學到一點東西！」寄南跪向世廷：「宰相大人，不管他們兩個如何？請先受我這小小靖威王一拜！」寄南感動佩服至極，就要磕頭。

「別拜本官，我擔當不起！」世廷一伸手阻止寄南，看皓禎又看寄南：「這場牢獄之災，你們也明白，就是皇后要殺了你們兩個！但是，我深信皇上病癒，就會救你們！本官一直深得皇上信任，這才有尚方御牌！順便告訴你們，皇上特別重視皓禎，怎會將皓禎問斬？你們『揮淚送英雄』那天，我就握著御牌站在人群裡！如果兩個特赦不到，我的御牌就會出手！我和你們一樣在等待奇蹟，而且相信最後時刻，奇蹟會到！」

「原來如此！」漢陽震撼的說：「連我都被蒙在鼓裡！」

皓禎聽得傻住了，目不轉睛的看著世廷。世廷繼續說道：

「這次，讓你們坐幾天牢，挨幾鞭，總比送命好！當陳大人鞭打你們的時候，我也不忍呀！那被潑著鹽水鞭打的，豈是只有你們兩個？我也在跟著挨打呀！我試著阻止，但是，不能讓我的身分暴露，我只能做到那樣，我連『屈打成招』四字都說了！」

漢陽此時，徹底大悟，奔上前來，在世廷面前跪下，痛喊：

「爹！請原諒孩兒不孝！對你百般誤會，還鬧離家出走，罪該萬死！」

皓禎起身對世廷直挺挺的跪下了，落淚喊道：

「原來真正的英雄，是忍辱負重的右宰相！不！」對世廷磕下頭去，哭著喊道：「是我爹！我爹！」

漢陽也喊道：

「原來成就木鳶的，成就『天元通寶』的，是我爹！我爹！」

「皓禎！我沒有白白養大你！我為你的親爹驕傲！」柏凱含淚喊道。

采文哭著，跪到世廷身邊，緊摟著兩個兒子：

「世廷！你瞞得大家好苦啊！自己還受了這麼多的委屈，現在我們全家終於團聚了！你不能丟下我們了無牽掛，兒子是你報效皇上的最大助力，你怎麼能撇下他們呢！」

寄南、靈兒、吟霜都喊著：

「方大人，還有我們呢！」

頓時，兩家人都奔過來，跪著，緊擁著，又哭又笑。雪如哭著摟住采文說：

「這方家、袁家，是怎樣的緣分！同一天生兒育女，同一天放棄兒女，想想看，如果當初我沒有失去吟霜，妳也沒有失去皓禎，我們大家的命運會怎樣？吟霜會在袁家長大，不可能成為神醫，皓禎可能在窮苦生活中長大，也不可能成為少將軍！他們兩個也不會相遇！那麼，木鳶的故事，天元通寶的故事，恐怕都沒有了！」

「是的！是的！」柏凱震撼的說：「這對兒女的相遇，讓我們失去的又回到身邊，還造就了一群英雄人物！改寫了一個朝代的命運！」

「還有我！我也是那一天生的，被伍震榮丟下懸崖的孩子！在這房間裡，居然有三個同一天出生的人，也同一天換了爹娘，帶著身世之謎二十多年，現在卻成為兄弟姊妹！」靈兒一連串的說著：「太感動了！大家都有爹有娘，大家都有情有義！真好！」

靈兒說著，感動得眼淚直流，寄南舉起袖子給她，她拿著袖子，就擦眼淚，擤鼻涕，滿臉亂擦，還要拖著那袖子去給吟霜擦淚，寄南趕緊收回了自己的袖子。

「靈兒，」寄南說道：「我的袖子可以借妳用，吟霜只能借皓禎的！」

吟霜跪在皓禎身旁，真的拿起皓禎的衣袖，就擦著眼淚，對世廷夫婦磕頭說道：

「爹！娘！兒媳婦吟霜叩見公公婆婆！」再回頭看皓禎說：「是不是面對以後，你的感覺不一樣了？」

「是！」皓禎心悅誠服的說：「妳永遠是對的！我們現在都有兩對爹娘，兩對愛我們的爹娘！我還多了一個木鳶哥哥！命運對我，實在太照顧了！」就跪行上前擁抱著世廷和采文說道：「爹！以後你有兩個可以分憂的兒子，許多苦，不用一個人扛著！娘，妳的血書，妳的追馬車，妳的苦都結束了！一切是值得的！把我賣到袁家，讓爹和漢陽有機會為國盡忠，讓我也有同樣的機會為國效力，還認識一群忠孝仁義的知己，和命中注定的吟霜，一切都是值得的！妳沒有做錯，沒有做錯，沒有做錯！」

采文聽了，哭得唏哩嘩啦。大家彼此互望，彼此幫對方拭淚，連旁觀的雪晴和魯超，都淚不可止。

這種場面和情景，只能用幾句話來形容：

天道有忠義
雜然賦流形
或則在俠氣
或則在此心
於人曰浩然
沛乎塞蒼冥
時窮節乃見
處處垂丹青

98

皇上病榻前，方世廷愁容滿面迎向太監曹安。關切的問：

「皇上昏睡這麼多天了，還沒有清醒嗎？御醫到底怎麼說？」

「曾經睜眼了一會兒，但幾乎都是昏睡著！」曹安擔心的說道：「御醫說皇上因為太子驟逝，悲傷過度造成了舊疾復發，現在結代脈又有心衰喘症，才會一直昏睡。皇上不清醒，湯藥一直送不進御口呀！小的……也是擔心極了！」

「唉！」方世廷嘆息踱步：「太子喪事未辦，此時國事如麻，皇上千萬一定要挺過來呀！」

皇上突然夢囈喊著，伸手揮舞：

「啟望！啟望！兒子呀！不要走！」睜眼喊道：「啟望！寄南和皓禎，已經把伍震榮的頭送來了！兒子呀！你沒有白死，你沒有白死啊！」

曹安急忙衝向皇上臥榻前：

「陛下！您醒來了！」跪下喊著：「陛下！陛下！」

方世廷也趕緊趨前，喊道：

「陛下，您醒了，真是蒼天有眼啊！萬幸！萬幸！」

皇上虛弱的艱難起身，神志迷糊的問道：

「朕躺了多久了？」看看方世廷：「右宰相怎麼也在這？」

「陛下已經昏睡五日了，臣甚為掛念，不敢遠離！」世廷恭敬擔憂的說。

「躺了五日？」皇上驚愕回想，忽然心驚膽顫的問：「那日皇后來鬧……皓禎和寄南可好？」

「他們……」方世廷遲疑的說：「唉！千言萬語，總之，他們難兄難弟，被關入大牢又遭了皮肉之苦！」

「什麼？皮肉之苦？」皇上喘息不順，咳著：「咳咳！朕僅剩的兩名愛將又被陷害了？」再一想：「是不是皇后拿著尚方御牌下的命令？」憤怒說道：「她手上拿的御牌是假的！是假的！那是朕送她玩的，上面刻著她的小名，根本沒有『御』字呀！」又咳著：「她居然用假御牌發號施令……世廷，你怎麼不驗明正身？當初送你的才是真的！太子也有一面真的……咳咳咳……」咳得嚴重。

「陛下息怒，都是臣太疏忽了！」方世廷跪在龍床前：「當天情況太亂，大家都反應不過來！陛下，請保重龍體！不管皇后那御牌真假，皓禎、寄南因查無謀逆實證，臣作主，已將兩人釋放！請皇上安心！」

皇上一聽，這才透了口氣：

「釋放就對了！世廷，辦得好！辦得好！不管什麼人誣衊皓禎和寄南，朕一概不信，通通赦免！」顫抖舉著手：「快召皓禎、寄南進宮，朕要看看他們！他們才是真心護主，保衛李氏江山的忠臣！」悲從中來，孱弱的說著：「看到他們，就像看到啟望的影子，啟望……朕可憐的太子……」話沒說完又昏倒。

方世廷著急搖著喊著：

「皇上！皇上！皇上！」又喊：「曹安，傳御醫！快傳御醫！」

御醫趕來，再度診治，幸好只是一時昏迷，施針之後就又甦醒了。他看著世廷，不勝感慨的說道：

「世廷，恐怕你要準備朕以前叮囑你的事。沒想到，朕深深信任愛護的皇后，無論她做錯什麼，朕都一再袒護，不忍追究，她卻得隴望蜀，朕……錯了！」

「皇上，現在什麼都別說，等到皇上龍體康復，再來計畫下面的事！請皇上，千萬千萬要保重龍體呀！」世廷懇求的說道。

❖

皇上醒來不久，樂蓉就站在皇后面前，憤憤的說道：

「父皇居然一醒來，就只惦記著一個死人的名字！皓禎和寄南這兩個打不死的人！」恨得牙癢癢：「又讓他們逃過一次！那方世廷怎會有尚方御牌？母后，乾脆妳也拿出尚方御牌，把他們兩個再幹掉！」

「我那尚方御牌根本沒用，是妳父皇送我的禮物而已！要不然我早就用了，還等到現在嗎？第一次唬住了大臣，第二次就唬不住了！現在妳父皇醒了，八成也不會讓我們母女好過，假傳聖旨，打了皓禎寄南，還不知道他會不會追究？」皇后愁容滿面。

「母后！現在局勢對我們越來越不利了，聽聞方世廷居然是袁皓禎的親爹，這真是太荒唐了！想必方世廷也不能再用！我們雖然已經召集在朝為官的舅老爺，但是，和袁柏凱、方世廷他們比起來，實在力量太小！何況，皓禎、寄南、漢陽那些年輕人，聲望也都如日中天！現在該如何鞏固母后的勢力和威信呢？」

「有妳愚蠢的父皇存在，就憑妳那幾位舅老爺的能耐，本宮如何鞏固勢力？又有何威信可言？連方世廷都變成皓禎的親爹了，蘭馨這著棋大概也沒用！就拿方世廷會從陳大人手中，救走皓禎、寄南，就明白他是那一邊的人了！」

樂蓉靠近皇后身邊，壓低聲音說道：

「父皇這次似乎病得不輕，聽御醫說，病症來得凶猛，不如我們一不做二不休，就讓他來個醫藥不靈，群醫束手無策！如何？」

皇后一怔，瞪大眼珠，深思著。

❖

皇上醒來第二天，皓禎和寄南就奉旨進宮，兩人走進皇上寢宮，看到皇上憔悴消瘦的容顏，兩人都大吃一驚，心痛的跪在皇上病榻前。曹安扶著皇上緩緩的坐起身。皇上虛弱的、慈祥的看著兩人說道：

「皓禎、寄南，聽說你們又受苦了！快平身！走近點，讓朕看看你們，身上的傷勢嚴不嚴重？」

「我們年輕體健，傷勢不嚴重，請陛下無須牽掛，倒是陛下的身子，要趕緊恢復才是！」皓禎走近皇上說。

「陛下！不要擔心我們了，我皮厚挺耐打的，就一點皮肉傷而已，算不了什麼！不過，透過這次的牢獄之災，反而得到皇上堅定的信任，這比什麼療傷補藥都來得強！」寄南真心真情的說道：「寄南什麼都不怕，就怕皇上誤會寄南！」

皇上寵愛的看著寄南：

「朕何時誤會過你？」拉著皓禎和寄南的手：「看到你們，有如啟望依然還在朕面前一樣。朕夢裡都是啟望和你們，只可惜這『三人同心』終究少了一人！咳咳……」又咳著。

「陛下，沒有少！」皓禎真摯的說：「太子一直跟我和寄南在一起，我們依舊是『三人同心』，永遠是『三人同心』！太子之死是我們每個人最深刻的遺憾和傷痛，懇請陛下保重龍體，不要悲傷過度！」

「是啊！」寄南接口：「請陛下為我朝子民多多保重！也為啟望哥保重！陛下思念啟望哥，我們也是，太子因我才受傷中箭，日後寄南一定為啟望哥，孝順陛下，效忠朝廷，永無二心！聽說陛下已用藥多日，但不見起色？或者，要不要讓皓禎家的神醫吟霜來為陛下診診脈？」

皇后悄悄來到眾人身後，大聲喝斥：

「放肆！一個不明不白的民間女子，何德何能可以為皇上診脈？竇寄南，你不要剛走出大牢，就又想破壞皇室的規矩，惹是生非！」

「吟霜不是不明不白的民間女子！她是護國有功，袁大將軍的女兒！她身分高貴，醫術高明，哪裡不配給皇上看病了？」寄南怒沖沖頂撞著皇后。

「寄南，皇上身體欠安，你少說幾句，讓皇上清靜清靜吧！」皓禎克制的說。

「哼！」皇后嘲諷的說：「什麼護國有功，連生個兒子女兒都搞不清楚！到頭來……還冒出個賣子求榮的故事，嘖嘖嘖！這一家子真是精采啊！」

「是！」皓禎忍無可忍接口：「皓禎的身世確實離奇，有堅持忠孝仁義的親爹方世廷，有出生入死為國盡忠的義父袁柏凱，皓禎深以為榮！最重要的，還有知人識人的陛下，讓臣等深入鋸齒山，打敗了我朝最大的逆賊！相信皇后也以陛下為榮吧？這些事蹟，遠比臣的身世重要！」

「住口！」皇后怒喊：「犯下欺君之罪的欽犯，有什麼資格在這兒侃侃而談？」

「妳……」寄南忍不住想開口。

「咳咳咳！」皇上不悅的說：「朕才醒來就不得安寧，皇后不會是專門來吵架的吧？皓禎和寄南都是朕的愛將，什麼欺君之罪，既往不咎！任何人不許再提！」

皇后立即轉變臉色，關心的走向皇上，臉色一變，柔聲說道：

「臣妾不是來吵架的，是來探病的！陛下思子過深，都得了鬱病了！皇上千萬千萬要為國為民保重呀！」

這時，御醫送來皇上剛熬好的藥，曹安接手，捧著藥碗過來，稟道：

「陛下，該吃藥了！讓微臣侍候陛下吃藥！」

「吃藥？怎麼沒有試藥官？」皇后狐疑的問，搶過曹安手裡的藥碗，看著皇上，深情說道：「讓臣妾來為陛下試藥！雖然宮裡都是忠心耿耿的人，依舊小心一點好！」

皇后就端著藥碗，親自拿起銀湯勺，在眾人面前，用銀湯匙勺了一瓢喝著試毒。然後等著藥涼，在等待時，已經人不知鬼不覺的，從指套中灑進了一些白色粉末到藥碗中。她手裡搖著藥碗，輕輕送到嘴邊去吹著。皇上看到皇后親自試藥，感動不已，看著皇后說道：

「試藥這事，皇后怎能親自來試？找試藥官就行了！」

「唉！」皇后嘆息，眼光懇切的看著皇上：「臣妾不放心啊！」

皓禎、寄南退到一旁，親眼目睹皇后試藥，誰也沒有看出任何異狀。

皇后就端著湯藥上前，一勺勺的餵著皇上喝藥。皇上虛弱的喝著湯藥，一邊懇切的對皇后說道：

「皇后親自試藥，想必也是在乎朕的！幾句真心話，皇后就放在心裡吧！太子還沒有安葬，妳就讓朕的皇宮安寧一陣子！不要再用那御牌，也別假傳聖旨大動干戈了！更不能傷害寄南和皓禎！太子走了，他們兩個，就像朕親生的兒子一般！」

皇后鎮定的繼續餵著皇上喝藥，說道：

「是！臣妾明白了！」

「朕醒了，藥也喝了！」皇上精神還不錯，說道：「寄南，明日進宮，陪朕去御花園走走。」

「是！寄南遵旨！」寄南看到皇上有起色，急忙說道。

❖

第二天，寄南扶著皇上走在御花園小徑上，曹安和衛士在遠遠的後方保護著。

「太子一走，讓朕老了十歲！」皇上一嘆：「啟望天資聰穎，心地善良，這麼好的一個兒子，居然與朕的緣分如此單薄！朕每次一想到啟望，就心如刀絞！」

寄南急忙慎重說道：

「陛下！太子並沒有離開我們，他的人雖然離開了，但他的英魂一直活在我和皓禎，還有無數個忠貞賢臣的心裡。他未完成的理想，我和皓禎會拚了命去為太子完成！只要陛下一聲命令，我們絕對拋頭顱捍衛陛下！這是寄南對陛下的誓言！」

「寄南！朕真的沒有看錯你！很欣慰啟望生前有你這個好兄弟，陪他出生入死。每次看到你，也讓我想起賓妃！」嘆息：「唉！那賓妃冰雪聰明，溫婉儒雅，可惜卻死得不明不白！」皇上身體仍虛弱，坐進涼亭，一面說，一面從口袋裡掏出一個精緻的小玉盒：「朕有樣東西送給你，在這玉盒裡，有個小玉璽！」

「玉璽？」寄南驚愕：「陛下！玉璽是皇上的印鑑，怎能送給寄南呢？」

「你聽過『龍鳳合璧，玉璽至尊』這句話嗎？」皇上問。

「沒有！」寄南困惑的搖搖頭。

「這是朕登基後的規矩，除了正式的大玉璽之外，還有個小小的玉璽，是隨身之物。有時，朕微服出巡，如果有緊急文書和密令，就用這玉璽蓋印。朕這小玉璽，就叫『龍鳳合璧』！這玉璽比朕那大玉璽更能代表朕，所以是『玉璽至尊』！」

「哦？難道這小玉盒裡是『龍鳳合璧』嗎？」

「是！朕這個『龍鳳合璧』的玉璽，上面刻了一條龍和一隻鳳！」

皇上打開玉盒，出示那個玉璽。寄南驚奇說道：

「多麼精緻的玉璽！怎麼從來沒看到陛下用過？」

「十幾年來，這玉璽只是帶在朕身上，留作紀念而已！」就憐惜的看著寄南：「現在，朕把它送給你，這是朕珍愛的東西，你千萬要帶在身上，不能遺失！」眼光深邃的看向虛空：「那隻鳳是竇妃的閨名！竇妃去世後，朕就不用這小玉璽了！」

寄南趕緊雙手接過玉盒，讚嘆的欣賞了一會兒，就揣進自己衣服的內袋裡。

「陛下，這禮物太珍貴了！寄南無功不受祿，有點慚愧！」寄南感動的說。

「為了你冤枉的挨打，為了你陪啟望歷盡艱險，為了你是竇妃的姪兒，為了你總能讓朕開心發笑，為了你鋸齒山建功……為了很多的原因，你就好好收下吧！」

寄南不禁感動的看著皇上，兩人深深互視，有種奇妙的感情閃耀在兩人眼底。寄南覺得，皇上似乎還有很多話要跟他說，但是卻倦了，欲言又止，只是用手，緊緊的握了寄南的胳臂一下，說了一句：

「以後的天下蒼生，都靠你們這一輩了！」

寄南再也沒有想到，這次談話，竟然是他和皇上最後的談話。

❖

兩天後，皇上病榻沉睡中，樂蓉公主端著藥湯，隨著盧皇后進入皇上寢宮。曹安迎向皇后，想接手藥湯。行禮說道：

「皇后娘娘金安，皇上又該吃藥了是吧？但是皇上還在睡覺……」

皇后命令曹安和宮女：

「你們都下去吧！皇上由本宮侍候！」

「可是……」曹安猶疑。

「可是什麼？」樂蓉生氣的說道：「由皇后娘娘親自陪伴皇上，你還有什麼不放心的！通通下去！每天在這兒侍候，也沒讓父皇康復，只怕你們個個偷懶，不曾盡心！」

「是是是！曹安知錯了！」

曹安惶恐說道，帶著所有衛士、宮女離開，關上房門。

母女兩人就走到窗邊去低語。皇后再次用她的指甲套，撒著白粉進入藥湯裡。樂蓉公主對皇后低語道：

「母后，那方子，一天天的加重，父皇應該已經病入膏肓了！」一狠心說道：「趁今天把曹安那些人都打發了，乾脆加重份量，一次解決吧！」

皇后眼光陰沉，點點頭，從衣服裡掏出一包藥粉，把整包藥粉都倒進藥碗裡，用藥勺調匀，低低說道：

「很好！咱母女就等他醒來吧！」咬牙憤恨的說：「這事，早在伍震榮活著的時候，本宮就想做了！不過，那伍震榮在鋸齒山的軍隊，居然叫『龍伍軍』，把我們姓盧的放在何處？樂蓉，記住了！女人想成大事，不能盡靠男人！男人都是不能信任的！本宮現在都想明白了！等到本宮坐上龍椅，這些該死該殺的，一個也不能放過！」

此時，皇上更加虛弱蒼老，緩緩的醒來，咳嗽著。皇上咳幾聲，睡眼惺忪的問：

「皇后怎麼來了？」

「還有我呢！」樂蓉公主上前請安。

「樂蓉真有心，說要親自來為陛下送湯藥。」皇后把湯藥端到皇上面前。

「難得樂蓉也有孝心，項麒的事情……」皇上歉意的看著樂蓉。

「父皇別提項麒了，項麒率領龍伍軍篡位，死有餘辜！樂蓉這幾天來都想明白了，只怪樂蓉的命不好，不怪父皇！」含淚孝順的說：「父皇先喝藥吧，母后已經親自試過藥了！」

皇后端著藥碗，直接讓皇上就口一喝，突然，樂蓉壓著皇上的身體，皇后用力強灌著皇上。皇上連續喝了好幾口，嗆得大咳，全身抽搐，臉色大變。皇上突然明白過來，摔了湯碗，一把掐住盧皇后的脖子，咬牙切齒的說道：

「皇后！妳想毒死朕？妳這狠毒的女人！朕一直不忍處置妳，妳卻喪盡天良……朕先掐死妳！要死……一起死！」用著全身最後的力氣，箍緊皇后的脖子。

皇后大驚，不斷咳著，眼睛看著樂蓉公主。樂蓉上前，雙手抓住了皇上的手，拚命想拉開皇上的手指。皇上已喘不過氣，掙扎的瞪著樂蓉：

「樂蓉，妳在為伍項麒報仇是嗎？蘭馨呢？」找著蘭馨：「看樣子，只有蘭馨是向著朕的！」看向盧皇后：「當初賓妃，也是妳下的手？」

盧皇后咳著斷續說道：

「賓妃？咳咳……還用不著我親自下手，幾個心腹就把她解決了！咳咳咳……是皇上的寵愛殺了她！」

皇上大怒大痛之下，雙手再度箍緊，雙眼瞪著皇后，恨恨不已。樂蓉急喊：

「鬆手鬆手！父皇到現在還不明白嗎？你的皇位，是母后的！你只是幫她先坐熱而已！」

樂蓉一面說著，一面用力拉開了皇上的手，把已經全身無力的皇上推倒。

皇上倒向床，皇后立刻翻身，用一個軟墊，死命壓住皇上的臉。皇后恨恨的說：

「死吧！死吧！你這個毫無能力的皇帝，早就該死了！」

皇上一陣抽搐，身子不動了。皇后還緊壓了一會兒，才拿開軟墊，只見皇上嘴角鼻孔流血、不省人事的倒在床上。皇后用食指測試皇上的鼻息確定身亡，露出驚魂甫定的神情，摸著脖子說：

「好險！差點被他掐死……總算達到目的了！」轉向樂蓉公主：「女兒，天下終於是我盧皇后的了！」

❖

皇上突然暴斃，蘭馨正在和漢陽談話，得到消息後，兩人趕到皇上寢宮，她對跪著一地的御醫悲憤痛斥：

「你們這麼多御醫高手，是怎麼醫治父皇的？怎麼會讓父皇暴斃？你們說！你們開的是什麼藥方！」迅速從牆上拔劍，對眾御醫比劃：「本公主要你們償命！」

「公主饒命啊！公主！臣等冤枉啊！」眾御醫驚嚇磕頭。

漢陽追來，搶下蘭馨的劍：

「公主！請節哀！也請勿急躁！讓臣來問個明白吧！」對御醫：「據知，皇上得的是結代脈病症，各位大臣開的是什麼藥方？」

御醫上前遞上藥方：

「這是臣等御醫共同開立，歸心經的藥方，請公主和方大人過目。各種藥材都是益氣活血、助陽通脈的配方，完全不可能會造成皇上暴斃。煮好的湯藥臣也帶來了，臣等願以項上人頭保證，湯藥安全無誤，請公主明察！」

漢陽審視藥方，又沾了一小口藥湯說道：

「這藥方如果沒有問題……」眼神銳利：「那麼皇上暴斃的成因，必另有隱情！」

蘭馨一怔，凝視漢陽：

「難道是她？」大喊：「曹安！是誰最後來探視父皇的？」

曹安淚流滿面，上前跪地磕頭說道：

「是皇后娘娘和樂蓉公主！」

漢陽、蘭馨臉色大變。蘭馨悲痛至極，撲倒在皇上屍體上，痛哭失聲。

「父皇！父皇！女兒不孝，早就應該說的事，始終沒說出口！只怕父皇承受不住背叛，只怕父皇傷心難過，不料卻要了父皇的命！父皇……蘭馨不孝啊……」

❖

皇上駕崩，整個朝廷都亂了。這天，漢陽到了將軍府，在畫梅軒裡，大家激烈的討論著皇上的死因。皓禎激動的喊道：

「什麼？皇上證實是盧皇后毒死的？我曾經和寄南看到皇后親自試藥，餵皇上喝藥，也沒有出事呀！何以見得是皇后幹的？」

「宮裡面，我早已安置了天元通寶的人，皇上過世當天，皇后沒有帶試藥官，而且還特意遣走貼身侍候皇上的曹安。」漢陽說著，拿出藥方：「我在和御醫談過皇上的藥方之後，火速派人潛入皇后的寢宮，發現皇后的指甲套裡有粉末反應。一送去檢查……確實和皇上所中的毒素藜蘆，完全吻合！」

「藜蘆？」吟霜一怔說道：「皇上的藥方我看看！」接過漢陽手上的藥方一看，震驚說道：「配藥有個十八反的禁忌，御醫給皇上開了歸心經的專用藥：丹參。藜蘆和丹參是一對相反的藥材，兩個同時吃就變成了毒藥了！」

「沒錯！藜蘆是治療癲症的藥材，過量本身就有中毒的危險，沒想到皇后毒上加毒，利用丹參相剋的藜蘆，造成皇上內臟出血暴斃。這是一場謀殺，皓禎和寄南看到的是皇后侍藥的表面，實際上，皇后在試喝之後，趁大家不注意之下，從指甲套裡下毒！不止皇后，樂蓉公主也有份！」

寄南眼眶泛紅，想著皇上送他「玉璽至尊」，只是兩天之前的事，沒料到太子屍骨未寒，皇上也跟著被害！他悲痛氣憤得一塌糊塗，說道：

「皇上死得太冤了！現在宮裡大亂，一大群親王大臣要為皇上報仇！如果成功，就擁護皇子啟端當皇帝！但是，那皇子啟端弄了一群道士，想當神仙，不想繼位！」傷感落淚：「上次進宮才和皇上深談，不料竟是最後一面！」

柏凱沉重接口：

「各方將軍都聯絡我了，大家想找個日子，從玄武門、玄德門攻進去，裡應外合務必殺了盧皇后！否則，這天下就是盧皇后的了！」

「這次的行動，加上我一個！」皓祥挺身而出：「我現在武功已經練得很好了！為國盡忠，也是我的事！哥！你要答應我！」

「好！你加入，但是不許冒險！要跟著爹一起行動，絕對不能單獨行動！」

「大家轟轟烈烈的展開鋸齒山滅伍大戰，以為滅了伍家就天下太平了！誰知皇后更狠，那樂蓉公主可是皇上的親生女兒呀！她們怎麼下得了手？」吟霜嘆息。

「太子都還沒有安葬，現在皇上又駕崩了……這不是要天下大亂了嗎？」靈兒看漢陽：「蘭馨怎樣？她一定傷心死了！」

「可不是嗎？」漢陽氣憤的說：「想到她爹就哭不停，口口聲聲說要幫皇上報仇！」

「盧皇后非殺不可！這個『滅盧計畫』，必須盡快執行！」皓禎堅定的說，看著漢陽問：「木鳶兄，你有指示給我們嗎？天元通寶全力配合！」

「我確實有一個計畫，不必大戰，可能成功！」漢陽說：「皇上和太子的靈堂，要在宮裡擺一個月，我們最主要的，是要殺掉盧皇后，我的計畫是……」

漢陽就壓低聲音，細談「滅盧計畫」，眾人全部圍攏，聚精會神的傾聽著。人人的神情，專注而悲憤。

99

皇上和太子的靈堂肅穆哀戚，兩具梓宮並列，靈堂裡，一排排白幡如雪，壯觀的陳列著，一座座白色燭台上，燃著白色的蠟燭。道士在作法事，喃喃頌經，宮裡上下皆穿著白色孝服。皇后、莫尚宮及若干宮女在靈堂前燒紙錢，低聲的哭泣著。蘭馨一身白色孝服，漢陽身穿白衣隨侍在側，兩人帶著喬裝成宮女的吟霜和靈兒，一起來到靈堂。

皇后見蘭馨和漢陽前來上香，裝腔作勢的大哭特哭，說道：

「皇上！先帝！您怎麼能狠心丟下我們母女，您要我們往後怎麼度日，蘭馨和漢陽還沒成親，您怎麼忍心先走？」轉頭對蘭馨說道：「快給妳父皇上香……」

莫尚宮點香交給蘭馨和漢陽，兩人神色肅穆的上香。蘭馨上香之後，蹲在盧皇后身旁跟著低頭燒紙錢，一面燒著，一面恨恨的說道：

「母后，是不是終於達成心願了？快要登基當女皇了？今天父皇去世已經十五天，聽說妳沒有一天閒著！早上在這兒上香，晚上和年輕俊秀的朝臣尋歡作樂！」

皇后起身怒斥：

「蘭馨！這是什麼場合，妳還想栽贓妳母后？這是妳父皇和太子的靈堂，妳滿嘴胡說什麼？」

「我胡說了嗎？」蘭馨跟著起身怒吼：「要不要我掀開父皇的棺木，我問他是被誰害死的？妳跟樂蓉聯手毒死他的，是不是？」

「妳這大逆不道的公主！來人啊！掌嘴！」皇后氣得發抖。

漢陽毫不客氣，護著蘭馨大吼：

「妳敢！大理寺已經掌握指甲套裡的證據！」

「哈哈哈！證據！」皇后忽然狂笑：「你那個大理寺，本宮立刻就廢了它！以後，本宮說什麼就是律法！根本不需要大理寺！」

「那也得皇后先當上女皇才行吧？」漢陽冷笑。

皇后定定的看著漢陽：

「是！你會等到這一天的！」

就在這時，吟霜一步步走向皇后，眼光犀利的瞪著她，幽幽的說道：

「皇后，難道妳連一點點悲天憫人的善念都沒有？一點點仁慈都沒有？妳知道心存惡念，天地不容嗎？」

吟霜話還沒說完，忽然間，門外颳起大風，將靈堂大門衝開。皇后見到吟霜一怔，又聽到風聲更驚，慌張喊道：

「妳這白狐什麼時候進宮的？想對本宮作法嗎？來人啊！把這白狐拿下來！」

狂風吹進屋裡，白色幡旗隨風颯颯的激烈飄蕩著，白色紙錢到處飛揚，皇上和太子的靈柩被吹得發出了格格作響聲。狂風吹熄了靈堂的蠟燭，靈堂陰森森更顯詭異。蘭馨陰冷的說：

「這陣風來得古怪，看樣子，父皇和太子哥哥要來向母后討回公道！」

靈兒早就躲在皇上靈柩後面，摸擬皇上的聲音，陰沉沉說道：

「皇后！還我魂魄來！還我魂魄來！」

宮女衛士們嚇得尖叫逃出靈堂。大家七嘴八舌驚喊：

「皇上顯靈了！皇上顯靈了！」

皇后臉色大變，驚恐萬分！轉身就逃出靈堂，尖叫著：

「白狐出現了！白狐在作法！莫尚宮！莫尚宮……來人呀！保護本宮呀！」

皇后跑出靈堂，漢陽、蘭馨、吟霜、靈兒和宮女、衛士們都跟在後面。因為人人一色白衣，吟霜、靈兒等人都沒人注意。靈堂外是廣場，白幡陣更加壯大，一排排成隊豎立著，像個白幡組成的大森林。

大風吹襲下，白幡飄蕩，呼嘯發出的聲響，尖銳又深沉，有如來自幽冥地府。皇后在白幡陣中奔跑，驚恐的喊著：

「莫尚宮！莫尚宮！妳在哪兒？」

莫尚宮急忙迎上前去，抓住盧皇后的手，安慰的說：

「皇后！奴婢在這兒！只是突然颳起大風，別怕！別怕！現在正是颳風的季節！」

吟霜又走向皇后，眼光直勾勾的看著皇后，嘴裡不由自主的喃喃唸著：

「正心誠意，趨吉避凶，心存惡念，天地不容！」

「那個白狐在對本宮唸咒！莫尚宮！她在唸咒！」皇后恐懼的說。

只見無數白色圓形紙錢，隨著狂風到處飛舞。靈兒弄了一大袋紙錢，趁著風大，對著皇后灑去。圓形紙錢便飛撲到皇后臉上，有的遮住了她的眼睛，有的黏在她的嘴唇上，有的沾上她的髮絲，更多的紙錢對她飛舞撲打，像許多活著的白蝴蝶。同時，白幡在強風下搖搖晃晃，旗幟亂飄。皇后拚命用手撥去臉上的紙錢，眼睛才睜開，就看到吟霜那黝黑的眸子，對她審判般的注視著。皇后凶惡喊著：

「妳……妳這白狐……居然跑來宮裡作怪，這陣怪風是不是妳弄出來的？」怒吼：「來人啊！有刺客！快來救駕啊！白狐又出現了！」

只見一匹快馬，直奔而來，皓禎大喊道：

「有白狐？驍勇少將軍到！」

皓禎身後，一隊白衣軍跟隨，殺了過來。

寄南也騎馬疾馳而來，大喊道：

「有白狐？靖威王竇寄南到！」

寄南身後，一隊黑衣軍跟隨，殺了過來。

兩軍氣勢洶洶，勇猛無比，攻進白幡陣。驚嚇逃命的宮女和衛士，更在滿天飛舞的白幡陣中奔竄。皓禎對皇后大喊：

「皇后，各方的將軍和親王已經從玄武門殺入！李遠霖將軍已經攻入皇宮，樂蓉公主伏法，剩下妳這弒君謀逆的淫婦，妳還不納命來！」

靈兒瞬間拔出流星錘，與皓禎和寄南會合。皇后驚嚇拉著莫尚宮逃命，狂喊：

「樂蓉！樂蓉！妳不會死的，妳在哪兒？」

寄南邊罵邊追著盧皇后：

「毒死皇上，謀害親夫，賣官幫伍震榮養兵！妳壞事做盡做絕，死有餘辜！妳的春秋大夢結束了，看妳這淫婦往哪裡逃！」

「救命啊！救命啊！蘭馨、漢陽，快救救母后啊！」皇后狂喊。

皓禎、寄南、靈兒合力追趕撲殺皇后。皇后在靈堂外的白幡中到處亂竄，皓禎的乾坤雙劍刺來，皇后居然推出了莫尚宮幫自己擋劍，莫尚宮立刻被皓禎雙劍刺中。莫尚宮愕然的發現自己中劍，手摀著傷口鮮血直流，雙手沾血，對著皓禎一笑，撐著最後一口氣說著：

「少將軍，當初是我冒險讓皇后和我，都喝了下蠱的湯，才弄到你的解藥……天元通寶……」莫尚宮話才說完便倒地身亡，手心裡滾出了一枚沾血的天元通寶錢幣。

吟霜已經奔來，震撼至極的說道：

「原來當初宮裡也鬧蠱蟲，是莫尚宮做的事！」

吟霜趕緊蹲下身子，運起內功，想救莫尚宮。皓禎震驚撿起錢幣，無法置信的說：

「原來……宮裡的內應是莫尚宮，我居然誤殺了自己人！吟霜，趕快救活莫尚宮呀！」

吟霜起身，眼中含淚：

「皓禎！莫尚宮走了，我救不活她！」

寄南眼見一切經過，趕到皓禎身邊：

「皓禎，這都是我們天元通寶成員的宿命，你不要自責！快！完成大事要緊！」

皇后見莫尚宮被刺死，尖聲狂叫，忽然一面白幡倒了下來，壓住盧皇后。

「來人呀！來人呀！救命啊……」皇后在白幡下掙扎大喊。

「妳這凶手！妳這淫婦！妳的死期到了！」靈兒痛罵，一劍刺下。

皓禎追過來，再雙劍刺下，寄南刺下第四劍。皇后最終倒臥在血泊中。

「大風起兮，除我國賊，白幡倒矣，皇上顯靈！」皓禎朗聲說道：「皇后不是相信鬼神，相信清風道長嗎？本朝被妳禍害多年，妳就相信是皇上在為民除害吧！」

大風漸漸平息，紙錢仍在空中輕輕飄動。漢陽和蘭馨來到一息尚存的皇后身邊。

蘭馨充滿怨怒，抓著皇后的肩膀說：

「在妳闔眼之前，坦白告訴我，我的生父究竟是誰？」

皇后奄奄一息的握著蘭馨的手，氣若游絲的說：

「妳……確實是……皇上的……女兒……我當初那樣說，只是想要拴住榮王的心，現在……也不用騙妳了！」說完便嚥下最後一口氣身亡。

蘭馨、漢陽終於得到真相亦喜亦悲。蘭馨淚流滿面說道：

「母后妳罪孽深重，別怪女兒對妳無情……」蘭馨傷心的轉身向著吟霜和靈兒，喊著：「吟霜！靈兒！」就過去，抱住兩人哭道：「為什麼我要生在帝王家，看到這麼多悲劇？現在死去的，是我的親娘？還是我的殺父仇人？」

漢陽過去，手扶著蘭馨的肩，沉痛說道：

「是妳的殺父仇人，是我朝最大的敵人！是弒君謀逆的罪人，也是忘恩負義的惡人！現在大家幫妳報仇了！」

「蘭馨！別哭！我們都為我們的爹或娘報仇了！」靈兒說。

「報仇不重要！重要的是，以後不會再發生這麼多家破人亡的悲劇了！」吟霜說。

三個女子緊擁著，個個眼中含淚。以前的恩恩怨怨，都化為一片真情。

柏凱、皓祥帶著幾位將軍，及大批羽林軍、左驍衛趕到。柏凱大聲問：

「盧皇后在哪兒？親王們要她的頭！」

皓祥發現了皇后的屍體，回頭對羽林軍大喊：

「盧皇后已經伏法！她的頭在這兒！快把屍體拖到前面廣場上去！」

寄南舉起兩面白幡，對迎面而來的眾將軍和羽林軍喊道：

「殺呀！我們繼續去取盧璿、盧瑰、盧安、盧勇，盧全、盧準、盧平、洪儲克……那些貪官的頭！」

羽林軍響應，喊聲震天。此時，一位將軍舉旗大喊：

「別忘了和伍震榮一夥的方世廷！」

「我們還要那隻惡犬方世廷的頭！」另外一位將軍呼應。

「方世廷在皇宮廣場！殺呀！我們去取他的人頭！」第三位將軍喊道。

漢陽、寄南、皓禎、柏凱、蘭馨、吟霜、皓祥等人大驚。只見羽林軍吆喝著，追隨著三位將軍而去。漢陽等人急忙跟著狂奔，白衣軍、黑衣軍、左驍衛也跟著狂奔。

❖

廣場上，人頭攢動，除了文武大臣，還有羽林軍、黑衣軍、白衣軍、左驍衛、天元通寶兄弟等。人群鼓噪著，盧璿、盧瑰、盧安、盧勇、盧全、盧準、盧平、洪儲克等人已被制伏，上了腳鐐手銬。一位將軍大喊：

「盧家人已經全部落網！方世廷在哪裡？輪到你去見閻王了！」

廣場上喊聲一片：

「方世廷！方世廷！方世廷……」

皓禎、吟霜、寄南、靈兒、漢陽、蘭馨、皓祥、柏凱帶著人馬奔至。只見高台上，方世廷大步走上台。皓禎、柏凱、寄南等人生怕世廷遇害，全部飛躍到台上，個個緊張的手持刀劍，挺立在世廷身邊捍衛著。

世廷從懷裡拿出尚方御牌，對著台下一照，陽光閃耀在御牌上。世廷朗聲說：

「皇上尚方御牌在此！各位少安勿躁！」

台下見到御牌，就有大部分人紛紛跪地。另外一位將軍大喊：

「你跟伍震榮同夥，就算騙了皇上的尚方御牌，也不能為你除罪！」

「御牌不能除罪，遺詔可否除罪？」世廷拿出一卷御用詔書：「各位！請安靜聽我唸完皇上的遺詔，如果仍然認為世廷有罪，我願一死以謝天下！」

柏凱挺身而出大喊：

「輔國大將軍袁柏凱在此！請大家安靜聽方宰相宣示遺詔！」

眾人安靜了，個個看著世廷。世廷打開遺詔，開始朗誦：

「皇帝親筆御書，今乃己亥年八月，本朝文武百官，良莠不齊，官高爵重者，常挾天子以令諸侯，朕即使身穿龍袍，也有眼盲之憂。榮王伍震榮，從先帝封侯，一路青雲直上至左宰相。朕雖重視其功勞，卻懼其野心勃勃，貴寵日隆、窮奢極侈、專權仗勢、驕恣不法、無所不為！生恐養虎為患，特令方世廷為右宰相，與之交好，實則為朕之耳目也。唯恐世廷有朝一日，有口難言，特發此詔，說明原委！並賜與尚方御牌一枚，以資佐證！欽此！」

世廷唸完，將詔書面對群眾，打開給眾人觀看驗證。玉璽大大的蓋在上面，清清楚楚。三位懷疑的將軍和若干大臣，都親自上台，確認了詔書的真實性。眾臣喊道：

「確是皇上御筆詔書！」

柏凱舉劍高呼：

「皇上英明，留此遺詔！方宰相多年辛勞，忍辱負重，終於讓逆賊伏法！袁柏凱在此行禮！」一雙手持劍對世廷行軍禮，皓禎、吟霜、寄南、靈兒、漢陽、蘭馨、皓祥等人就一個眼色，全部對世廷半跪行禮，並高聲喊道：

「方宰相忍辱負重、苦心孤詣、運籌帷幄、智勇兼備、夙夜匪懈、勞苦功高！」

台下眾人，立刻一呼百應，個個亢奮的喊道：

「方宰相忍辱負重，勞苦功高！」

剛才懷疑的將軍慚愧感動，在台上喊道：

「在場的諸位將軍大臣，現在貪官皇后都已伏法，國家一日不可無君，請方宰相與袁將軍召集文武百官，早日擁立繼位皇帝！」

大臣和將軍們又開始鼓噪，議論紛紛，各有意見。世廷喊道：

「各位安靜一下！皇上有三位皇子，誰能擔當重任？不是世廷和柏凱說了算！本朝還有比我們更有份量的人，可以共同商量此事！」

台下眾人大喊：

「還有誰？還有誰？除了袁將軍和方宰相，還有誰更有份量？」

皓禎、寄南、漢陽、吟霜、靈兒、蘭馨異口同聲喊道：

「忠、孝、仁、義四王！」

台下頓時一片嘩然。

❖

數日後，長安巨大的城門哐啷一聲，大大的打開。皓禎、寄南、漢陽三人穿著官服騎著大馬，帶著四王的隊伍浩浩蕩蕩駛入城門。四王乘坐在四面敞開的轎子上，轎子沒有任何遮蔽卻簡單莊重，每乘轎子由八個武士們抬著。

忠孝仁義四王個個穿著素衣，精神抖擻，神情悲悽的向民眾揮手。世廷、柏凱騎著兩匹馬，迎上前去。世廷恭敬的說：

「世廷恭迎四王回朝！」

「忠孝仁義，國之棟樑！四王回歸，是百姓之福！」柏凱也恭敬的說。

忠王不禁含淚說道：

「世廷！柏凱！今日一見，恍如隔世呀！」

「可惜皇兄遇害，太子戰死，我們四王痛心至極！」義王含淚的說道。

百姓們擁擠著，歡呼著：

「歡迎四王回朝！歡迎四王回朝！」

激動的群眾，幾乎擠滿了長安大街，七嘴八舌的議論著：

「真想不到四王還活著！咱們忠孝仁義四王還活著！」

「天助我朝！伍震榮這大奸臣死了，咱們四王居然復活回來了！」

群眾此起彼落的大喊：

「歡迎四王回朝！歡迎四王回朝！歡迎四王回朝！」

世廷和柏凱就跟在四王身邊，騎馬緩緩前進。

寄南為首，皓禎、漢陽次之，各騎在一王身邊，每人情緒也被眾多的群眾激蕩著。寄南在忠王旁邊說道：

「忠王！我們當初承諾一定迎你們四王回長安，今天我和皓禎都辦到了，沒有對你食言！」

「多虧太子、你和皓禎，辦了那麼多轟轟烈烈的大事，老夫終於等到這一天，可惜皇上和太子不能親眼目睹！」忠王感動至深，中氣十足的喊：「咱們終於回長安了！」

孝王對身邊的皓禎說道：

「還要感謝吟霜那什麼靈丹妙藥，把本王的中毒治好，還把本王的身體都調理好了！」

「最重要應該感謝漢陽的安全布署，才能保住四王今日的平安歸來！」皓禎說。

「都聽說了！」仁王看向漢陽：「漢陽和右宰相的事，以及和皓禎的關係，你們真是一門忠肝義膽的大功臣呀！幸好本朝還有你們！都是一群兒女英雄啊！」

漢陽恭敬的對四王說道：

「四王回朝就是我朝的定心丸！往後還要倚仗四王為我朝人民效命！」

「你們幾個青年才俊，個個文韜武略，胸懷天下！我們李氏江山的未來，都要靠你們了！」義王含淚看天：「皇兄！太子！你們的英靈，將與我們同在！」

眾多群眾夾道歡迎四王，四王向群眾揮手致意。

萬人空巷，熱烈的歡迎幾乎撼動了長安城：

「歡迎四王回朝！歡迎四王回朝！歡迎四王回朝！」

❖

四王回朝後，這天，大家都聚集在將軍府大廳內，氣氛莊嚴隆重。世廷、柏凱、忠孝仁義四王，雪如、翩翩都在座，最奇怪的是，從來不喜歡露面的欽王爺和夫人也來了，讓寄南納悶不已。皓禎、吟霜、寄南、靈兒、蘭馨、漢陽、皓祥等小輩，都圍繞著席地而坐，室內有股神祕的氣氛。魯超嚴密的把守在門外。

皓禎迷糊的說：

「各位長輩這麼鄭重的要我們全體集合，是要研究三位皇子由誰登基嗎？此事長輩們作主即可，我和寄南、漢陽一定效忠！」

「可是……」世廷說：「現在還有第四位皇子！一直被神祕保護的皇子，如果要討論由哪位皇子登基，不可錯過此位！」

「對！」忠王說：「今日一早，咱們四王和柏凱，都在世廷那兒看到了證據！咱們還有一位皇子！」

柏凱看著寄南說道：

「本將軍今天看到證據，這才如夢初醒！」

「還有一位皇子？不可能！我從小出入皇宮，從沒見到還有什麼皇子！」寄南驚奇的看蘭馨：「蘭馨！妳見過那位皇子嗎？」

蘭馨深深看寄南：

「蘭馨也是剛剛聽到漢陽提起，這才恍然大悟！怪不得當初太子哥哥去向父皇提起蘭馨婚事，父皇堅決說寄南不行，絕對不行，因為我們是兄妹啊！」

吟霜脫口驚呼：

「難道那『第四位皇子』，就是靖威王竇寄南？」

欽王爺這才拚命點頭，對寄南說道：

「咱們竇家，戰戰兢兢的養著你這位皇子，今日總算真相大白，可以把你還給皇上了！我這『欽王』，只是被『欽點』撫養你的王爺呀！」

「所以什麼都是『皇上作主』！所以管不了，要送到宰相府去管束！」夫人接口。

寄南大驚，急忙喊道：

「什麼?!我只是小小的靖威王，不是皇子！我怎麼可能是皇子呢？不是！不是！你們不要因為三位皇子都不適合登基，就給我創造出一個『第四位皇子』來！這是絕對絕對不可能的！你們要創造，也創造給皓禎，他比我合適！」

「蘭馨，你們在密謀什麼？」靈兒跟著驚喊：「一定又是漢陽和方宰相的計策！靈兒先聲明，當靖威王的小廝我已經勉勉強強，如果他是皇子，而且可能登基……」驚喊：「哎呀！」抱住身邊的吟霜大喊：「救命啊！」

吟霜抱著靈兒，安撫的拍著，看著世廷問：

「什麼證據？爹，皇上留了好多詔書在你那兒嗎？請趕快拿出來給大家看看！」

雪如看看柏凱，明白是真的了，抓著翩翩的手說道：

「不得了！翩翩！咱們家把皇子留在家裡喊來喊去，對他從來沒有恭恭敬敬過！」

「是呀！是呀！我以前還動不動就罵他！」翩翩驚嚇的說。

「我還打他呢！」皓祥更驚。

「爹！你趕快把證據拿出來吧！」皓禎催促說。

世廷就恭敬的拿出一封信來，說道：

「這不是詔書，是皇上寫給寄南的一封信！這封信是皇上在幾個月前交給我，要我必要時轉交給你看。那時皇上已知道伍震榮有不軌之心。等你讀完這封信，我們再來研究其他的問題！」

寄南趕緊接過那封信，打開信封，拿出信箋，就急忙看去。

「是皇上的御筆！」寄南驚呼。

皓禎擠到寄南身後：

「我能一起看嗎？等不及了！」

皓禎一擠，漢陽、蘭馨、吟霜、皓祥、靈兒全部擠在後面看。寄南唸著信：

「寄南吾兒，當吾兒讀此信時，朕恐已不在人世！關於你的身世，雖然朕答應過汝母竇妃，盡量保密，心中卻早有無法保密之預感……」

大家隨著那封信，幾乎看到了二十幾年前，那個深宮裡的晚上：

❖

室內燈光幽柔。整個房間，只有皇上和竇妃二人。皇上坐在坐榻上，竇妃坐在他腳下，依偎著他，仰頭看著他，年輕而美麗的臉龐帶著憂愁，盈盈大眼中，含滿了淚水。

「皇上！」竇妃哀懇的說：「臣妾雖然已有身孕，卻不敢告知太醫，更不敢驚動任何人，只敢偷偷告訴皇上！如果皇上真的寵愛臣妾，請千萬千萬保密！」

「竇妃！妳有了龍種，是件喜事呀？為何要保密呢？」皇上驚訝的問。

「這是臣妾第三胎了！前面兩胎，第一次懷胎三月就小產，沒有保住胎兒，第二次生下的，居然是死胎。這第三胎，我只想讓他活著生下來，活著長大！皇上已經有四個兒子，請允許臣妾這胎，回娘家祕密生產，無論是男是女，讓他姓竇，讓他平安順利快樂的長大，我還能常常接他進宮，或歸寧看視他，臣妾就心滿意足！」

「妳的意思，前面兩胎都不是意外，而是被下藥害了！」皇上激動問。

「我沒把握是被下藥，但是，我強烈懷疑是下藥！」就抱住皇上，哀求道：「皇上，算是您給我的恩典，讓我即日歸寧，生產之後，無論是男是女，都算我哥哥的孩子！臣妾沒有奢求，只想做個平凡的親娘，能保護好自己的孩子！」

竇妃說著，就跪在地上，對皇上磕頭。皇上憂傷不捨的說道：

「竇妃的意思，朕明白了！朕同意這孩子姓竇，但是，如果有一天，朕需要他，社稷需要他，竇妃也要允諾朕，讓他認祖歸宗！」

❖

大廳內人人安靜肅穆，寄南繼續唸著那封長信：

「竇妃在甲申年四月十七日，於竇家生下一子，朕親自取名為竇寄南，南者，男之諧音也，暗指朕寄養於竇家之男兒也。寄南從小出入皇宮，深肖朕躬，封為靖威王。寄南吾兒，汝母芳華早逝，朕至為遺憾。太子啟望甚是優秀，其他三子，無一子成器，堪與寄南相比。若朕不幸早逝，願吾兒寄南認祖歸宗，輔佐太子，並順位於啟望之後，承擔本朝天子之重任……」寄南唸到此處，已經唸不下去了，把信箋擱在膝上，痛喊出聲：

「怪不得皇上要我做這個，要我做那個，把我送去宰相府，不止是管束我，還要保護我啊！他只信任方宰相……」眼淚流下：「我還常常跟皇上嘻皮笑臉，沒大沒小，怪不得每當我和皓禎出事，他總是向著我們！怪不得他給我龍鳳合璧……原來他是我的親爹！原來太子啟望是我的親哥哥！我娘，原來是竇妃啊！」

皓禎、吟霜、靈兒個個震驚無比。尤其靈兒，簡直呆住了。

世廷就看著寄南說道：「現在你明白你的身世了嗎？現在你承認是第四個皇子了嗎？」回頭看了柏凱和四王一眼，使了一個眼色。

柏凱就起身，和四王及世廷，一起過來，跪在寄南面前，同聲喊道：

「請靖威王遵旨，登基以慰先皇在天之靈！吾皇萬歲萬歲萬萬歲！」

寄南觸電般跳了起來！拉著大家說：

「起來！起來！你們都是長輩，怎能跪我？」

「等你當了天子，我們這些長輩，都要跪你的，你先習慣一下吧！」雪如說。

「不行不行！這個責任太大，這個真相也太震撼！我放蕩不羈，自由自在慣了，怎會是當皇上的料！即使知道了我的身分，我也不能當皇上！」寄南說著，就狼狽的仰天喊道：「皇上！您要怎樣說服百姓啊？怎樣說服百官啊？哪有姓竇的可以接任李氏天下？這下準會引起大亂的！」

漢陽急忙拍拍寄南的肩。

「關於這個，皇上已留下鐵證，我和我爹還有大將軍，四位王爺，會安排得妥妥當當！你只要登基，當個愛民如子的好皇帝，當個忠孝仁義的好皇帝就行了！你想想，除了你，還有誰更能當皇帝呢？誰比你更接近民間、瞭解百姓呢？」

皓禎興奮起來，說道：「寄南，你就順了先皇吧！現在皇子啟端已經公開說了，他不要當皇帝，他學道學得入迷，只想遁入空山當神仙！皇子啟博已經在彌留狀態！皇子啟俊還小，不學無術，如果他當皇帝，將來本朝的天下，會變成怎樣？」

漢陽接口：「你一天到晚，在做護國大業的事，在保護社稷江山，難道都是空話？何況，你接手的皇室，會是一個最富有的皇室！因為伍家和盧家的財富，都會陸續沒入國庫！你可以大刀闊斧的救濟蒼生了！」

「就是！就是！」皓禎積極說道：「今天這個皇位落到你頭上，是天意！你明明是皇上和竇妃的親生兒子，你父皇一定懊惱極了，讓你姓了竇，要不然，竇妃可能就是皇后了！現在你有義務，你不能逃避呀！如果你逃避，你就是不忠不孝不仁不義！」

「寄南王爺！不，寄南皇子，你當了皇上，我皓祥可以跟人誇口，皇上還跟我平起平坐過！好極！好極！」皓祥說。

「寄南！」吟霜終於開口了：「原來我們個個都有身世之謎，而你這個謎最震撼！你當皇上也好！本來我和皓禎說好了，滅了伍家、盧家，我們要離開長安，雲遊天下，去為偏遠地區的百姓治病！假若你當皇上，或者可以安排一批人給我，讓我訓練他們成為行醫天涯大隊！」

「吟霜和皓禎要離開長安？不要！不要！我捨不得！」蘭馨喊道：「行醫天涯大隊在長安訓練就可以了！城市裡一樣需要大夫呀！」

「你們要逼我當皇帝，還要離開我去偏遠地區？」寄南急道：「不許！不許！」一手抓住皓禎，另一手抓住漢陽：「如果要我當皇帝，除非你們兩個當我的左宰相和右宰相！」

皓禎急道：「你這安排不對，我和漢陽都太年輕，不能擔當宰相的職位，無法說服百官和百姓！現在內舉不避親！我建議，左右宰相就由我的生父方世廷和養父袁柏凱擔當吧！一文一武輔佐你！」

漢陽接口：「皓禎的意見好極！四王都長住長安，是寄南的『太師、太傅、太保、太尉』！我和皓禎一定是你的左右手，官位不要緊，要緊的是我們那片愛國的忠心，和對你的信心！我們兄弟倆會為你兩肋插刀的！」

寄南看眾人，慌亂震動的喊道：「皇上呀！他們怎麼一人一句說得像真的一樣？」

在大家熱烈的談話中，靈兒一直沒有開口，只是關心的傾聽著。聽到這兒，她氣呼呼站起身，掉頭就飛奔出房去了。寄南立刻放開皓禎和漢陽，跟著奔出門去。

世廷喊道：「寄南！還有好多大事要商量，你去哪兒？」

寄南頭也不回的喊：「要是我家那個『小廝』不同意，就算有皇上遺詔也不成！」

皓禎、吟霜、漢陽、蘭馨一看情況不對，全體跳起，跟著追出去。

100

靈兒騎著一匹快馬，逃也似的飛騎在原野上。寄南、皓禎、吟霜、蘭馨、漢陽騎著五匹馬，緊追在後。寄南喊著：

「靈兒！妳這是幹什麼？妳不能跟我生氣呀！妳跳上馬要到哪兒去？」

「我離開你越遠越好！你成了皇帝，我算什麼？」靈兒頭也不回的說。

「靈兒！我們幫妳看著寄南，他不會負妳的！」皓禎喊著。

「寄南！你趕快跟她說清楚！」吟霜也喊著。

「靈兒！」寄南急呼：「假若妳這麼抗拒，我不當也無所謂！」

漢陽飛馬上前，追到靈兒，正色的說：

「靈兒，妳早就是天元通寶的女將，妳要以大局為重！別再跟大家賽馬，咱們下馬來談個明白！」

蘭馨也追了上來，霸氣的說道：

「靈兒，父皇原來大智若愚，他居然藏了一個兒子在竇家！妳如果是個女英雄，就別婆婆媽媽、逃避責任！接受妳的宿命吧！」

皓禎、吟霜也上前，大家圍著靈兒，靈兒只得停馬，率直的、有力的說道：

「我裘靈兒現在就清清楚楚告訴你們，我這一生以我爹裘彪為榮，以你們大家的情誼為重。我跟著竇寄南，當了一年多的小廝，也以為今生就是他的人。可是，如果他是皇帝命，我裘靈兒自知沒有皇后命！想把我關進那個皇宮裡，讓我變成飛不動的鳥兒，還要讓我和宮裡那些嬪妃一起生活，這是絕對、絕對、絕對辦不到的事！所以……」看寄南：「皇子保重！靈兒告辭！」

靈兒說完，一拉馬韁，又飛騎而去。寄南大喊：

「裘兒！不！靈兒！妳給我回來！誰許妳告辭？」急追上前，大聲嚷道：「妳沒有皇后命，我也就沒有皇帝命！妳再跑，我追妳到天涯海角，打妳屁股！那皇帝不做就不做，我們再推舉更合適的人就是！」

皓禎等眾人面面相覷，全部呆住了。吟霜看著寄南和靈兒，深為瞭解的說：

「這『第四位皇子』，恐怕永遠是放浪不羈的靖威王而已！」

皓禎點頭看漢陽和蘭馨：

「為了靈兒，他可以要求和魯超、小樂擠一個房間，可以睡個大半年的地舖，還差點在長安大街滾三圈……除此以外，他一直是匹脫韁野馬，連皇上都控制不了他。我的宰相爹，明知他是皇子，奉命管束，也沒管束成功，他還是竇寄南！」

「不錯！」漢陽回憶說道：「怪不得我爹說他是『頭痛人物』，教訓他時還被他的『打嗝放屁論』弄得啼笑皆非；我娘看他沒大沒小，放浪形骸，常常被他嚇住！」

「嗯！」蘭馨回憶：「除了對國家大事，他從來沒有正經的時候，在宮裡也會大呼小叫，在父皇面前也會突然動手打人！」

吟霜深深點頭，看著漢陽、蘭馨：

「至於靈兒，確實像她自己說的，她已經怨男怨女這麼久，跟寄南兩個動手又動口，在江湖中長大，可以獨自一人去闖項魁府，是個『風火球』！她能勝任當端莊穩重的皇后嗎？你們認為，他們這一對寶貝，真的適合天子和國母的地位？真的能說服百官和天下百姓？」

大家你看我，我看你，誰都沒有把握。

❖

四王和長輩們仍然在大廳中議論紛紛。皓禎、吟霜、寄南、靈兒、漢陽、蘭馨都因跑馬而臉色通紅，但一行人笑吟吟，進門跪坐於眾人面前。

寄南對長輩行禮，鄭重的說道：

「寄南經過仔細的思考，現在來答覆各位！從小我就認為自己是竇家的兒子，生活自由放蕩，無拘無束！靈兒和我投契，也因為是我同路之人！我倆都不認為有能力當個稱職的皇帝和皇后！而且，現在天下紛擾，必須有個強而有力的繼承者來承擔王位，才能說服本朝所有官員和百姓！我既已姓竇，就喪失了這個『說服力』！所以，寄南不能繼位！」

「你父皇的書信，難道還沒有說服力嗎？」世廷急道。

「大家都幫你設想得周周到到，你怎麼又變卦了？」柏凱也急道。

「除了你，還有誰更有說服力？更能當個稱職的皇帝呢？」忠王問。

寄南看著義王，清清楚楚的回答：

「我的皇叔，義王！正統的皇室血脈，當了二十多年的義王，深深了解民間疾苦，還曾手刃四個伍家逆賊！我朝皇上，經常由兄傳弟，父皇就是如此！義王比寄南更有朝廷經驗，更加勞苦功高！是個真正配得上忠、孝、仁、義四字的賢王！」

義王驚跳起來：

「什麼？怎麼討論來討論去，討論到本王身上來了？二十幾年前，我就不曾想過要當皇帝，現在……」

皓禎、寄南、漢陽、吟霜、靈兒、蘭馨異口同聲接口：

「現在，是義王必須繼位的時候了！」

眾人驚看這六個異口同聲的年輕人。世廷深思著，突然興奮起來：

「義王！你繼位吧！寄南所說，句句合理！有這六個英雄兒女，他們會挺住本朝江山，成為你最大的助力！你不能推託，我那『忠孝仁義論』，就等你來完成了！」

頓時，所有人都對義王匍匐於地，喊道：

「吾皇萬歲萬歲萬萬歲！」

義王睜大眼睛，看著皓禎、寄南等人虔誠的神情，淚盈於眶，無言以答。

❖

義王登基那天，晴空萬里、風和日麗，燦爛的陽光，普照著大地原野、照耀著滾滾東流的渭水，照耀著灞橋邊迎風搖曳的絲絲楊柳，照耀著萬千張喜形於色百姓的臉，也照耀著喜氣洋洋的內庭宮殿。皇宮廣場空前的熱鬧。這是滅了「伍盧之禍」後，第一個慶典，也是皇上和太子奉安入土後，皇室和百官，第一次聚在一起，不是個個面帶愁容，而是個個面帶笑容，更是第一次可以不穿孝服的日子。廣場上，四周旗幟飄揚，羽林軍穿著全新的紅黑色鎧甲，手拿長槍，頭盔和長槍的頂端，都有紅色的盔纓和槍纓，整齊的站在廣場兩側，肅立無譁。廣場大殿門前的玉石台上，擺著豪華龍椅。龍椅後面，曹安帶著眾位太監侍立，大紅地毯從正殿前鋪到廣場的走道上。皇宮鐘聲響起，儀仗隊入場，鼓樂隊入場，眾多宮女手捧著鮮花，以整齊化一的隊伍，魚貫走到廣場兩側，場上瀰漫著莊重肅穆又充滿溫馨的氣氛。

緊接著忠、孝、仁三王與袁柏凱、方世廷、李遠霖、欽王為首的大臣們個個穿著朝服正裝，陸續列隊在廣場上等待登基大典開始。雪如、翩翩、采文、欽王夫人、太子妃等眾多大臣的女眷和家屬也出席在列，個個盛裝欣喜等待著。本來，登基大典是男子的事，女人皆不列席。但是，義王與眾不同，想到吟霜、靈兒當初救四王的種種，認為男女同樣重要，何況男子皆女子所生，怎可輕視女子？所以，特別指示，這次的登基大典，女子也是貴賓。

漢陽、蘭馨、皓禎、吟霜、寄南、靈兒六個人坐在一起。都穿著正式服裝列席。原本皓祥也在，但是，漢陽為他介紹了一位天元通寶的女將——祝雅容。他立刻驚為天人，就坐到雅容身邊去了。

皓禎等六人聚在一起，吟霜感慨萬千的說道：

「真沒想到我們六個人的命運是這樣……」看皓禎：「你知道嗎？我們六個人，都是身世和身分成謎的人，今天在這樣的場合中相聚，是我當初怎樣也料不到的！真是太離奇了！」

「確實太離奇了！」皓禎說：「妳最離奇，人呀！妖呀！狐呀！都當過了！」

「咳咳！皓禎還在取笑我，為吟霜不平呀？」蘭馨輕咳兩聲，抗議的說。

「吟霜說的也不對，你們五個身世都成謎，我可是爹娘清清楚楚！」漢陽說。

「你的身世雖然沒問題，你的身分卻是最神祕的！你是木鳶啊！」吟霜說。

皓禎一震，被提醒了，問漢陽：

「現在義王當了皇帝，我們那『天元通寶』是不是應該解散了？」

「不！」漢陽正色說：「天元通寶永遠不會解散！**權力、金錢、欲望是天下最可怕的東西**，我們要監督著義王，萬一他變了，天元通寶還是會教訓他！」

「對對對！不過，木鳶老哥，以後你別用金錢鏢了！直接通知吧！」寄南說，又看著靈兒說：「妳別後悔，以後只能當竇夫人了！」

「誰答應你要當竇夫人？」靈兒瞪他一眼：「講到身世，我最麻煩，姓裘？姓康？萬一嫁給寄南，還不知道是姓竇還是姓李？」

「什麼萬一？」寄南抗議：「已經是一萬了！不管是竇夫人，還是李夫人，總之是我靖威王的夫人！」

宮廷樂隊吹奏起樂聲，大典的鐘鼓，咚咚咚，一聲聲的敲響著。司儀大喊：

「登基大典開始！」

紅毯的彼端，義王的龍轎在眾多一色紅衣的武士抬轎下，抬向大殿。龍轎停下，義王在武士簇擁下，走向龍椅坐下。眾人全部匍匐於地，喊道：

「皇上萬歲萬歲萬萬歲！皇上萬歲萬歲萬萬歲！皇上萬歲萬歲萬萬歲！」

當歡呼聲告一段落，義王忽然起立，伸手向眾人示意，眾人全部起立，安靜下來。義王就朗聲說道：

「各位賢卿，朕今日登基，完全是個意外！既然穿上了這身龍袍，就背負了整個社稷百姓的重任！**朕誓言將帶給本朝一個真、善、美的社會！從此官場沒有殺戮，宮中沒有惡鬥，百姓將豐衣足食！並以『忠孝仁義』四字，為立國之根本！**」

義王說完，兩手一抬，便有侍立的羽林軍齊聲的、聲勢驚人的喊道：

「**盡心報國謂之忠，真誠事親謂之孝，廣愛天下謂之仁，犧牲小我謂之義……**」重複的喊了好多遍。

在羽林軍的口號聲中，整個皇宮廣場，人山人海，旗幟飛揚，壯觀無比。

皓禎等人，感動震撼，無以復加。寄南抬頭看天，虔誠說道：

「啟望！你看到了嗎？我們會把你的理想，發揚光大！而且把佩兒培養成頂天立地的男兒！你，可以放心了！」

❖

一年後，先皇和太子孝服期滿，漢陽和蘭馨先奉旨成親，寄南和靈兒，也接著成親，皓祥娶了祝之同的女兒祝雅容。皓禎和吟霜，也在方家和袁家的堅持下，再度舉行了一次婚禮。於是，本書中的三對璧人，皆成佳偶。婚禮的排場和禮儀，大同小異，唯獨洞房情調，卻各有千秋，值得在這兒一提！

❖

先提漢陽和蘭馨的洞房。

新房中充滿喜氣，喜娘、宮女圍繞。蘭馨已經行過「解纓之禮」，端坐喜床床沿。崔諭娘高聲說道：

「請新郎、新娘行『洞房合歡之禮』！」

崔諭娘帶著眾宮女退出了新房，關上房門。

漢陽呼出一口大氣，說道：

「公主，終於只剩下我們兩個了！這條婚姻之路，漢陽走得好辛苦！」

蘭馨淺笑中，卻略有擔憂的說：

「怎麼突然叫我公主，我是蘭馨，是你的妻子了！」

「是！蘭馨！」漢陽忽然一把摟住蘭馨，霸氣的瞪著她的眼睛說：「考妳一個問題，在本朝律例裡，偷什麼沒有罪？不許說『偷笑』！」

「駙馬要在洞房考我？」蘭馨一愣。

「是！」漢陽說：「當初那個『偷笑』，害漢陽嘔到今天，必須也考妳一下！」

「除了偷笑，想不出還有什麼答案！」蘭馨思考著說。

「這個都答不出？是『偷心』！當初公主選駙馬，被皓禎推進我的懷裡，漢陽死命一抱，就被公主偷走了一樣東西，這東西現在還被公主藏著沒還我！」

蘭馨心裡甜甜的，忍不住噗哧一笑。

「那時……如果我知道你是木鳶，有這麼好的武功，就不會還皓禎了！你還怪我？你才欠了我一年的大好年華，差點沒有瘋掉！」

「是！漢陽知錯了！願用以後一生，來彌補這個錯誤！」

漢陽就伸手去解她的衣扣。蘭馨嬌羞而擔心的低問：

「你和皓禎是親兄弟，不知道你有沒有『恐女症』？他因為這病，讓我至今還是完璧之身！」

「哦！」漢陽沉吟著：「恐女症？那個病……就要讓下官實際試試看才知道囉！」

漢陽說完，就溫柔的抱住蘭馨，兩人纏纏綿綿的滾進那張喜床。

❖

再談寄南和靈兒的洞房。

喜娘丫頭魚貫出房去。喜娘在門口回頭說道：

「春宵一刻值千金！請新郎、新娘行『洞房合歡之禮』！」

房裡剩下已經換了華麗寢衣的靈兒和寄南。寄南看著坐在床沿千嬌百媚，婀娜多姿的靈兒，心裡小鹿亂撞，喜悅的說道：

「今晚，妳可賴不掉了！和妳同房那麼久，斷袖那麼久，總算今晚本王爺可以和妳『同床共枕』了！真是太不容易！」

寄南說著，就把靈兒一抱。豈知靈兒像魚一樣，從他臂彎裡溜到床裡去了，喊道：

「不忙！不忙！你站在床前別動，如果想佔我便宜，我就大喊救命！」

「什麼？」寄南大驚：「妳是我的新娘，今晚，就是我們彼此『佔便宜』的時候，妳別害羞，我會很溫柔的！妳總不至於到今晚還要賴吧？」說著就欺身上前。

「不許碰我！要碰我，有三個條件！」靈兒大聲說。

「啊？還有三個條件？什麼條件？說來聽聽看！」

「第一，從此和你那些老相好斷掉，除了親人關係，不許再有別的關係！」

「哦……斷掉呀？」寄南惋惜的說：「那會有很多姑娘傷心的！妳真殘忍，都不為那些姑娘著想！好吧好吧！還有呢？」

「第二，你要像皓禎一樣，對我忠心，不許討小老婆！」

「啊？」寄南又一驚：「妳知道我們王府人家，都是三妻四妾，妳現在當了大老婆，還不滿足？我是大男人，妳一個人侍候不了我！我答應妳，將來頂多再娶兩個！就這樣，不要跟我討價還價……」

寄南話沒說完，靈兒撲了過來，對著他沒頭沒腦的亂打一通，喊著：

「就知道你這種男人不能嫁！還要兩個，你敢！」

寄南慌忙抓住了她的兩隻手，笑著看她。

「跟妳開開玩笑，我那些男人毛病，在皓禎的潛移默化下，在妳的各種折磨下，早已不見了！為了妳，連皇帝都放棄，後宮三千佳麗都沒了！」不禁嘆息。

「第三，不許和任何人玩斷袖！」

這一下，寄南臉色一變，皺皺眉說道：

「這個有點難！自從我有了個小廝裘兒以後，我看到漂亮小伙子，就會心跳加快，呼吸加速……恐怕這個斷袖病是永遠改不掉了！」

靈兒糊塗了：

「什麼？我不懂！」

寄南一把抓住她，把她壓在床上，命令的說道：

「聽著！我現在有三個命令，請夫人聽令！第一，請新娘寬衣解帶！第二，新郎要開天闢地了！第三，裘靈兒準備從姑娘或是小廝，變成標準女人吧！」

寄南說完，就不由分說的拉下了她的寢衣，把她推進那些錦被裡。

❖

再來談談皓禎和吟霜的洞房。

新房裡擠滿了人，雪如、采文、翩翩都看著喜娘把吟霜攙扶到坐榻上。蘭馨、靈兒、雅容在房裡嘰嘰喳喳。

吟霜這次的新娘妝不比從前，美麗無比，頭髮上像花雨般用各色纓帶繫著。喜娘朗聲說道：

「請新郎行『解纓結髮之禮』！」

皓禎急忙過來「解纓」，左解了一條，右解了一條，原來吟霜頭上繫了十幾條纓帶，合成了一朵花。金色、銀色、紅色、黃色都有，而且每條都繫得特別複雜，穿來穿去的，解得皓禎滿頭大汗的說：

「我知道了！吟霜，這個婚禮是在欺負我這個新郎，因為以前讓妳太委屈！管他呢，就算一百條纓帶，我也慢慢的解，仔細的收！」就把一大束纓帶都收進懷裡。

吟霜悄悄笑著。靈兒、蘭馨、雅容和雪如、采文等人，都笑得嘻嘻哈哈。

喜娘再大聲喊道：

「請新郎新娘行『洞房合歡之禮』！」

皓禎趕緊驅趕眾人，對大家說道：

「各位可以出去了！現在不需要大家幫忙了！」

「我們還要鬧洞房！」靈兒喊著。

眾人一呼百應：

「鬧洞房！鬧洞房！鬧洞房……」

皓禎大喊：

「寄南，管管你媳婦！漢陽，也管管你媳婦！皓祥，也管管你媳婦！不許鬧洞房！你們今天鬧夠了！現在夜色已深，請大家各歸各位，早些休息！」

寄南、漢陽、皓祥衝進房，嘻嘻哈哈的拉走了各自的媳婦。大家退出了房間，房裡剩下了皓禎和吟霜。吟霜趕緊透了口氣說：

「呼！把我折騰得腰痠背痛，我們總算把拜母豬的習俗給取消了，以後這『解纓結髮之禮』也可以取消……」

「那不行！」皓禎就過來擁住吟霜，深情的說：「聽說這個有『永結同心』的意思，還是不要取消吧！我其實很喜歡幫妳解纓，雖然我們已是老夫老妻，看到妳這個新娘，我好像也成了第一次當新郎，心裡怦怦跳！不止解纓，解衣也很喜歡的！」

「你越來越不正經了，都被寄南帶壞！」吟霜低頭羞笑。

「忙了一整天，不就為了此刻嗎？靈兒他們故意欺負我，趕了半天才趕走！」悄悄低頭看她，輕輕問：「我們可以行『洞房合歡之禮』了嗎？」

突然，窗子上敲得喀喀響。皓禎驚愕的走去，打開窗子，正想罵人，猛兒飛了進來。吟霜驚喜的喊：

「猛兒！你也來跟我們道喜嗎？」

猛兒清亮的叫了兩聲，就直接飛到喜床上，居中一坐。皓禎驚訝說道：

「猛兒！你來鬧洞房嗎？那是我和吟霜的喜床，你佔據著，讓我們如何行合歡之禮？我好不容易才把靈兒他們趕走！」

只見猛兒把翅膀張開，幾乎佔據了整張床，對皓禎眨眨眼，就伸長脖子，枕著枕頭，閉著眼睛睡起覺來。這一下，吟霜笑得前俯後仰，不可收拾。

「喂喂！」皓禎繼續對猛兒喊話：「你懂不懂？你是一隻鳥，不是人！哪有鳥兒這樣趴在床上睡的？應該站在樹梢上睡！你這樣……簡直是無法無天，不倫不類，不仁不義，不三不四，不解風情……」

吟霜聽了，更是笑得花枝亂顫，完全無法控制。皓禎看著吟霜如此美麗的、燦爛的笑，不禁心為之醉。他就走到吟霜身邊，輕輕的、愛憐的擁抱著她，在她耳邊說道：

「我有個很重要的問題要問妳！」

「問吧！」

「妳這樣蠱惑我，讓我離不開妳。妳，到底是人還是白狐呢？」

「問得好！那是祕密！」吟霜笑著，神祕的說：「天機不可洩露！」

皓禎低頭，深深看她，然後深情的低頭吻住她。

❖

又過了三年。本書的主人翁都有一些改變。首先，在皇上作主下，這些「身世成謎」的英雄兒女，都認祖歸宗了。其中，寄南的認祖歸宗最讓朝野震驚。當大臣們看到先皇遺詔，看到「龍鳳合璧」，證實寄南是「皇子」時，大家對寄南的「禮讓」皇位，更是感佩不已。那是爭奪王位的時代，卻有一個皇子，瀟瀟灑灑的將皇位讓賢了！寄南這個舉動，讓他在民間和朝廷上，更加被人津津樂道。皇上因此，把他那「靖威王」的名號，改封為「禮王」，並讓他和皓禎一左一右共同掌管羽林軍。從此再也沒有羽林軍橫行街頭，欺壓百姓的事。寄南婚後第二年，靈兒生了一個兒子，皇上欣然把這個李氏皇孫，冊封為「信王」。一門之中，擁有兩個封王，也是特別的殊榮。

袁柏凱被封為「明王」，繼續掌管軍權兼左宰相。世廷被封為「廉王」，兼右宰相。皓禎被封為「勇王」，兼左羽林衛。他和吟霜生了一對龍鳳胎，兩人仔細商量，讓兒子姓方，女兒姓袁。他們有了自己的府邸，卻常常住在畫梅軒。夫妻始終和方家袁家，有如一家。皓祥婚後，雅容連生兩子，袁家再也不是單傳。可是，柏凱依舊遺憾著，皓禎的兒子不姓袁。世廷允諾，如果方家人丁興旺，皓禎再有兒子，可以過繼給袁家。皓祥因為平定「伍盧之禍」有功，皇上給予左衛「中郎將」之職，終於成為柏凱的驕傲。

漢陽被封為「智王」，官拜大理寺卿，有了一個女兒。「忠、孝、仁」三王依舊，在朝廷各司要職。由於「義王」已經當了皇帝，他特別把佩兒封為「義王」，有繼承他的意味，更是對已故太子重義的尊崇。佩兒是皓禎、寄南、漢陽三家的寵兒，也是他們個個教導的目標。**經過這一番冊封，中國傳統的美德：「仁義禮智信，忠孝廉明勇」全部到齊。**

轉眼間，年輕的一代，都成了父母。這日，皓禎、吟霜、寄南、靈兒、漢陽、蘭馨六人，把孩子交給祖父母，難得偷閒一天，聚會在一起。他們悠閒的騎著六匹馬，緩步於草原上。吟霜的馬鞍旁邊，還掛著隨身的採藥籃，時時不忘採藥。寄南感慨的說：

「現在國泰民安，風調雨順，我們雖然個個封王，想起以前種種出生入死，好像英雄無用武之地，有些不習慣了！」

「皇上不立太子，有意不傳子而傳佩兒，只是要等他長大，看看是否成器？咱們的皇上，有情有義，擁立得好！」皓禎說道：「回憶木鳶的時代，造就今日的時代，各種苦難，都是值得的！」忽然想起什麼，問道：「木鳶，你最初讓我和寄南去東市，到底為了什麼？我至今不解！」

「東市？」漢陽笑了：「只是要你們去探訪人才！沒料到你們那麼厲害，把東市最好的兩位人才，都娶來當夫人了！」

「哦？」吟霜笑著：「原來我們這兩對的媒人，是漢陽你啊！」

「提起這個……」寄南忽然瞪著漢陽說道：「一直忘了問你，當初我和靈兒去宰相府受管束，你無所不知，那麼，知不知道裘兒就是靈兒？」

「當然知道！」漢陽笑了起來：「靈兒詐死，我這大理寺丞就在放水，你們在亂葬崗救人，我還派了天元通寶兄弟暗中保護，國宴那天，我就認出靈兒了！」

「哎呀！」靈兒大叫：「那麼，在宰相府，你一直知道我是女兒身？還要帶我去住那個大通鋪的小廝房？」

「對呀！」漢陽又笑：「那時天天生活緊張刺激，各種問題層出不窮，要隱藏身分，要救人性命，我在那種生活裡，看到你們兩個假斷袖彼此有情還不知道，只要我稍稍一挑，寄南就毛焦火辣亂吃醋，那真是我生活裡唯一的樂趣！」

「什麼？」寄南大叫：「那麼……她換衣服你也偷看？她進浴池你也跑來，你你你……還說是樂趣？你算兄弟嗎？」

「哦？」蘭馨瞪大眼睛：「還有這樣一段，漢陽你……」

「你是假斷袖，我可是真君子，行吧？」漢陽笑看寄南說：「多年前的陳年飛醋，你還吃？我當然沒有偷看，只是嚇嚇你們而已！看到寄南每次緊張的樣子，實在讓我忍不住要繼續捉弄你們！」

寄南和靈兒，同時對漢陽舉起拳頭，異口同聲說：

「我揍你！」

「精彩！精彩！」吟霜回憶著：「找一天，我們再來細數從前，多少的謎還沒解開呢！冷烈現在在哪兒？」

「不知道！自從殺了伍震榮，他和九鳳就失蹤了！」漢陽說：「我和皓禎也去找過、打聽過，到處都沒他的消息了！或者，就像他說的，他來到世間的目的就是除掉伍震榮，他目的已達，可以隱退江湖，海闊天空了！」

「談起以前各種的謎，我始終有個謎沒有解！」皓禎看著吟霜說：「吟霜還是嬰兒時，是被放進杏花溪，隨波而去的！為什麼她後來會被住在山裡的白神醫收養呢？」

「是呀，」吟霜說：「我也常常想這件事，那杏花溪離我們的普晴山，還有一段路呢！不可能被爹娘撿到！」

大家談到這兒，猛兒在天空飛舞迴旋，忽然低飛，叼起吟霜掛在馬鞍邊的藥籃，就向前面飛去。

吟霜興奮的喊道：

「猛兒在帶路，不知道哪兒有珍奇藥草？我們趕緊跟著猛兒去！」

六人就策馬，追著猛兒，飛跑而去。

跑著跑著，大家來到了一個世外桃源。

只見景色極美，岩石、瀑布、小溪、草地上開滿了小花。風微微，雲淡淡，天藍藍，水盈盈，兩岸極目之處，都是綠樹濃蔭。山花點綴在樹梢，更讓那綠樹濃蔭，充滿了生氣，充滿了詩意。這個地方，對六人來說，都似曾相識！

皓禎屏息的說道：

「就是這兒！那次吟霜吃了整瓶假死藥丸，猛兒就把我們帶到這兒來，就在這溪邊，我們從死亡走向重生，從大悲走向大喜！」

吟霜看著四周，驚喜莫名：

「是啊！就是這兒，皓禎沒有被砍頭，我也沒有死，我們在這兒又跳又笑，還在水裡打水仗！」

「對啊！」寄南喊：「我們騎馬追過來，發現你們兩個在笑在跳還在追追跑跑，大家都瘋了，我背著靈兒也加入了你們！」

靈兒激動的喊：

「哇！猛兒把我們又帶來了！」就脫掉鞋子奔進溪中，喊道：「寄南！來追我！來追我！你追不到我！」

「誰說的！」寄南踢掉鞋子，就對靈兒追去。

「妳已經成了王妃，當了娘，怎麼還是這副德行？偏偏本王爺就愛妳這德行！」隨即奔進水中追靈兒，水花四濺。

漢陽興奮起來，說道：

「蘭馨，我們也加入這場『世外桃源狂歡日』如何？」

「本公主上次掉頭而去，這次故地重遊，一定要玩得痛痛快快！」蘭馨霸氣的回答：

「來呀！請了，漢陽王爺！」

頓時，六個人全部在這仙境中奔跑追逐，渾然忘我。此時，猛兒叼著採藥籃的把手，飛了回來，在六人間穿梭飛舞。然後，猛兒忽然把籃子低飛，放進溪水中。採藥籃順著流水，向下游漂去，猛兒一聲清嘯，急忙再低飛過來，叼起漂流的籃子，飛到吟霜和皓禎面前，放下籃子，急促的搧著翅膀，大聲的啼叫，又去撲吟霜的臉。吟霜剎那間，什麼都明白了！她驚喊著說：

「皓禎，我知道了！當初是猛兒發現了我，叼著我的木籃，帶去給我的爹娘，讓我爹娘救了我……」仔細的想著：「我爹為我娘熬的第一顆神藥，大概就為了救我的小命，餵給我吃了！所以我能有內功，都是我爹那神藥的效果！」

「是嗎？」皓禎不可思議的問，還有點懷疑。

猛兒低飛過來，在吟霜面前，不停的點頭搧翅膀，嘴裡「啊啊啊」的大叫，興奮得不得了。這一下，大家都明白了，個個睜大眼睛，又驚又喜。

「猛兒！」皓禎對猛兒忙不迭的施禮，大喊：「好猛兒！皓禎謝謝你！永遠謝謝你！我們的猛兒英雄！猛兒神禽！猛兒了不得，猛兒不得了……」皓禎語無倫次的喊了半天，忘形的又抱著吟霜轉，有點不真實感。皓禎邊轉邊問吟霜：

「妳認為人世間最美的東西是什麼？」

吟霜還沒回答，突然間，瀑布下出現六條錦鯉魚，在水中往上飛竄跳躍。吟霜掙脫皓禎，跳下地，指著錦鯉喊道：

「你們看！有錦鯉在跳！」

眾人看去。有六條分別為金色、銀色、純白、黑白點、紅色、黃色的鯉魚，突然飛躍而起，逆流而上的跳上瀑布，翻躍龍門，煞是好看。

寄南驚喊：

「皓禎！漢陽！你們還記得先皇那個大吉夢嗎？」

「怎麼不記得？六條鯉魚躍龍門！」皓禎說。

漢陽數著：

「一、二、三、四、五、六！這兒正是六條！連顏色也和先皇夢裡一樣！」

「父皇的大吉夢，怎麼會出現在這兒？」蘭馨震懾的問。

「我來分析一下……」皓禎看著鯉魚說：「金色、黃色都是皇室的顏色，應該是寄南和蘭馨！純白是吟霜，紅色是我，因為我是熱血男兒，差點為本朝送命！」

「這麼說，我是黑白色，」漢陽接口：「因為我是大理寺丞，要分辨黑白！靈兒是銀色的，銀色是帝后之色，她穿梭在皇室和民間，嫁給了一個皇子！」

「難道我們就是先皇夢裡的六條錦鯉？」吟霜驚疑的問。

寄南點頭，傲然的說：

「沒錯！像我們這種英雄兒女，才是大吉夢裡的六條錦鯉！當初的解夢都錯了！我們六個聯手，滅掉了伍震榮和盧皇后，建立了今天的國泰民安！」

六個人看著那飛躍的鯉魚，個個臉上都露出不可思議的神情。猛兒累了，站在樹梢，兀自驕傲的昂著頭。

皓禎就鄭重的說：

「別忘了啟望！上次在這兒，我曾經對啟望承諾過！」就抬頭看天，喊道：「啟望！我知道你現在和我們在一起，我的誓言依舊：**用我們的一生，建立一個像此刻這樣的世外桃源，讓所有的百姓，只有笑容，沒有眼淚！只有快樂，沒有憂愁！只有希望，沒有絕望！只有生的喜悅，沒有死的威脅！我們三人的座右銘，依舊刻在我們的生命裡！**」

寄南也抬頭看天，喊道：

「啟望哥！這個夢想正在實現中，雖然不是一朝一夕能夠全面辦到，但是，我們會逐漸辦到！我向我的親兄長發誓！」

漢陽也喊道：

「太子！我也以天元通寶發誓，或者，我們的一生都不夠，但是我們還有下一代，代代相傳，一定會讓這個夢成為真實！」

皓禎再喊道：「人世間最美的東西，我的答案是『笑容』。啟望，幫助我們，讓我們繼續努力，去輔佐皇上，**建立一個沒有戰爭，沒有屠殺，沒有陰謀，沒有仇恨，只有笑容的朝代！**」

三個女子依偎著三個男人，個個感動著。

六個人低頭商量了一下，就一起抬頭，同聲大喊：

「啟望！我們想你！」

六人喊完，都靜靜佇立。只見天空中，突然風起雲湧，白雲飄動聚集，竟然依稀彷彿，聚匯成一張類似人類的面孔。六個人一排，半仰著頭，震撼的看著那張臉孔。六人都心意相通。這是太子嗎？無論如何，太子都在天上看著他們！

眾人靜默片刻，皓禎脫口喊道：

「啟望啟望，你在天上，如雲瀟灑，似風飛揚！江山社稷，衛我家邦，承你遺志，報我啟望！」

皓禎喊完，聚集的白雲，就慢慢的散開消失了。

剩下六人，依舊仰頭佇立著。久久，久久，久久。

（全書完）

二〇一三年秋，初次編劇於可園，未完成

二〇一六年十月，小說初稿未完於可園

二〇一六年十二月，一度續稿未完於可園

二〇一九年六月二十七日，二度改寫於可園

二〇一九年八月七日，三度修正於可園

二〇一九年九月六日，四度修正於可園

二〇一九年十月十四日，五度修正於可園

後記

《梅花英雄夢》這部小說，對很多朋友來說，都不是一個「新聞」。早在二〇一三年，我就曾經把它寫成劇本，那時的名字是《梅花烙傳奇》，還有黃素媛幫忙。可惜，劇本寫了一半，就為了抄襲問題打起跨海官司來，這部我自己深深喜愛的連續劇，就此停擺。後來，我又成了「特別護士」，每當我的病人睡著時，往往只有晚上八、九點。習慣晚睡的我，這段時間真是度日如年。然後，有一天，我想，我可以把這個未完成的劇本改寫成小說。只是為了打發我的時間，和轉換我的情緒，我開始把這部劇本改寫。我知道，只要我投入到我的小說裡，我就會忘記眼前的悲傷。

小說，改名為《梅花英雄夢》，我沒有出版它的計畫，只是順著我的思想，從序幕開始寫，每天寫一點點。當我忙不過來時，小說可以放在那兒十天半月都不動。靈感來了，有時間了，我就又接著寫一點點。這部《梅花英雄夢》就這樣寫寫停停。二〇一六年，鑫濤靠插管維生，長住在醫院裡，我過著生不如死的日子。為了轉移我的情緒，我又開始繼續寫《梅花英雄夢》。在起伏的心情下，沒有寫完。二〇一七年，我用狂熱的心，去寫《雪花飄落之前》。這本苦命的《梅花英雄夢》，從此束之高閣。

轉眼到二〇一九年六月底，鑫濤已經入土，結束了他「臥床老人」的悲劇。他解脫了，我也放下了。我的電腦裡，充滿了各種文字，有天，我決定清除裡面的垃圾，卻看到電腦桌面上，這本書在對我招手，我想把它投入垃圾筒裡，這是「斷、捨、離」的必經之路。在投入以前，我好奇的打開檔案，想最後看看這部小說。誰知，這樣一看，我就看了整整一天。接下來，我每天都打開這個檔案，看著故事的發展。這是一部將近八十萬字的小說，我把它分成五冊，已經完成了四冊，最終篇還沒完成。我這樣一看，竟然「欲罷不能」！捨棄它？難了！這部書本身就是一個故事，在漫長的七年間，我寫寫停停，已經完成了五分之四！我驀然明白了，我需要做的，不是丟掉它，而是完成它！雖然我已八十一歲，但是，生命的火花依舊燃燒，沒有熄滅。

到底這部書是怎樣開始的呢？二〇一三年，當我做完了《花非花霧非霧》的電視劇，我認為我不會再寫劇本，也不會再寫小說了。可是，就在這時候，有位導演，強烈的要求我，要我把《梅花烙》賣給他重拍，因為他太愛我的小說《梅花烙》！導演那份強烈的程度，打動了我。但是，《梅花烙》原來的故事，就是一個家庭的故事。如果要重拍，我希望把格局拉大，而且更加「波瀾壯闊」一點。

從來，我的小說，如果改編為電視劇，都是我主導或是親自編劇，因為沒有人能夠抓住我故事中的精髓。在我的起心動念下，這部根據《梅花烙》改編的劇本，就開始運作了。但是，那時鑫濤多病，幸好我還有助理素媛幫忙，我們幾乎日以繼夜在工作。到了二〇一四年四月，劇本寫了二十五集，我們也著手要選演員了，卻發生了「大陸知名製作人抄襲事件」，徹底摧毀了我的《梅花烙傳奇》。我開始打起跨海官司，這樣一打，就足足打了將近兩年，在這兩年中，鑫濤失智了，好幾個絕症找上了他。我內憂外患，心力交瘁，每天奔波於醫院和可園中，還要等待官司的結果。最怕等的我，幾乎倒下了。記得我曾在大陸的微博上寫下：「打官司成了我二〇一四年的工作，現在，二〇一五年也快過去一半，我還要等多久？歲月遷逝中，人已憔悴，心在煎熬！」

那時，沒人知道鑫濤患病，我的一句「人已憔悴，心在煎熬」，有幾人能知道這八個字的涵意呢？鑫濤失智後，變得很愛睡覺，對我非常依賴。為了照顧他，我的生活亂七八糟。他醒時我要變著花樣留住他的記憶，各種花招，全部用盡。但是，當他睡著時，漫漫長日或長夜，我只能看著他發呆。我的時間被分割著，隨著他的作息而變換，我又陷進極度的焦灼和緊張裡。有天，我打開電腦，叫出我的《梅花烙傳奇》。那時，官司已經打勝了。我的這部連續劇也沒有了，我忽然想，我何不利用這些支離破碎的時間，把這劇本重新整理，寫成一部小說？只要寫作，我就可以不陷在哀傷裡，不是嗎？反正我不會出版這部小說，不需要有心理負擔，想到哪兒，就寫到哪兒。沒時間就不寫，讓它成為我心理上的「自我療癒」吧！總比呆呆坐著胡思亂想好！

於是，我推翻了很多劇本裡的東西，開始用《梅花烙傳奇》的基礎，寫起小說來，因為我加了好多英雄人物，我把這部不準備發表的小說，取名《梅花英雄夢》。我的布局複雜，這些英雄人物，並不是我以前擅長的。從武打的招式，到武器的名稱用法，從劍術、拳術、到輕功的名稱，我都不熟悉，只能「瓊瑤式」的馬虎帶過。鑫濤時常發生意外，讓我心驚膽戰，這部《梅花英雄夢》，就在我最痛楚的時間裡，寫寫停停，有時一夜寫到天亮，有時三個月不寫一字。

二〇一六年的三月一日，鑫濤因大中風發作而再度入院，從此就沒有回到可園。那一整年，唯一能讓我逃避的地方，是我的《梅花英雄夢》！是的，我又開始繼續寫了下去！皓禎和吟霜，寄南和靈兒，太子和皇上，漢陽和冷烈……我塑造他們，跌進他們的喜怒哀樂裡，暫時忘掉我自己的悲傷。

接下來，我陷進一片忙碌中，二〇一七年，寫了《雪花飄落之前》，而我的六十五本「瓊瑤經典作品全集」，也在一年之內全部重新由城邦文化集團出版了。城邦文化集團的「春光出版社」把它們設計得華麗高雅，用國畫大師郎士寧的花鳥工筆畫製作書盒，提升了它們的典藏比重與質感，全套放成一排，便是我的一生。這些書裡，還有我重寫的《鬼丈夫》、部分由新作、失落的短篇、以前的散文、集結的《握三下，我愛你》。因為全集反應不錯，春光主編雪莉問我：

「聽說您還有一部《梅花英雄夢》！可不可以讓我們出版？」

哎呀！那部在我最混亂痛苦的時期，寫寫停停的《梅花英雄夢》！居然還有人知道它！可是，它等於沒有完成，如何出版？如果要出版，除非我重新再整理一遍，把所有的不足都補齊，把最後的一冊也完成。工程太大了，我不敢答應，發了個電郵給雪莉：

「妳願不願意先看看前面幾冊，如果妳覺得那幾冊值得出版，我就去完成第五冊！」

沒料到，雪莉一看之後，這部小說就決定要出版了！而且時間緊急，因為計畫要參加二○二○年二月的台北國際書展！我還是沒有什麼信心，又把第一冊發給一位朋友看，這位朋友是我的讀者、書迷和好友。他的答覆更加誇張，居然說：

「妳怎樣會寫出這樣一部書？這是我看過的，妳最『好看』的一部書！」

當然，朋友總是這樣的，為了讓我聽了高興吧！但是，卻收到了效果，讓我振作起來，又開始日以繼夜，重新整理和完成這部書。說也奇怪，這部「多災多難」的小說，當我這次整理時，卻特別的順手。連我最頭痛的武打部分，也在學過武術的好友姚君的協助下，給了我各種資料，連「昆吾劍」、「乾坤雙劍」，和寄南那把有名的「玄冥劍」，都有研究。

各種劍法招式、拳法招式、輕功招式……也不厭其煩的告訴我。最後的「鋸齒山」之戰，許多戰爭陣式名稱，也都是他提供給我，才讓我把整部書都完成了！雖然，有些陣式名稱，是我杜撰出來的，因為不想都全部依賴資料！我又不是寫歷史。（我覺得我取的名稱也不錯呢！）

這部小說，和《梅花烙》已經有很多的不同。曾經，我想把吟霜、皓禎、蘭馨的名字都改掉，但是，這部書裡最感人的那「午時鐘響，天上相會，生也相隨，死也相隨！」依舊保留了。它雖然增加了很多英雄人物，這條梅花線仍然讓我深深感動。我想，當初看過《梅花烙》的朋友們，再看這部書時，恐怕也會有這種感覺吧！

現在是二〇一九年十月，我八十一歲了。我終於完成了我這將近八十萬字的《梅花英雄夢》！回憶起來，這部書從開始到完成，正是我人生最低落的時候，許多不可思議的事，許多打擊幾乎讓我對人性感到絕望。但是，我始終沒有倒下，反而成為我一生中，工作最旺盛的時期。可見，人的彈性是很大的。朋友們，如果你喜歡這部小說，一定要告訴我！劇中的人物，在各種打擊和磨難中，都不曾灰心喪志。我在最痛苦的時期，也努力微笑，努力工作，努力寫完這部書，所以，我們都不要因遭遇不幸而放棄，讓我們共勉之！我把我改寫的蘇東坡的詞，做為這篇後記的結尾：

風起，雪飛炎海變清涼。
離合悲歡都嚐盡，
微笑，笑時猶帶梅花香。
試問自在何所似？
卻道：此心安處是吾鄉！

最後，我要特別謝謝為這部書，貢獻過的朋友：久愉、素媛、雪莉、姚君……和很多期盼它的粉絲們！謝謝你們，沒有你們的鼓勵和幫助，不會有我的動力，也不會有這部書的誕生！

瓊瑤 寫於可園

二〇一九年十月二十七日

國家圖書館出版品預行編目資料

梅花英雄夢. 卷五, 生死傳奇/ 瓊瑤著. -- 初版. -- 臺北市：春光出版：家庭傳媒城邦分公司發行, 民109.01
面；　公分. --（瓊瑤經典作品全集；70）
ISBN 978-957-9439-83-1（平裝）

863.57　　108019330

瓊瑤經典作品全集⑳梅花英雄夢・第五部：生死傳奇（完）

作　　者／瓊瑤
企劃選書人／王雪莉
責 任 編 輯／王雪莉

版權行政暨數位業務專員／陳玉鈴
資深版權專員／許儀盈
行 銷 企 劃／陳姿億
行銷業務經理／李振東
副 總 編 輯／王雪莉
發　行　人／何飛鵬
法 律 顧 問／元禾法律事務所　王子文律師
出　　　版／春光出版
台北市 104 中山區民生東路二段 141 號 8 樓
電話：(02) 2500-7008　傳真：(02) 2502-7676
部落格：http://stareast.pixnet.net/blog　E-mail：stareast_service@cite.com.tw
發　　　行／英屬蓋曼群島商家庭傳媒股份有限公司城邦分公司
台北市中山區民生東路二段 141 號 11 樓
書虫客服服務專線：(02) 2500-7718 / (02) 2500-7719
24小時傳真服務：(02) 2500-1990 / (02) 2500-1991
服務時間：週一至週五上午9:30～12:00，下午13:30～17:00
郵撥帳號：19863813　戶名：書虫股份有限公司
讀者服務信箱E-mail: service@readingclub.com.tw
歡迎光臨城邦讀書花園 網址：www.cite.com.tw
香港發行所／城邦（香港）出版集團有限公司
香港灣仔駱克道 193 號東超商業中心 1 樓
電話：(852) 2508-6231　　傳真：(852) 2578-9337
E-mail : hkcite@biznetvigator.com
馬新發行所／城邦（馬新）出版集團　Cite(M)Sdn. Bhd
41, Jalan Radin Anum, Bandar Baru Sri Petaling,
57000 Kuala Lumpur, Malaysia.
Tel: (603) 90578822　Fax:(603) 90576622　E-mail:cite@cite.com.my

內 頁 排 版／極翔企業有限公司
印　　　刷／高典印刷有限公司

■ 2020 年（民 109）1 月 30 日初版　　Printed in Taiwan

售價／400元

城邦讀書花園
www.cite.com.tw

ISBN　978-957-9439-83-1

讀者回函卡

謝謝您購買我們出版的書籍！請費心填寫此回函卡，我們將不定期寄上城邦集團最新的出版訊息。

姓名：＿＿＿＿＿＿＿＿＿＿＿＿＿＿＿

性別：□男　□女

生日：西元＿＿＿＿＿年＿＿＿＿＿＿月＿＿＿＿＿＿日

地址：＿＿＿＿＿＿＿＿＿＿＿＿＿＿＿＿＿＿＿＿＿＿＿＿

聯絡電話：＿＿＿＿＿＿＿＿＿＿ 傳真：＿＿＿＿＿＿＿＿＿＿

E-mail：＿＿＿＿＿＿＿＿＿＿＿＿＿＿＿＿＿＿＿＿＿＿＿

職業：□ 1. 學生 □ 2. 軍公教 □ 3. 服務 □ 4. 金融 □ 5. 製造 □ 6. 資訊

□ 7. 傳播 □ 8. 自由業 □ 9. 農漁牧 □ 10. 家管 □ 11. 退休

□ 12. 其他＿＿＿＿＿＿＿＿＿＿＿＿＿＿＿＿＿＿＿＿

您從何種方式得知本書消息？

□ 1. 書店 □ 2. 網路 □ 3. 報紙 □ 4. 雜誌 □ 5. 廣播 □ 6. 電視

□ 7. 親友推薦 □ 8. 其他＿＿＿＿＿＿＿＿＿＿＿＿＿＿＿

您通常以何種方式購書？

□ 1. 書店 □ 2. 網路 □ 3. 傳真訂購 □ 4. 郵局劃撥 □ 5. 其他＿＿＿

您喜歡閱讀哪些類別的書籍？

□ 1. 財經商業 □ 2. 自然科學 □ 3. 歷史 □ 4. 法律 □ 5. 文學

□ 6. 休閒旅遊 □ 7. 小說 □ 8. 人物傳記 □ 9. 生活、勵志

□ 10. 其他＿＿＿＿＿＿＿＿＿＿＿＿＿＿＿＿＿＿＿＿

為提供訂購、行銷、客戶管理或其他合於營業登記項目或章程所定業務之目的，英屬蓋曼群島商家庭傳媒（股）公司城邦分公司，於本集團之營運期間及地區內，將以電郵、傳真、電話、簡訊、郵寄或其他公告方式利用您提供之資料（資料類別：C001、C002、C003、C011等）。利用對象除本集團外，亦可能包括相關服務的協力機構。如您有依個資法第三條或其他需服務之處，得致電本公司客服中心電話 (02)25007718請求協助。相關資料如為非必要項目，不提供亦不影響您的權益。

1. C001辨識個人者：如消費者之姓名、地址、電話、電子郵件等資訊。
2. C002辨識財務者：如信用卡或轉帳帳戶資訊。
3. C003政府資料中之辨識者：如身分證字號或護照號碼（外國人）。
4. C011個人描述：如性別、國籍、出生年月日。

請於此處用膠水黏貼